お役に立ちます！　二級建築士
楠さくらのハッピーリフォーム

JN091862

未上夕二

角川文庫
23534

目次

第一章　さかい川リビルド

うわっ、いい！

駅前から市道沿いに続いていた一之条《いちのじよう》商店街の終わり、橋のたもとにある高坂《こうさか》スポーツ店の前で、楠《くすのき》さくらは思わず立ち止まった。

太眉《ふとまゆ》の下のまん丸い目がゆるゆるとほころんでいく。しまりのないタヌキ顔なのだから仕事の時ぐらいは気を引き締めろと、社長の木之本《きのもと》から常々たしなめられているのだけど、どうしても止められなかった。

さくらが見とれていたのは、店の前から見渡せるさかい川の景色だった。河川敷には黄金色《こがねいろ》のススキが風になびき、ゆったりと流れる水面《みなも》に昼の陽光が躍っている。なによりも気に入ったのは、堤防に連なる桜並木だった。春になれば、咲き誇る花の白が遠い海まで続いているのだろう。

満開の桜並木の下を走る……。ぜったい、気持ちいいっ――。

うずうずしてくる。中学時代は陸上部の短距離選手だったさくらの唯一の趣味はジョギングで、卒業してから八年になる今も、走り甲斐《がい》のありそうなコースを前にすると、つい心が躍り出しそうになるのだ。

いけない、いけない。今は仕事だ……。

ぶるぶると首を振り、そう自分に言い聞かせると目の前の建物に視線を戻した。

創業四十五年の高坂スポーツ店は名前の通り、スポーツ用品を販売している小売店だ。一階が店舗で二階が住居となっているこの木造の建物は、頑丈に建てられたとはいえ、風雨にさらされた外壁のモルタルは灰色にくすみ、入り口からショーウィンドウにかけて設置されたビニル製の緑色のひさしもすっかり色落ちしてしまっている。市道の向かい側に高い建物がなく、すぐ先に河川敷の広々とした空間が広がっていて日当たりはいいはずなのに、ガラスの向こうの店内はどこか薄暗い。ショーウィンドウに貼ってある、『矢葉戸《やばと》高校体育用品指定販売店』『矢葉戸東中学校体育用品指定販売店』と書かれた二枚のポスターのせいなのか。

二代目の店主、高坂登《のぼる》が妻の弘美《ひろみ》と共にさくらが勤める木之本工務店を訪れたのが昨日のことだ。三日前に二階の配管から水が漏れ、店舗の天井が一部ひび割れ、壁紙が剝《は》がれてしまったのを機に、創業以来初めての改装をしようと一大決心をしたのだという。

「ずいぶんとおじちゃんになっちゃったけど、お化粧直しすればきっと見違えると思うのよ」と福々しく丸い頰を揺らし、からから笑う弘美の言葉通りの、簡単に言えばぱっとしない地味な建物を前に、さくらの顔はさかい川を目にした時と同じようにどんどんとほころんでいく。

現地調査としてこれから自分が設計を手がける場所に初めて訪れる時はいつも、こうしてわくわくしてくる。どんなプランにしようか、どんなプランだとお客さんの期待以上のものになるのかと考えている時間が一番楽しいのだ。

紺色のピーコートを脱ぎ、古ぼけた茶色い革の鞄《かばん》と一緒に左の腕にかけ、ガラスに映る灰色のスーツ姿をチェックする。よし、と息をひとつはいて「失礼します」と高坂スポーツ店のドアをくぐった。

白々とした蛍光灯の光の下に、野球のユニフォームや柔道着、サッカーボールや卓球のラケット、学校の体操着などなど、スポーツ用品が雑然と棚に並んでいた。昨日もらった図面では、L字型の奥行きのある間取りとなっている。

「あ、どうも」

右手にあるカウンターに座っていた店主の高坂登が、広げていたスポーツ新聞を面倒くさそうに畳んだ。頬骨の浮いた線の細い顔を不器用に動かし、登はかろうじてといった体で笑顔を作って立ち上がる。ずいぶんと背が高い。身長百五十センチのさくらからすると、登の顔を見るには顎《あご》をぐっと持ち上げなければならない。

「お世話になります、木之本工務店の楠です」

深々と頭を下げたさくらはわずかに首を傾げた。昨日、初めて顔を合わせた時にも感じていたことだけど、この改装に対して高坂夫婦の間に温度差があるようなのだ。

「明るくて、お客さんの入りやすそうなお店にしたいな。おしゃれで、恰好《かっこう》いい感じの。

ほら、シューズメーカーのナックのセレクトショップは全面ガラス張りで、ウェアを着たマネキンがずらっと並んでいるでしょ？　あんな感じの。それで……」

木之本工務店のミーティングスペースで、きらきらと目を輝かせた弘美は身を乗り出して希望を語った。それに対して隣に座る登は腕を組み、「ああ、そんな感じもいいかもね」と言葉少なにうなずくだけだった。

同席していた木之本に打ち合わせの後にそのことを言うと、「無口な男なんざらにいる」と、とりあってくれなかった。だけど改めてこうして話をしていると、ひょっとして登は今回の改装工事に乗り気ではないのかもと、どうしても思ってしまうのだ。

戸惑いを抱えつつも、さくらはぱちぱちと店内の様子をカメラに収めていく。壁から壁までの寸法を測り、柱の位置を図面と照らしあわせる。くるくると動き回るさくらの傍らで、登は手持ちぶさたに立っているだけだった。

「あの、この棚とディスプレイ台は、次もお使いになりますか？」

手帳にメモをする手を止めて尋ねた。

「ああ、そうだね。……でも、こんなに古くさいの置いたら、新しい店だと浮くかな」

はにかむ登の答えにさくらはふうむと考える。まったく改装に反対というわけではないのかもしれない。

「高坂さんはどんなプランがいいですか？」

「え？」

「昨日、奥様のお話はうかがったんですが、高坂さんがどんなプランをご希望なのかをおっしゃらなかったので」

「俺の希望……」

そう言うと登はぐるりと店を見回した。「とりあえず安く済めばいいかな」

「そうですか……」

さくらはそっと唇を噛《か》んだ。今まで多くの施主から話を聞いてきた。一戸建ての新築工事は言うまでもなく、ちょっとした改装だったとしても、工事にかかる金額は決して安くはない。そのため、不安や期待を胸にやってくる施主との話し合いは自然と真剣なものとなる。だから、登の態度が腑《ふ》に落ちないのだ。

いぶかしく思いながらも、さくらは室内だけでなく外に出て電柱や止水栓、マンホールの位置を確かめて図面に描き込む。間取りを大きく変えるとなれば、配電盤や配管の位置を変更することもあるからだ。

ふと顔をあげると、堤防の遊歩道を二人組のランナーが、軽快に体を揺らしながら遠ざかって行く姿が見えた。冬の冷たい空気は熱を帯びた体に心地いいだろう。

いいなあ……。

はっとして目尻《めじり》を持ち上げる。いけない、今は仕事だ。ふるふると首を振り、図面に視線を戻した。

日程など細かい打ち合わせを終え、さくらは店を出て駅に向かって歩き出す。一之条商店街は、車が譲り合いながら行き来するくらいの幅の市道に、両側あわせて五十軒ほどの個人商店が軒を連ねている。美容室、理髪店、生花店に地方銀行。金物屋に靴屋、小さな書店、幼稚園に整骨院。和風居酒屋にラーメン店や昔ながらの喫茶店などなど、以前からある店が多いのだろうか、どの建物も高坂の店のように少し古ぼけているように見えた。平日の昼間だからか、カートを押すお年寄りの姿が目につく。駅前にはバスのロータリーを囲むように、チェーンのファストフード店が三つ、こぢんまりと並んでいる。

視線を上げると、線路の反対側のビルの上から、大手ショッピングストアの赤い看板が顔を出しているのが見えた。少し距離があるようだけど、迷うことなくさくらは赤い看板を目指して歩き出した。

駅から十分ほど歩いたところにあるショッピングストアの広々とした地上駐車場は、三分の二ほどが車で埋まっていた。隣にある市役所を利用する人も停めているのかもしれないが、たいした集客力だ。

一之条商店街にある店舗が全部はいってもまだまだ余裕のありそうな三階建ての建物には、商店街で販売しているすべての品物が並び、飲食店も充実していた。そして、最上階には高坂スポーツ店の四倍ほどの広さで大手スポーツ用品店が営業していた。軽快なBGMが流れる店を、一之条商店街で行きあった何倍もの数の買い物客が、ぶらぶらと品定めをしながら歩いていた。

　これは強敵だ。駅へと向かう道すがら、さくらはずっと考えていた。打ち合わせをしていた一時間と少しの間、高坂の店に来客が一人もなかった。スマートホンで調べてみると、スポーツ用品店はここ以外には高坂の店しかなさそうだ。他に競合店がいないのであれば、人の目をひく外装にすればもう少しの集客が望めるかもしれない。弘美さんのいうように、ショーウィンドウのスペースをもっと広くとって、外にむかって照明の光が通るようにすれば、他のお店よりも浮き上がって見える……。

「おい、危ない」

　突然、後ろから肩を摑《つか》まれた。振り返ると、驚きに目を見開いた登がさくらを見下ろしていた。ショッピングストアで買い物をしていたのだろう、書店の紙袋を抱えていた。

「はっ？」

　なんのことかわからず、間の抜けた声を出すさくらに、登は顎をしゃくってみせた。

「信号、赤」

　顔を戻して初めて、自分が歩道の際に立っていたのだと気づいた。横断歩道の信号は確かに赤で、目の前を白の軽トラックが、白い煙を巻き上げて通り過ぎていった。

　またやってしまった……。

　決まりの悪さを咳払《せきばら》いでごまかす。考え事に夢中になると周りが見えなくなる。この間も、給湯室で湯気をたてるヤカンの前でつっ立っているところを、先輩建築士の菰田《こもだ》に発見されたばかりだった。その時は「ウチの治療院が流行《はや》らないのは、きっと風水が悪いからだと思うんだよね」と、店舗の奥に噴水をつけたがる祖門《そもん》という鍼灸師《しんきゅうし》をどう説得しようかと考えていたのだ。「ぼーっとしてんな。火事になったらどうすんだ、バカ」とたしなめる菰田に、へへへと頭をかいて謝るしかなかった。登に向かって深々と頭を下げた。

「すみません、ありがとうございます」

「気をつけな。……ところで、あんたここでなにしてんの？　うちを出てからずいぶん経つけど。買い物してるわけじゃなさそうだし」

「市場調査です。お店の設計をする時にはいつも、周りになにがあるのかを調べることにしてるんです。競合他社とか、街の雰囲気とか。あたしが手がけたお店は絶対に流行って欲しいですもん」

父親からの受け売りですけどと、からりと笑うさくらから視線をはずした登は、なぜだか棘《とげ》のある声で言った。

「頑張ってもらうのはありがたいけど、高い値段ふっかけないでくれよ。こっちとしては安いほどありがたいんだから。なるべく簡単に頼む」

信号が青になった。さくらを追い越した登は、振り返ることなく足早に去っていった。その背中を首を傾げて見送っていたさくらは、やがて「よしっ」と頬を両手で叩《たた》く。あたしがいいプランを提案すれば、きっと高坂さんだって喜んでくれる。絶対に喜ばせてみせる。

冷たい向かい風にあらがうように胸を張り、駅に向かってずんずんと歩き出した。

木之本工務店は高坂スポーツ店から電車で二十分ほどの場所にある。国道沿いに建つ白く四角い無骨な三階建てのビルで、一階は駐車場と資材置き場、木材の加工や建具の製作をする作業部があり、二階は受付にミーティングスペース、営業と施工管理部のデスクがある。そして三階にはさくらの所属する設計部と総務部に資料室、そして社長室がある。フロアに満ちる音は階をあがるごとに静かになっていき、設計部の四つのデスクの周りでは、マウスやキーボードをカチカチと鳴らす音しかしない。

菰田は一階から職人たちの笑い声が聞こえてくると煩わしそうに舌打ちをすることもあるけれど、高校の建築科を卒業するまでの四年間、職人たちの補助用員として現場を駆け回っていたさくらは、木のにおいと木材を加工するノコギリの音や釘《くぎ》を打つ音、そして職人たちの威勢のいい声に満ちている一階の雰囲気が嫌いではない。

自分のデスクに座りパソコンを起動し、CADソフトを立ち上げると、建物を上から見た形になる平面図の作成にとりかかった。

高坂の店の1／100サイズの組立基準線をマウスで引き、図面通りの位置に柱を配置した。ここから、高坂スポーツ店が生まれ変わる。

頭の中で高坂スポーツ店の入り口に立ち、店内を見回す。棚は引き続き使いたいという。壁に沿ってところ狭しと設置されている十二台の棚を二つ外してみる。陳列スペースは減るが、並べ方を工夫し、棚を加工して平台を組み合わせたりすれば、今のアイテム数ならば十分に展示できるうえ、すっきりとした印象になるはずだ。真ん中のスペースと、奥にディスプレイ台を置いてみる。ここにおすすめや主力商品を並べてみるのはどうだろう。

左手奥にあった事務室兼ストックヤードだけど、事務仕事は二階の自宅ですることがほとんどだと言っていたし、ディスプレイ台と棚に収納スペースを設ければ、別室はいらないかもしれない。そうしたらお店の空間がぐっと広がる。

マウスがデスクの上を滑るごとに、高坂スポーツ店が生まれ変わっていく。モニターの光を受けるさくらの瞳《ひとみ》はきらきらと輝いていた。

画面を動くカーソルの矢印が、右隅にある時計の数字の上を通り過ぎた。

「あっ……」

時刻は午後八時を過ぎていた。窓の外はすっかり夜だった。

「いけない」

高校生の弟、桐也《きりや》がアルバイトの日なので帰りが遅いのだ。慌てて立ち上がり、残業をしている先輩たちに頭を下げると小走りに社屋を飛び出した。

帰宅ラッシュの電車の中で他の乗客に押し潰《つぶ》されそうになりながら、さくらは冷蔵庫の中身を思い出していた。

ネギに大根、ああそうか、白菜は今日使っちゃわないと。豚のバラ肉があるから豚汁を作ろう。魚で安いのがあったら焼き魚にでもしようか。

料理は建物を造ることに似ている。プランを立て、資材や人員を手配し、工程を確認しながら作業を進める。きちんと作ると、人に喜んでもらえるのも同じだ。

家やお店を造りたいというお客さんたちは、抱えきれないほどの希望や言葉にならないもやもやとした悩みを持ってお父さんのところに来るんだ。その人たちにとってどんな設計がいいのか、それをずっと考えるんだ。想いを汲《く》んだ家やお店ができたら、それを見てお客さんたちはにこにこ笑ってくれるんだ。その顔が見たくて、お父さんはこの仕事をしているんだよ。

仕事は多忙を極め、家に帰ることもままならなくなったある日、父親の大樹《だいき》になぜそんなに頑張るのかと尋ねたことがある。大樹はそう答え、さくらにほがらかな笑顔を向けたのだった。

お父さんが作ったポトフ、おいしかったな――。

湯気がのぼるスープ皿を手に、得意満面に胸をはる大樹の姿を思い出す。人いきれで曇るガラス窓に映っている自分の顔が揺れていた。さくらは慌ててぎゅっと強く瞼《まぶた》を閉じた。それでもあふれ出る感情は止められなかった。

なぜ、なぜ、なぜ、なぜ――。

この八年、繰り返し問い続けてきた。なぜ、神様はお父さんを連れて行ってしまったのだろうと。

いっぱい話したいことがあったのに。あれから、話したいことがいっぱいできたのに。

桐也はあっという間にあたしの背を追い抜いちゃったし、お母さんは今でも毎日お父さんとの思い出を楽しそうに話してる。あたしは約束通りに二級建築士になったよ。建築士として働き始めてお父さんの言っていたことはこれなんだって、少しずつわかるようになってきたよ。仕事のこと、いっぱい聞きたいことがあるのに。

最寄り駅に近づいた電車は速度を落とし、停まった。ドアが開くため息のような音に、さくらはようやく我に返る。

いけない。乗り過ごすところだった。

「すみません、降ります」

首を振って想いを払い、乗り込んでくる人の波をかきわけるようにして電車を降り、さくらは階段を駆け上がる。駅前のスーパーで閉店前の特売が始まったところだ。売り切れる前に品物を確保しないと。

残念ながらお買い得な魚の切り身はなかったが、三パック買えばどんな組み合わせでも九百八十円の、さらに五十円引きのシールが貼られた豚のバラ肉、牛の細切れ肉、唐揚げ用の鶏《とり》のもも肉を無事入手し、さくらはふふふとほくそ笑む。今日食べなくても、ラップにくるんで冷凍しておけばいいし。しめじとタマネギ、特売の卵に納豆を買い物かごに入れ、レジに向かった。

スーパーを出て脇道を進むとすぐに住宅街となった。駅が近いとは思えないほど、辺りは静かで緑が多い。さくらの口から漏れる白い息が暗い空に溶けていく。

五分ほど歩くと、暖かな橙《だいだい》色に満ちたマンションのエントランスが見えてきた。三階建ての白亜の低層マンションが、父親の大樹が――文字通り、命に代えて家族に残した唯一の資産だった。

エレベーターを最上階で降りるとドアの前でふっと息を吐き、ノブを引いた。

「ただいま」

冷え切った玄関にさくらの声が響く。灯《あか》りがともるが、それは自動で点灯したものだった。リビングのドアのガラスから、赤や青の光が暗がりに躍っているのが見えた。そっとドアを開ける。照明が消えたリビングではテレビだけが活気を帯びていた。

「ただいま」

テレビの前にある長いソファーの上で、毛布にくるまって身じろぎをする姿があった。母親の美晴《みはる》だ。朝、家を出る時も美晴は同じ場所にいた。

「……お帰り。ごめん。お母さんなにもしてなくて」

「いいから、そんなの」

さくらはリビングの灯りをつけ、まぶしさに目を細める母親にほほ笑みかけた。

「お母さんはのんびりするのが仕事なんだから。そんなことより、テレビ見るなら電気つけないと。目が悪くなっちゃうよ」

ごめん、ともう一度つぶやく美晴に、いいから、とさくらももう一度言う。無造作に髪を束ねただけの美晴は目を伏せる。頰のこけた青白い顔。美晴の晴れやかな笑顔を、もう何年も見ていない。

「ご飯作るね」

コートとジャケットを脱いで、さくらは腕まくりをしてキッチンに向かう。白菜と大根、タマネギ、ニンジンを洗い手早く切り分けると、鍋《なべ》にごま油を引いて豚バラ肉を炒《いた》める。さくら色の肉に半ば火が通ったところで野菜を入れる。水を入れて煮込んでいる間に冷蔵庫から卵を四つ取り出した。殻を割って卵をボウルに落とし、菜箸《さいばし》でかき混ぜる。

そういえばもう、包丁で指を切らなくなったたな……。

玉子焼き用のフライパンで玉子焼きを作りながら、ぼんやりと考える。八年前まで、かけっこクラブや中学校の陸上部で外を走り回っていたさくらは、美晴を手伝ってキッチンに立ったこともなかった。父親の死が、すべてを変えた。

大樹が倒れたと知らされたのは、最後の夏の大会に向けた練習で百メートル走のゴールを切った時だった。感触はよかった。きっといいタイムが出せたはずと、ストップウォッチを持つ後輩を振り返ると、遠くで顧問の先生が慌てた様子で手を振っていた。

学校が用意してくれたタクシーで病院に向かう道中、さくらはなんで、なんでと口の中で繰り返していた。なんであたしはあの時、ちゃんとお父さんを引き留めなかったんだろう、と。

なぜそんなに頑張るのかと尋ねたのは、日々消耗していく大樹に、ちゃんと体を休めろと言いたかったからだ。だが、理想を語る晴れやかな笑顔を見ていると、それ以上なにも言えなくなったのだった。

病院に着くまではまだ、貧血や軽い熱中症にかかっただけなのかもとどこかで考えていた。けれど、病床で細い管につながれた父親の血の気の無い顔と、酸素マスクの下の紫色をした唇を目にすると、頭の片隅にあったぼんやりとした希望の光が消えていくのを感じた。

「お父さん」

そっと呼びかける。その時だった。ゆっくりと大樹の瞼が開き、ぼんやりと辺りを見回し、自分にすがる妻と泣きじゃくる息子の姿を見、力づけるように二度うなずいた。

そして――、大樹はまっすぐにさくらを見た。

「お父さんっ！」

危ういものを感じた。呼び止めようと顔を近づけたさくらに、大樹は言った。

「みんなを、頼むよ」

確かに聞いた。紫色の唇が、そう動くのを確かに見た。さくらに自分の言葉が伝わったのを見届けた大樹は、目を閉じ、今度は大きくうなずくと、そのまま永遠の旅に出かけてしまったのだった。

気がつくと鍋の湯が沸騰し、ぐつぐつと音を立てていた。野菜の白と赤が、鍋の中で躍っている。火を弱め、味噌《みそ》を溶かす。

「お母さん、できたよ」

お盆に玉子焼きと豚汁をよそったお椀《わん》、そしてご飯茶碗《ぢゃわん》をのせ、リビングに向かう。美晴は先ほどと同じ恰好で、テレビをぼんやりと眺めていた。テーブルに皿を並べ、隣に座る。美晴の腕が椀に伸び、小さな唇が豚汁をすする。

「おいしい」

その言葉にさくらの顔がほころぶ。

「よかった。あたしも食べよう。お腹空《す》いちゃった」

大樹の死だけでも大きな傷をつけたのに、その後、雪崩のように降りかかってきたトラブルが、美晴の心を深くて暗い沼に沈めた。浮かび上がるには時間が必要だと、心療内科の医師は言った。

お母さんは頑張っているんだ。懸命に物を食べる美晴の頰を見ながら思う。元気になるために、頑張ってご飯を食べている。

「おいしかった。ごちそうさま」

美晴はようやく食事を半分食べ、箸を置いた。

「お粗末様でした」

だから、あたしも頑張ってみんなを支えるんだ。お父さんとの約束だから。

さくらは疲れたように息を漏らす母親に笑みを向ける。ひときわ強い風の音がした。窓は結露している。いっそう冷え込みがきつくなってきているようだった。

桐也が帰ってきたのは十一時を過ぎた頃だった。自室で高坂スポーツ店の改装プランを考えていたさくらは、玄関のドアが開く気配にノートパソコンから顔をあげた。

「お帰り」

部屋から廊下に顔を出すと、冷気に頬を赤らめた桐也が振り返る。さくらとは違う細い眉に一重の目。ひょろりと高い背をわずかに丸めている。

「うん」

あれ、と思った。年とともに口数の減った弟だけど、ただいまの言葉すら面倒くさがるような愛想無しではないはずだ。

「なにか、あった？」

尋ねるさくらに桐也は「別に」と素っ気なく答え、「外、すげえ寒いし」とつけくわえた。

「お疲れ。豚汁と玉子焼きあるよ」

「大丈夫。まかない食べてきたから」

桐也は高校近くのファミリーレストランでホールのアルバイトをしている。まかないとは通常メニューとは別の従業員のための食事のことで、一食数百円と安価で食べられる。ここのところ、外で食べてくることが多くなってきた。別にそれでもかまわない。残ったぶんはさくらの朝食に変わるだけなのだから。

「そう。……お茶でもいれようか？」

しばらく答えを躊躇《ちゅうちょ》していた桐也だが、体の芯《しん》まで冷えていたのか、ぶるっと身震いをひとつし、「紅茶がいい」と言った。

「わかった。待ってて」

さくらは頰をゆるめ、弟を追い越してキッチンに向かった。

ヤカンを火にかける。リビングに入ってきた桐也がどすんと音をたててソファーに座り、詰め襟のフックを外すとふぅ、とため息をつき、リモコンでテレビの電源を入れた。静かな部屋に、場違いなほどに明るい笑い声が弾《はじ》ける。

「……ごめん」

謝ったのは弟の横顔に疲れがにじんでいたからだ。驚いたように目を開き、振り返る桐也にもう一度ごめんとつぶやいた。つかの間、さくらを見ていた桐也は「ぜんぜん大丈夫だから」と顔をテレビに戻す。

確か実力テストが近いと言っていた。学校の勉強にアルバイト。自分も経験したことだけど、両立するのは簡単なことではない。二級建築士の試験に合格できたおかげで、毎月の給料に資格手当がつくようになった。月々の手取りは増えたが、それでもかつかつな生活に変わりはない。だから、週に五日アルバイトをして生活費の足しにお金をいれてくれる弟の気持ちがありがたく、そして申し訳なく思うのだ。さくらは奥歯をかみしめる。

なにもかも、あたしの意地のせいだ——。

父親の大樹が死んで、すぐにやってきたのは仕事関係の人たちだった。大樹が立ち上げた設計事務所の取引先で、支払いがまだだというのだ。夫の仕事にまったくかかわりのなかった美晴にとって、それは青天の霹靂《へきれき》の出来事で、慌てふためいている間に徐々に詳細が明らかになっていった。

自転車操業――。大口の契約が途中で破棄となり、それが契機となって、大樹の事務所はのっぴきならない立場に追い込まれていたのだ。工事を依頼していた業者への支払いのために融資を求めて走り回り、契約のために安価で仕事を引き受け続けた。消耗するほどの多忙の理由がこれだった。

二千万円。膨れあがった借金の総額だった。残念ながら倒産という方法はとれなかった。事務所を設立した時に、美晴は連帯保証人として名を連ねていたのだ。だから、ツケはすべて美晴個人に回ってきた。夫の死と多額の借金。立て続けにやってきた苦難に美晴は追いつめられ、やがて気の病に倒れてしまった。

どうすればいいのかわからずさくらが頼ったのが、大樹が独立する前からつき合いのあった工務店の社長である木之本だった。同い年でお互いが磊落《らいらく》で、仕事にまっすぐに取り組む性分だから気が合ったようで、大樹が多忙を極めるまでは家族ぐるみのつき合いが続いていた。

「奥さん、マンション売っちまったらどうですか。保険入ってたんでしょ？　楠さんが亡くなって、ローンはちゃらになったはずだ。ここは駅が近いし、まだまだ新しい。資産価値は十分にある。借金返してもまだ、いくらか手元に残るはずだよ」

連絡を受け、すぐに飛んできた木之本は、だるまのような目でリビングをぐるりと見回しそう切り出した。

「いやです。だって……、ここはわたし達のために、あの人が建てた家なんだから」

やつれながらも、きっぱりと木之本の提案を却下した美晴の、熱を帯びた瞳をさくらは忘れることができない。

「他にどんな方法があるんです？　右往左往して倒れるよりも、肚《はら》ぁくくってさっぱりしちまったほうが、奥さんにも、お子さんにもいいでしょう。給料のいい仕事は体にきつい。その様子じゃあ、働く所も選ばなきゃならないでしょう」

「でも……」

やるべきことははっきりとしている。それでも『はい』と言えない美晴の気持ちが、さくらにはよくわかった。

中古で購入したマンションを自分で図面を引いて内装を考えた。施工は木之本工務店が行い、キッチンの吊《つ》り棚は木之本に手伝ってもらってさくらがとりつけたものだ。

建築物には設計者の個性が少なからず出るものだ。柱の出っ張りをできるだけ無くすというのもその一つで、リビングの壁は柱を隠すために斜めになっている。そのぶん部屋は狭くなるが、視線はなめらかにベランダへと向かう。どの部屋にいても、辺りに目を走らせると大樹の息吹をしっかりと感じるのだ。大樹の思いがつまったこの家を手放したくないという母の気持ちは痛いほどにわかるし、さくらも同じ気持ちでいた。木之本の視線に気圧《けお》されたように美晴は顔を伏せる。太《ふと》ももにのせた二つの拳《こぶし》が震えていた。

「でもなにもね、奥さん……」

「あのっ！」

なだめるように押し出した木之本の言葉をさくらは遮った。そして立ちあがる。

「あのっ、あたしが働きます」

「はあ？」

木之本はさくらをにらみつける。鋭いまなざしは、子供が口を挟むなと雄弁に語っていた。木之本のこれほどまでに厳しい顔をさくらは見たことがなかった。

みんなを、頼むよ——。

さくらは思い出していた。父親のかすれた声を。最後に交わした大切な約束を。

ぐっと拳を握りしめ、顎をあげるとさくらは木之本の丸く、威圧的な目をまっすぐに見返した。

「ここのリフォームを手伝った時に、職人さんに言われました。筋がいいって。きつい仕事だけど、すぐに稼げるようになるって。あたしならいつでも大歓迎だって」

「あの馬鹿ども、勝手なことといいやがって。あのな、さくら……」

「お願いします。あたしを雇ってください。あたしの働きに価値がないって思ったら、いつでもクビにしていいですから」

体が震え出しそうになる。奥歯をぐっとかみしめ堪《こら》える。木之本は身を乗り出し、さくらの瞳の奥をのぞき込む。心の奥まで探られているようだった。

実際には一分にも満たない時間だったのだが、さくらには永遠に続いたような気がした。木之本はふと表情をゆるめた。

「いいですからって、ずいぶんと偉そうじゃねえか」

「……すみません」

「でもお前、親父さんに建築士になるって約束したそうじゃねえか。俺は約束を平気で破る奴は信用できねえんだ」

「それは……」

さくらは初めて木之本から目をそらした。平気なわけがない。四年前、独立した大樹が最初に手がけた物件を見に行った時だった。引き渡し間近の新築一軒家に家主たちが訪れていた。華やいだ声で家中を行き来する親子を見て、自分も父親のような人を笑顔にできる建築士になると決めたのだ。娘の決意を聞いた大樹は、「当たり前のことをしただけだよ、お父さんは」とはにかんだのだが、そのことを木之本にまで話していたとは思わなかった。ほんの小さな子供が抱いた決意だけど、さくらは大事に持ち続けてきたのだ。でも、家族のほうが大切だ。最後に父と交わした約束のほうが大切だ。

「でも、これもお父さんと約束したことなんです。だから、いいんです」

思案するように腕を組んでいた木之本だが、やがてぽんと膝《ひざ》を打った。

「だったらさくら。お前、働きながら学校通え。夜学ならフルで仕事ができるから正社員として雇える。仕事に慣れればちゃんとした給料を払ってやれるが、どうだ？」

「やります」

さくらは即答した。木之本は「よし」とだけいい、数日後には木之本工務店とつき合いのある銀行の担当者を伴ってやってきた。このマンションを担保に、二千万円を十年で返済する融資を受ける算段をつけてくれたのだ。契約書の連帯保証人の欄に自らの名を記し、さらにはさくらが中学校を卒業するまでの半年の間、返済の立て替えも約束してくれた。

「あと二年」

桐也の口から、頭の中にあったのと同じ言葉が出てきた。日中は建設現場を走り回りながら公立の夜間部の建築科を四年かけて卒業し、三年の実務経験を経て、去年の十二月に二級建築士の資格を取得した。そして、返済を始めて八年になる。

最近、法律が改正されて卒業してすぐに資格試験を受けられるようになったが、先輩の下で雑用をこなした三年もの日々は無駄ではなかったと思っている。

熱い紅茶に息を吹きかけている桐也の横顔を見つめ、心のなかで弟にそっと頭を下げた。十代にしか経験できないことはいっぱいある。勉強だって、友情だって、部活だって、そして恋だって。それなのに、自分のわがままのせいで桐也に普通の高校生活を諦《あきら》めさせたのだ。

ごめん、あと少しだから――。

「お菓子、食べる？　クッキー安いの買ってきたんだ。半額」

「え、期限切れなんじゃないの？」

「ぎりオッケーなやつだから、大丈夫」

キッチンの吊り棚に手を伸ばす。扉にはさくらがし損じてつけたネジの傷がかすかに残っている。

外壁はきれいに白く塗り直す。

外観は変わらないけれど、中に入るとまったく違う。天井は黒のビニルクロスに貼り替え、ダウンライトをはめ込んだ。奥の壁をのぞいて、他は天井と同じく黒のクロスを貼った。入り口から見通せる奥の白い壁が目に映える。壁に寄せた既存の棚は膝丈の収納をかねたディスプレイ台の建具をとりつけ、側面にも黒のアクリル板を貼る。ぐっと締まったシックな内装は、弘美が要望にあげた大手スポーツブランドのナックに寄せたものだ。

用意したのはもう一プラン。建具の配置はほぼ同じだが、壁は白、床と建具を木目調のものにした。これは、すぐ外にあるさかい川の自然を意識したもので、さくらとしては実のところこちらをおすすめしたい。どちらも事務室の壁を外しただけで、ほかに間取りの変更はない。できるだけ安くという登の要望を考えた結果だ。

前回の訪問から三日、さくらは再び高坂スポーツ店のドアをくぐった。客はランニングシューズを選ぶ男の子がいるだけだった。ひっそりとした店内に、「あ、これいい」「こっちもいいよね」と弘美の歓声が響いた。

さくらはカウンターの向こうに座る登をちらりと見た。仏頂面で腕を組み、広げられた平面図とイメージ図をさらっと眺めただけだった。

「うーん、なんかぱっとしない」

「え、そう？　どれもいいと思うけど。ねえ」

夫の言葉に目を見開いた弘美はとりなしの笑みをさくらに向けるが、当のさくらはまったく気にしていない。ダメ出しなんて日常茶飯事だ。たった一度や二度、プランが却下されたからといって落ち込んでいては仕事にならない。

「そうですか……。あの、よろしかったら、こんな感じ、という希望を聞かせていただけませんか？」

「こんな感じっていわれてもねぇ。素人にはよくわからないからさ、ぱぱっと安いの考えておいてよ」

「ぱぱっとですか……」

さすがに語尾が濁る。確かに建築士は設計を考えるのが仕事だ。でも、居住空間というものは、そこで過ごす人たちと一緒に考えていくものだと思うのだ。

「わかりました。もうちょっとお時間ください」

表情を引き締め直し、さくらは二人に頭を下げた。俄然《がぜん》、闘志がわいてきた。要望がないということは、制約がないともいえる。ならば、最高のプランを考えて、登をうならせるまでだ。

店を出たさくらはさかい川を目指した。ここのところずっとパソコンの前に座っていたので、気分を変えてみようと思ったのだ。堤防に造られた遊歩道を、川下に向かって歩き出す。橙に色づき始めた陽光が、灰色のアスファルトに長い影を伸ばす。影を追い越すように大股《おおまた》でさくらは前に進む。ひときわ強い風が河川敷のススキに波をたてた。

「寒っ」

思わず立ち止まり、コートの襟を立てたさくらを、軽快な足音をたててランナーが追い越した。その足音が不意に止まる。

「あの……」

ひょろりとした体格の男の子が立っていた。寒さに頬を赤らめた顔はまだ幼さを残している。中学生くらいだろうか。青と黒のランニングウェアは、この秋に発売されたものだよなとぼんやり考えていたが、すぐにあれ、と思った。どこかで見た顔だった。

「すみません」

体育会系らしい礼儀正しさで、男の子が体を折るようにして謝罪した。

「へ？」

「親父っていつもああで。やる気がないっていうか、煮え切らないっていうか。いらいらしますよね」

「親父……？　あれ、さっき、お店にいたよね。ウェアに見覚えがある。ひょっとして高坂さんの」

「はい、息子です。光輝《こうき》っていいます。うちの店がどんなになるのかなって、ちょっと興味があって聞いてたんですけど」

はにかむように目をそらす光輝の顔をまじまじと見つめ、ははぁとさくらは手を叩く。細い眉に細い目――、確かに。

「やっぱり親子だ。見れば見るほど似てますよね」

「やめてよ」光輝は顔をしかめた。「あんなのに似てるって言われたくない」

「お父さんのことそんなふうに言うのは、……どうかな？」

「いいんだよ、あんな奴。人生つまんないって顔で、一日じゅうカウンターのとこに座っててさ。あのさ……」

自分のタメ口に気づいたのか、光輝は咳払いをした。

「……自分の親のこと尊敬できますか？」

「はい。だからあたしも建築士になったようなものですから」

「ということは、親も建築士ってこと？　いいよな、建築士みたいな恰好いい仕事でさ。うちみたいに潰れそうな店の親父のどこに、尊敬できる要素があるのかってーの。いつもつまんなそうな顔してさ。そんなに人生つまんないなら、いっそのこと死──」

「やめなよ」

声を荒らげ、さくらは光輝に詰め寄った。施主の子供だからとはいえ聞き捨てならなかった。

「親に不満があるならそれは仕方がない。あたしにはわからない、いろんな事情があるんだろうし。無理に尊敬しろなんて言わないよ。でもね、どんなに嫌っても、口に出しちゃいけないことって絶対にある」

自分を見上げる厳しい視線に耐えられず、顔を背けた光輝はがくりと肩を落とした。

「あんな感じじゃなかったんだ、親父は。あれでも昔はマラソンの選手で、オリンピックの候補にもなったことがあって。ガキ過ぎて、ちょっとしか覚えてないけど、あの頃の親父は恰好よくって自慢だった。だから、俺も陸上始めたんだけど。親父も怪我さえしなきゃ今でもって考える時もあるけど……」

光輝はさかい川に視線を落とす。銀鱗《ぎんりん》のような光が明滅する川面《かわも》を、沈みかけた段ボール箱が流れていく。箱は二人の前を通り過ぎてすぐ、暗い水の中に消えてしまった。

ふん、と鼻で笑った光輝の顔に、諦めの色が濃く浮かんでいた。

「すみません、変なこと言って」

礼儀正しく頭を下げ、背を向けた光輝は、先ほどよりもずっと速いペースで走り去る。遠ざかっていく頼りなげな背中をさくらはずっと見送っていた。

木之本工務店に戻ると、まっしぐらに資料室に向かった。そこには自社で過去に手がけた物件の図面や業界誌、巨匠と呼ばれる建築家の作品集などがところ狭しと収められている。それらを片っ端から手にとり、さくらは自分のデスクに積み上げると、顔を埋《うず》めるようにしてページにのめり込んだ。

情けなくてしかたがなかった。センスのない自分が、ひらめきのない自分が、才能のない自分が。だから、登の心をひくようなプランを提案できず、だから、息子の光輝にあんな言葉を吐かせてしまったのだ。

だから――。

別の雑誌に手を伸ばす。だから、あたしは学ぶしかないんだ。こうして他の建築士たちが考えたプランをいっぱい頭のなかにたたき込んで、少しでも自分の糧にしていくしかないんだ。そして、ぜったいに高坂さんに納得してもらえるようなプランを作り上げてみせる。

時間は過ぎていき、フロアに灯る光はさくらのデスクの上のものだけになったが、気づく様子もなく、さくらはページをめくり続ける。

ここしばらく雨のない冬の空には乾いた青色が広がっていた。砂埃《すなぼこり》を巻き上げる冷たい追い風に急《せ》かされるように一之条商店街を進むさくらだが、どうしても足が重い。

一週間さんざん悩んで練り上げたプランを持参したのが昨日のこと。この間のものよりも洗練され、使い勝手のいいものになったという自負はあった。

だけど……。

晴天の光を浴びてもなおくすんでいるような高坂スポーツ店の前に立ち、よし、と気合いを入れて「失礼します」とドアをくぐった。

「ああ……」

カウンターの向こうに座る登が、いつものように広げていたスポーツ新聞を畳むが、左の唇には痛々しいかさぶたがついていた。

「あの……、大丈夫でした？」

おずおずと切り出すさくらに、登は唇に触れて笑う。

「こんなもん、ぜんぜん」

「そうですか」

さくらは太い眉を下げた。唇の傷は光輝に殴られてついたものなのだ。

昨日、A3サイズの計画書を広げた登は、さっと目を通しただけでページを閉じた。

「やっぱりぱっとしないよね。ピンとこないっていうか」

「え、そんなことないよね。この間のもよかったけど、これもいいよね」

とりなす弘美だが登はまったくとりあわなかった。計画書を見下ろしている光輝も怪《け》訝《げん》そうに眉をひそめていた。

まったくさあ、と登はため息混じりに言った。

「だいたい、なんでいつも助手のあんたが来るんだよ。この間の木之本さんだっけ、あの人が担当すると思ったから依頼したのにさ。女のあんたがどれだけのものかは知らないけど、軽く見られてんのかなって思うじゃない、普通」

登の遠慮のない言葉が突き刺さる。いわれのない中傷にぐっと奥歯をかみしめた。働いていると理不尽な言いがかりをつけられることもある。もちろんその度に仕事で見返してやると思うのだけど、少しはへこむ。

「木之本は施工担当で……」

「あのさ」

煩わしそうに右手を振ってさくらの説明を遮った登は、「やっぱりいいや。改装はやめて、天井と壁紙を直してくれればいいから。もともと乗り気じゃなかったんだし」

「ちょっと、あなた……」

「………」

あまりの言葉に慌てる弘美の前で、さくらは呆然《ぼうぜん》とするしかなかった。怒りはなく、敗北感が体を覆っていった。力のない自分がただただ悔しかった。

面倒くさそうに広げた新聞紙の擦《こす》れる音がさくらを拒絶した。顔を隠した登に頭を下げ、床に置いた鞄を手にしたその時、怒号が響いた。

「いい加減にしろよ。なんでいっつもやる気がねえんだよ」

「なんだと！」

息子の言葉にかっとなった登が立ち上がる。胸ぐらをつかみあった親子は——。今日、殴り合いというものを初めて見たさくらは、その後がどうしても気になって、今日、高坂スポーツ店を訪れたのだった。

「どうぞ」

「あ、すみません」

登がカウンターにお茶のはいったグラスを置いた。

のこのこ来てしまったのはいいのだけど、どんな話をすればいいのかはまったく考えていなかった。

「いろいろ、悪かったね」

「え？」

バツの悪そうな顔を隠すように、登は手の中のグラスをのぞき込んでいた。

「いっぱい考えてきてくれたのに、結局やらないということになって」

「あの、もともと乗り気じゃないって、昨日おっしゃってましたけど……」

「だってさ、この仕事に先なんてあると思うか？　君が来てさ、ここに客が入っているのを見たことがあるか？　みんな、駅の向こうのショッピングストアで買い物をするから、こんなちっぽけな店になんて来やしない。それにさ」

そう言って登はショーウィンドウを指さした。古ぼけたポスターに『矢葉戸高校体育用品指定販売店』『矢葉戸東中学校体育用品指定販売店』とあった。

「うちみたいな小さなスポーツ用品店の喰《く》い扶持《ぶち》ってあれなんだよ。学校に契約してもらって、学校指定のジャージや体操着、上履きを売る。大手の店では売ってないから、通っている生徒はうちのような店で買うしかないんだ。でもさ、どっと売れるのは春ぐらいだし、子供の数は減る一方で売り上げも右肩下がりでさ、しかも中学校ではこの春から同じような色なら、ジャージと体操着はどのメーカーにしてもいいってことになるんだ。もう散々だよ」

ショーウィンドウの向こうを、制服を着た男女のグループが楽しげに言葉を交わしながら通り過ぎていく。高坂の店に目を向けるものは誰もいなかった。その様子に登が自《じ》嘲《ちょう》気味に笑う。

「親父の店を継いだ十年前はまだよかったんだけどさ、この先、未来なんてない。息子に店を継げなんてとても言えないし、あいつが成人して独り立ちしたら店を畳もうと思っててさ。そんな店に金なんてかけてもしかたがないだろ?」

「辞めてどうするんですか?」

厳しい現実にさくらの肩も落ちる。その姿を見て登はくすりと笑った。

「さあ、アラフィフの俺にどんな仕事があるのかなんてわからないけど、この仕事よりもきっと稼げるだろうね」

手間かけさせてごめんね、といたわる登の言葉を背に、すごすごとさくらは高坂スポーツ店を出た。

どこからやって来たのか、空には灰色の雲が薄く広がっていた。隙間からのぞく太陽の光には大地を温める十分な力はない。来た時よりもずっと重い足取りで、影のないアスファルトをしょんぼりと見つめながら駅に向かった。

社に戻り、経緯を木之本に報告した。

「ったく、しょうがねえな。じゃあご要望通り、天井のボードと壁紙の手配しとけ」

鶴の一声だ。これで、高坂スポーツ店のケースは終わった。自分のデスクに戻ったさくらは、力が抜けたようにイスにどかりと座った。どれだけ力を尽くしても契約にいたらないことはある。よく、ある。その度に、自分の非力を思い知らされる。

ああ、もう——。

心の中で頭を抱えていると、

「残念でしたね、さくらせ・ん・ぱ・い。調子でも悪かったんすか？」

嘲笑混じりの言葉をかけてきたのが、隣に座る菰田だった。栄養過多の丸い頰を膨らませ、輪郭とは真逆の鋭い目をさくらに向けている。二人の関係は複雑だ。

菰田はさくらよりも四つ上の二十八歳だが、中学を卒業してすぐに働き始めたさくらのほうが職歴は二年先になる。実際、大学を出て新卒で入ってすぐの菰田に会社の細かいことを教えたのがさくらだった。ところが建築士の資格——しかも一級を取得したのは菰田が先で、建築士としての職歴はすでに四年になる。

さくらは菰田のことを年上だし建築士としての経験も長いのだから先輩として接して

いる。だが、入社してすぐに現場の職人に偉そうな口を叩いた菰田をどやしつけたことがあった。それを根に持っているのか、落ち込んでいる時にはこうして皮肉を飛ばしてくる。

「渾身《こんしん》の一撃のつもりが、あっさり返り討ちでした」

ははは と笑ってさくらは電話の受話器を外し、内線で施工管理部を呼び出し、高坂のために工事の手配をした。

切り替え、切り替え――。

お客様は高坂だけではない。肩をぐるぐる回してモニターに向かうが、頭に浮かんでくるのは落胆した光輝の顔と、自嘲して笑う登の丸まった背中だった。

あきつ市のパン屋さん。

ＭＪ設計という大手の設計事務所に勤めていた大樹は、さくらが小学六年生になったばかりの頃に一念発起して開業した。これは大樹が独立した年に手がけた物件だった。

築五十年の木造二階建て住居を改築し、一階を店舗にしたものだ。梁《はり》と桁《けた》を露《あら》わにした一階の天井からは木の温かみが感じられる。壁はシンプルに白のクロス貼りで、床も同色のモルタルを金ゴテしあげにしてある。レジカウンターのすぐ後ろの壁には大きなガラスをはめて、厨房《ちゅうぼう》でパンを作っているところを買い物をしながら見ることができる。

作業台とガラスの底面、そしてレジカウンターの高さをそろえているので視線がすっと奥まで通るようになっている。

「こういうところ、お父さんらしい」

リビングのソファーに深々と座り、大樹が設計した物件の図面や写真を集めたスクラップブックを眺め、さくらはふふっと笑う。

都心のカフェ。

建物の真ん中に大型の焙煎機《ばいせんき》を設置し、四方をガラスで囲っている。鉄骨をむき出しにしたフォルムはさながら工場で——。

「姉貴」

耳元で呼びかけられ、さくらはうぉっと声をあげた。いつの間に帰ってきたのか、呆《あき》れ顔の桐也がすぐ隣に立っていた。

「また仕事でポカしたの？」

「は？ 違うし」

「うそうそ」

桐也は肩をすくめ、顎で青いスクラップブックを指した。「姉貴がそれを見てるのって、だいたい仕事でなにかしでかした時だろ」

「え……」

ばれていた。十三冊のスクラップブックが、唯一残っている大樹の功績だった。仕事で行き詰まるとこうしてスクラップブックを広げ、父親に助けを求めるのだ。事務所にあったものはこれ以外すべて、パソコンから固定電話まで、借金返済のために売り払ってしまった。

「で、どうしたの？」

隣に座った桐也は、スクラップブックを一冊手に取り、無造作にぱらぱらとめくっている。似ているところはまったくないのだけど、なぜだかその横顔が光輝と重なった。

「桐也はお父さんのことどう思ってた？」

「え、唐突になに？」

「昨日、お客さんのところで壮絶な親子喧嘩《げんか》に遭遇しちゃってさ。くすぶってるお父さんに息子さんが爆発しちゃったって感じだったんだ。びっくりしたけどなんかさ……」

「なんか？」

「うらやましくって。ほら、お父さん突然いなくなっちゃったから、そんなこともできなかったなって。桐也は反抗期みたいなのなかったけど、お父さんが生きていたら、あんなふうに喧嘩とかするのかな、なんて思ったら……」

さくらはスクラップブックの青い表紙をそっと撫《な》でた。建築士になった今、こうして大樹の手がけた物件の写真を見ると、細部にまで心を配った設計にはっとさせられてばかりいる。もしも生きていたら、聞きたいことや相談したいことがいっぱいあったのに、と以前にもまして父親の不在が悔やまれてしかたがない。

「おれさ」

桐也はかすれた声で言う。心の奥底に巣くっている忌まわしい『モノ』をそっと吐き出すように。

「父さんのことよくわかんないんだよね。覚えてないとも違って。ほら父さん、仕事が忙しかったからおれが起きてる時間に家にいたこともない。遊んだりしたことがないから、反抗することもないよね。病院でベッドに寝ている父さんを見て、あれ、こんな顔だったっけって思ったぐらい」

「そんな……。桐也、病院でわんわん泣いてたじゃない」

「そうだっけ……？　きっと母さんと姉貴が泣いてたから、つられたんだと思う。とにかく、おれにとって父さんってそんな感じの人。だからさ……」

ソファーの背もたれに深く体を埋めた。

「正直、なんで姉貴と母さんがこの家にこだわるのかが、よくわかんないんだ」

「え……」

「だって、この家を売ればさ、借金なんてしなくてよかったんだよね。この家があるから、姉貴だって働きながら夜学に行くハメになったんだよね。たまにさ、バカみたいだって思うんだ。なんでこんなに働いてるんだろうってさ」

スクラップブックを投げるように置いた桐也は、深いため息をつき、リビングをぐるっと見回した。

「父さんの思い出ってなんだよ。ただの家じゃん」

「なんてこと言っ――」

空気が揺れた。さくらは言葉を切り、リビングのドアに目を向ける。わずかに開いていた隙間から、灰色のなにかが落ちているのが見えた。美晴は今日、同じ色のカーディガンを羽織っていたはずだ。

「お母さんっ？」

立ち上がり、ドアを開ける。やはり美晴のカーディガンだった。玄関のドアの鍵《かぎ》が外れている。振り返り、桐也に言う。

「お母さん、出て行っちゃった」

「うそっ！」

慌てて立ち上がった桐也は、さくらを押しのけて廊下を走る。「おれの話、聞いちゃったのか……」

「今はそれを言ってもしかたがない。捜そう」

二人は家を飛び出した。

エントランスで桐也と分かれ、さくらは駅に走る。口からこぼれた白い息が、雲に覆われた光のない空に消えていく。帰路につく人たちとすれ違うけれど、道の先に美晴の姿はない。いつも買い物をするスーパーの無骨な四角いシルエットが近づいてきた。

こっちじゃないのかも――。

さくらは足を止めて考える。玄関のドアが開いたことにすぐに気がついた。間をおかず二人で追いかけたけれど、どこにもいない。病床に伏せっている日が多いのだから、自分の足で追いつけないほど遠くに行けるはずがない。桐也に電話をするけれど、『どうしよう、どこにもいないよ』と泣き出しそうな声が返ってくるだけだった。

踵《きびす》を返す。つま先でアスファルトを蹴《け》る。速度をあげ、さくらはしんと冷えた夜の空気を切って走った。雪が降ってきた。小粒の雪が、暗い空から次々と落ちてくる。

エントランスの灯《あか》りが見えてきた。マンションの前でさくらは素早く辺りを見渡した。美晴らしき人影はどこにもない。連なっている窓からは暖かな光が漏れているけれど、どこかよそよそしく見えた。冷たい風がさくらの髪を揺らしているが、首筋にはいくつもの汗の滴が流れては落ちていく。

「お母さん！」

美晴を呼ぶ声が虚《うつ》ろに響く。それでも叫ばずにはいられなかった。

「お母さん、お母さん、ねえ、どこにいるの？」

気配を感じた。マンションを囲むように植えられた植栽の切れ間になにかが動いた。

「お母さん？」

駆け寄ってすぐに、さくらはうずくまるようにしてフェンスにもたれかかる母親の姿を見つけた。真冬なのに灰色のスウェットを着ているだけだった。サンダル履きの足が白い。祈るように丸まった背中は、泣きじゃくる子供みたいに震えていた。

ここは――。

なんで最初に思いつかなかったんだろう。「お母さん」と叫び、さくらは美晴の体を固く抱いた。

冷えていた。外にいる時間は長くなかったのに、灰色の生地から伝わってくる美晴の体温は今にも消えてしまいそうだった。

「あの時……」

か細い声が白い吐息に消える。「わたしがこの家に執着しなければ、わたしがちゃんと働ける体だったら、さくらにも桐也にも苦労させることなかったのに。ごめんね、わたしのせいで」

「違う、違うよ」

さくらは美晴の背中に頬を当てた。

「あたしだってこの家が無くなるなんて絶対に嫌だった。だから手をあげたの。あたしが働くなんて言わなかったら、すべてが変わっていた。だからお母さんが気に病むことなんてなにもない。でもさ……」

両手で美晴の腕をこすり、さくらは上を見る。楠家のベランダがあった。引っ越しの日、家族そろってこの場に立ち、先を急ぐ引っ越し業者のスタッフを引き留めて写真を撮ってもらったのだ。四つの笑顔がそろった幸せな家族写真。あの時はこの場所で涙を流すなどと思いもしなかった。

「桐也には悪いことしちゃったよね。あの時はちっちゃくてなんにもわかってなかったから、今になってなんてことしてくれたんだって言いたくなるのもわかる。だから、ちゃんと謝るよ。そしてお金を全部返し終えたらさ、桐也の好きなもの、もう食べられないって言われるぐらい、いっぱい作ってあげようよ。それで、きっと許してくれるよ。優しい子だからさ。だから、帰ろう。あたし達の家に」

促すようにそっと手に力を入れると美晴はようやく立ち上がる。母の頼りない体をしっかりと支えながら、さくらは暖かな光に満ちたエントランスに向かう。

夜に吹いた強い風が雲を押し流し、翌日は朝から澄んだ青色が空に広がっていた。日が高くのぼった今、陽気は春のように暖かい。穏やかに流れるさかい川の川辺に、三羽のシラサギが並んで餌を探している。

「よしっ」

堤防の遊歩道でさくらはしゃがみ込み、右ハムストリングスをリズミカルに伸ばす。続いて左を。太ももの前、そしてふくらはぎの筋肉を丹念にストレッチする。高坂スポーツ店までやってきたが、今日はいつものスーツではなく、空色のジャージ姿だ。明日、工事の見積もりの件で連絡を入れ、了承されればさくらが高坂家に関わることはない。もう、この場に来ることはないのだ。

昨日はいろいろあった。仕事では高坂家の改築の依頼を取り逃し、家では桐也が抱えていたわだかまりが露わになり、それを知った美晴が家を飛び出した。今朝、リビングで顔を合わせた桐也と美晴はぎこちなく「おはよう」と言葉を交わしただけだった。

「桐也。あたしのエゴで巻き込んでごめん。いらない苦労させて本当に悪いと思ってる。でも、あと二年だけつき合って。この通り」

そう言って深々と頭を下げるさくらに「昨日はちょっと疲れてただけだから。家族のことなんだから、おれだって一緒に頑張るよ」と言って、桐也は朝食の目玉焼きをかきこんだのだった。

一件落着かどうかはわからないし、これからも同じように倹約を重ね、こつこつと借金を返していくしかないということも変わらない。それでも、不憫《ふびん》な弟の胸の内を聞けただけでも収穫があったと思うのだ。

先のことを考えても仕方がない。気分を変えたくなったさくらは、ずっと気になっていたさかい川を走ってみようと、自宅から電車を乗り継いでここまでやってきたのだ。

ウォーミングアップを終え、スマートホンにダウンロードしていたお気に入りの曲を再生すると、さくらは川下に向かって走り出した。

平坦な道は走りやすく、神社や林、貯水池などがある目にも楽しいコースだった。つま先で大地を蹴るごとに体中に血が回っていく。熱い息を吐きながら、さくらはふふふと笑った。

四キロを過ぎてしばらくすると橋が見えてきた。一人のランナーが、橋を渡ってこちらに向かってくる。すれちがいざまに、さくらは「こんにちは」と頭を下げた。

「あ、どうも」

聞き覚えのある声に振り返り、イヤホンを外した。登だった。細身の体にフィットする、赤と黒の派手なランニングウェアを着ていた。気づかなかったのは店で会う時よりもずっと明るい、覇気のある顔をしていたからだ。登も立ち止まる。

「なに、運動やってた？　けっこう様になってるじゃない」

「ええ。中学校の頃、陸上部で。でも、短距離だったので、長距離のフォームは自己流です」

「そんな感じの走り方だよね。でももうちょっと蹴り脚を意識すると楽に走れるよ」

そう言って登はさくらを三往復走らせ、フォームをチェックした。確かに、登の言うように体を前に運ぶ時に、膝を伸ばして脚を後ろに流すようにすると効率がいい気がする。

「うわっ、ありがとうございます。ぜんぜん違う！」

「そうだろ？」

相好を崩した登はふと真顔に戻り、「いろいろごめんね」と頭を下げた。

「いえいえ、こちらこそ、お力になれなくて」

「もしも知り合いで新築でも改築でも、どこかいい事務所を探してる人がいたら、親身になってくれる建築士だって楠さんのこと紹介するから」

じゃあ、とさくらの肩をぽんと叩き、登はあっという間に走り去っていく。そのフォームは光輝とそっくりだった。面はゆい気持ちを持て余したさくらは再び走り始める。額に浮かんだ汗が心地よく流れていく。

しばらくしてイヤホンから聞こえてきたアナウンスが、十キロを経過したことを告げた。

「うそっ、もう?」

橋のたもとで立ち止まり、スマートホンを確認する。走った距離や速度を記録するアプリによると、いつもより一キロあたり十秒近く早く走っていることになる。

「うわ、すごい……」

我流で走り始めてずっと変わらなかったタイムが、簡単なアドバイスですぐに縮まった。すごいなぁ、ともう一度つぶやいて軽やかな足取りで地面を蹴る。どこまでも走っていられそうな気分だった。

ところが──。ダメージは次の日にやってきた。調子にのって終点の海岸まで走ってしまったのだ。スタート地点に戻ると、往復四十キロ。フルマラソンの距離を全力で走ったのだから当然だ。ずるずると足を引きずりながらなんとか出勤し、よろよろと受話器をはずすと高坂スポーツ店に連絡をして、弘美に見積もり額を伝えた。これで、高坂家の話はさくらの手を離れたのだった。

さくらに来客だと内線で連絡があったのは正午過ぎのことだった。予約はないはずなのに誰だろうと受付に向かったさくらが目にしたのは、意外な人物だった。

「あれっ……。いらっしゃいませ」

戸惑いながら、さくらは予期せぬ訪問客に頭をさげた。

立ち止まり、ふっと息を吐く。

北風の容赦のない冷たさが、さくらの体にまとわりつく。振り払うようにピーコートを脱ぎ、左腕にかけると右手で高坂スポーツ店のドアを叩いた。

「失礼します」

四日ぶりに訪れた店内には相変わらず客はなく、カウンターで登と弘美が暇を持てましたような顔で座っていた。床をモップでふいていた光輝が手を止めて「どうも」と頭を下げた。

「いらっしゃい」

立ち上がった弘美はさくらのためにスツールを用意して「どうぞ」と言った。

「話ってなんだ？」

さくらが座るなり、登はそう切り出した。

「工事の日程なら、任せるって言ったけど」

「ええ。今日はちょっと別件で」

床に置いた鞄からA3のファイルを取り出しカウンターに置いた。

「これは？」

眉をひそめる登の隣で弘美は興味深そうに身を乗り出す。光輝もモップを片手に横から首を伸ばしていた。ファイルの表紙には『高坂スポーツ店様　改装計画案』とあった。

「だからさ、この間も言ったけど——」

「あのっ、ご提案しに参りました」

登の声を遮るように、さくらはファイルをずいっと押し出し、言った。

「お店、やめちゃいませんか？」

もともと静かだった店内の空気が、さらに静けさを増した。ドアの隙間から入ってくる風が足下を冷やす。

「は、はあ？　あんた、なに言ってんだ？」

登の鋭い声が刺さる。それでもさくらは手を伸ばし、表紙をめくった。

L字型の平面図。道路に面した側は、今まで提案したものとさほど変わったところはない。

「これは？」

面倒くさそうながらも図面に目を通していた登が指さしたのは奥の一角だった。黒と白で半々に塗り分けられた三角形。頂点から線が一本伸びている。その奇妙な形の記号が四つずつ壁際に並んでいて、細長い空間は壁によって八つに分けられていた。

「シャワーです」

「はい？」

声が三つそろった。きょとんとした六つの瞳が、さくらに向けられていた。

「高坂スポーツ店を閉店して、ジョギング好きな人たちのための、シャワー室完備のジョギング用品専門店にしちゃいましょう」

「ああ？」

登の声には明らかな怒気がふくまれていた。恐怖に暴れ出しそうになる心臓を必死になだめ、さくらは言葉を続けた。

「この間、さかい川でお会いしましたよね。その時に気づいたんです。ここから海に向かって走って、最初の橋まで五キロ。ということは、橋を渡って戻ってくると十キロのコース。さらに五キロほど走れば次の橋にたどり着きます。戻ってくると二十キロ。海まで走って二十キロ。そこからここに戻ると四十キロちょっと。ということはですね、ここはマラソン大会にむけたいい練習拠点になるんです」

登の険のある視線は変わらない。言葉を切ったさくらはごくりと唾《つば》を飲み込んだ。弘美と光輝の顔もきょとんとしたままだった。さくらは再び口を開く。

「ちょうどいい起伏もあって、楽しくてつい海まで行っちゃいました。それで思ったんです。戻ってきて、シャワーで汗を流してさっぱりできたら最高だなって。この間は汗をかいたまま電車に乗って、あれ、においうかもって気になっちゃいましたし。ここって市役所やオフィス街も近いから、仕事帰りにちょっと走りたい人もいると思うんですよ。ほら、皇居ってそうじゃないですか。あの周辺にもロッカーとシャワー室を備えたお店がいくつもあるんですから。ぜったい需要ありますよ」

「需要があるったって、そんなことできるわけがない」

興が冷めたように登は腕を組む。ぎりぎりと横から音がした。モップの柄を握る光輝の指が白くなっていく。意を決して、さくらは言葉を絞り出した。

「……どうせ閉めるつもりだったんですよね。だったらいま閉めても同じじゃないですか」

「なんだその言いぐさは。たとえ新しい商売をしたとして、当たらなかったらどうやって家族を食わせていけばいいんだよ。結局、あんたは他人事《ひとごと》なんだよ。だから店を閉めろなんて簡単に言えるんだ」

登の手のひらがカウンターを叩く。あまりの剣幕にひるみそうになる。

でも――。

他人事なんかじゃない。あたしは真剣に登さん、弘美さん、そして光輝君のことを、ずっとずっと考えて、このプランがベストだと判断したのだ。腹に力をこめて、さくらは登の視線を受け止めた。

「お客様の抱えている悩みを解決するのが建築士の仕事だと父が言ってました。だから……」

「だからさ、うちは天井と壁紙を替えてくれたらいいんだって。あんたがしていることは余計なことなんだよ」

ファイルに置いた登の指が、表紙に深い皺《しわ》を作っていく。手の甲に浮き出た静脈が、はっきりとさくらを拒絶していた。

弘美が隣で目を伏せる。光輝の指から力が抜け、モップの柄が揺れた。二人が抱いている感情は落胆か諦めか。

その笑顔があるから、お父さんは仕事を頑張れるんだよ——。

父の言葉を思い出していた。そして、さくらは膝に置いた拳をぎゅっと握った。

「嘘ですよね」

「は？」

「嘘です。だって、余計なことなら、最初から弘美さんとうちの会社に来るはずないじゃないですか」

「それはこいつがしつこく言うから……」

「それでもあたしが持ってきたプランにわざわざ目を通してくれたじゃないですか。それって……」

躊躇して一度は口をつぐんださくらだが、力を込めて続く言葉を押し出した。

「それってどこか、心の片隅で変えたいって思っているからじゃないですか？　暗く沈んだ現状を」

「うるさい」

ファイルを払い落として登が荒々しく立ち上がる。スツールの倒れる音が虚ろに響いた。

「知ったような口をきいてんじゃねえよ。そんなこと言いに、わざわざ時間を作れって電話してきたのかよ。ふざけんじゃねえよ」

吐き捨てた登が弘美を押しのけカウンターを出る。その時だった。

「待って」

肘《ひじ》をつかみ、押しとどめたのは弘美だった。

「ねえ、楠さんの話をちゃんと聞いて。楠さんがいらっしゃったのは、わたしが頼んだからなの」

「なんだって？」

三日前、木之本工務店にさくらを訪ねてきたのは弘美だった。なぜ、といぶかしく思うさくらに「お願いします。うちの店を、……夫を助けてください」と言って深々と頭を下げたのだった。

「あの人、怪我がもとで陸上を諦めてから、ずっと浮かび上がってこられないでいるのよ」

マグカップのコーヒーに視線を落とし、弘美は深くため息をついた。「お店を継いだのはいいけれど、挫折《ざせつ》した気持ちを引きずったままで。なにかをしようという気力もなく、先代がやってきた通りに同じことを繰り返すばかり。だんだん売り上げは落ちてきているけれど、なにかをしようともしない。諦めちゃってるんですよ。陸上に打ち込んでいた頃は、どんなに辛《つら》い練習にも歯を食いしばって立ち向かっていたのに」

言葉を切った弘美はコーヒーをひと口飲み、ほっと息を吐いた。

「今度の水漏れがいいきっかけになると思ったんです。環境を変えれば、気分も変わるというでしょ。だから、内装を変えることが、あの人が変わるきっかけになるんじゃないかって。自分を取り戻すいいきっかけになるんじゃないかって。だからお願いします。もう一度、お話をもってきてくれませんか？　今度はわたしもあの人を説得しますから」

そう言って弘美はもう一度頭を下げた。想いを受け取ったさくらは、無駄だと馬鹿にする菰田を押し切り、再び高坂スポーツ店の改装プランに取りかかったのだった。

「余計なことを……」

経緯を知りうめく登だが、弘美の手を振り払おうとはしなかった。

「ねえ、もういちど頑張ってみようよ。知ってる？　あなた、どんどんと縮んできてるのよ。そんなあなたを見てるのが辛いのよ」

床のファイルを拾い上げ、弘美はそっとカウンターに置いた。

「この話、いいと思う。やろうよ。失敗したっていいじゃない。うちのような小さな店が潰れちゃっても、命までとられることなんてないって」

「ねえ親父」

うつむいていた光輝がぽつりと言った。そして顔をあげてまっすぐに登を見つめた。

「楠さんの父親も建築士なんだって。働いている姿を見て、同じ仕事をしようって決めたんだって。俺、それを聞いてうらやましいって思った。だって、今の親父のどこに尊敬できる要素があるっていうんだよ。なあ、前みたいに恰好いいところ見せてよ」

二人の視線を受ける登は、ぼんやりと宙を見つめているだけだった。

――大丈夫か？

このプランを思いついてすぐ、さくらは木之本に相談したのだが、開口一番飛び出したのがこの言葉だった。

くすぶりながら過ごしてきた十年という歳月は、心に淀《よど》みをこびりつかせる。重くなった心は体を縛り、浮かび上がる力を奪う。そういう人間を数多く見てきた木之本は、それが気がかりなのだと言うのだ。

でも……。さくらは希望を持っていた。大丈夫だという根拠があった。

「あの」

さくらは登に言った。

「あたしの父は建築バカっていうか、仕事が大好きな人で。なんの知識もない小学生のあたしに、建築とか設計のこととかを嬉《うれ》しそうに、何時間でも話してくれたんです。そんな父を見て、あたしも同じ仕事をしたいって思うようになったんです」

「だから？」

「さかい川の遊歩道であたしのフォームをチェックしていた時の高坂さんは、父と同じ顔だったんです。ああ高坂さん、走るの好きなんだなって思って。それでこのプランを考えたんです。好きなことを仕事にするのはやめたほうがいいという話もありますが、あたしはそう思いません。好きなことだから、がむしゃらになれると思うんです」

「そうだよ、親父。陸上から離れてからずっと、出涸《でが》らしみたいだったじゃないか。やらないで後悔するよりもやって後悔するほうがいいって言うじゃないか。前に進もうぜ」

「ねえ、あなた。もう一度、みんなで頑張ってみようよ。どんな結果になったって、わたしたち家族がいるんだから」

「お前たち……」

登の頬に赤みがさす。潤んだ瞳で鼻をすすりあげた。「こんな俺なのに……。なんだよ……」

指先で涙を拭《ぬぐ》い、そっとファイルに手を置いた。弘美の手のひらが優しく包み込む。嬉しそうに両親の姿を見ていた光輝は、さくらの視線に気づくとはにかむように両肩をすくめた。寒々としていた店内に、暖かな光が満ちていくようだった。

「あの……」

さくらの怪訝な声がなごんだ空気を払う。

「なんだか失敗すること前提で話が進んでいるみたいですけど、あたし、やりがいとかそういうのだけでこの提案をしているわけじゃないんです」

「え……？」

「このプランはちゃんとお金になります。どんなにきれいなお店を造っても、儲《もう》からなかったら意味がないじゃないですか」

さくらは鞄に手を伸ばし、一冊のファイルを取りだし、図面の隣に広げた。そこには晴れ晴れとした顔で表彰台に立つ登の写真があった。

「すみません。あたし知らなかったんですけど、高坂さんは現役時代は有名な選手だったんですね。ネットで検索すると、高坂さんの記事がいっぱいでてきました。あと、全国で開催されているマラソン大会は、大小あわせると二千近くあります。ジョギング愛好家に向けたマラソン教室もいっぱいあります。そして、隣にあるさかい川という理想的なコース」

登に向かって腕を突き出し、ゆっくりと三本の指を立てた。

「ネームバリューと需要、そして立地。三つがそろったこの場所で、ジョギング用品を販売しながら、マラソン教室を開きましょう。だって……」

ぽかんとしている三人に、さくらは四本目の指を立てた。

「苦しいリハビリに耐えながら、試行錯誤してトレーニングをして得たノウハウが高坂さんにはあります。四つも条件がそろっているんですから、失敗する要素なんてありませんよ」

腕を突き出したまま、さくらはほがらかに笑った。

「みんなで幸せになりましょう」

木之本工務店に戻ったさくらはさっそくパソコンを起動させた。立ち上げたCADソフトの画面には、高坂スポーツ店の平面図が表示されている。ほっと息を吐き、マウスを握ると、さくらはカーソルを川側に持っていき、壁を一部、ガラス壁に差し替える。遊歩道を走る人たちの目を引くようにするためだ。先ほどの打ち合わせで出た登からの要望だ。L字の欠けた部分は駐車場からウッドデッキに変更する。ジョギングの後、シャワーを浴びてさっぱりしたお客様がさかい川を見ながらここでくつろぐようになるだろう。

手を動かすごとに、高坂家の未来ができあがっていく。高坂スポーツ店で見た、三人の姿を思い浮かべる。よろしく頼むと頭を下げた、登の決意をぜったいに無駄にはしない。

白い月が空高く昇る時間になっても、さくらの手は止まることなく高坂たちの想いを描き続けた。

頭上から桜の花びらが一枚、くるくると回りながらさくらの頭に落ちた。指先で花びらをつまむさくらだが、ほのかに色づく春を楽しむ余裕もなく、はぁ、とため息をつき、いま出てきた建物をうらめしそうに振り返る。

木之本工務店の給料日は毎月二十五日だ。二十七日の今日、生活費をおろそうと銀行にやって来たのだが、通帳に記された残高は少ない。給料の大半が、借金の返済として引き落とされてしまっているからだ。八年もの間、給料日の後にずっと繰り返されていることだけど、いつもこうしてため息をついてしまう。

でも——。

さくらは前を向く。引かれた分だけ、あの家が自分たちのものになっていくんだ。

あと二年——。

ふと浮かんだ『まだ』という言葉を振り払う。毎日頑張って働いていれば、ちゃんとゴールは近づいて来るものなのだから。——マラソンのように。

この間、高坂スポーツ店は『ジョガーズショップ　サブスリー』として産声をあげた。開店祝いにカゲツの木を持って行ったさくらが目にした家族三人の晴れやかな顔を思い浮かべ、ふふふとひとり笑う。

あたしは幸せ者だ。好きな仕事で、人に喜んでもらえるのだから。

今度の休みは、久しぶりにさかい川を走ろう。そして、高坂さんのお店でシャワーを浴びてさっぱりした後、河川敷でビールを飲んじゃおう。桜を見ながら飲むビールは、間違いなくおいしい。

休日の予定を楽しみに、さくらは軽やかに歩き出す。

春の空に、桜の白が華やかに揺れている。

第二章　倉崎フォトジェニック

いいにおい——。

応接室に漂う空気を思い切り吸い込むと、楠さくらはふふふと相好を崩した。

鼻腔《びくう》を満たすのは砂糖と小豆《あずき》を煮込む甘い香りだ。甘味に目がないさくらは、こういうにおいをかいでいるだけで幸せな気分になる。

次に応接室をぐるりと見回して、いいなぁとまたため息をつく。壁の合板はあめ色に変わり、ナイロン製の緑色のカーペットタイルはところどころ色あせているけれど、それらは三十年以上もの間、実直に和菓子を作り続けてきた尊い証《あかし》のように思えるのだ。

木之本工務店からバスで十分ほど走った国道沿いに店を構える和菓子店『甘味福福《かんみふくふく》』の社長、野口周平《のぐちしゅうへい》から電話が来たのが五月になったばかりの昨日のことだ。この夏に出店する予定の二号店の設計をさくらに頼みたいとのことだった。

甘味福福の名物である羊羹《ようかん》は甘さに深みがあり、舌触りがいい。数年前にテレビのグルメコーナーで紹介されて人気に火がつき、近隣のデパートでも販売されるようになった。テレビで見て初めて食べてみたのだが、それ以来、羊羹を買うなら絶対にここ。ないなら別のお菓子を買うからいいや、と意地を張るほどのお気に入りだ。その甘味福福から指名を受けたのだ、昨日から胸の高鳴りが収まらないのも無理はない。

ドアをノックする音に、さくらはソファーから立ち上がった。

「あ、どうもお待たせしました」

ドアが開き、入ってきた濃紺のスーツ姿の男性を目にしたさくらはあれ、と目をしばたたいた。昨日電話をしてきた社長の周平は六十を過ぎているはずだ。ところが、入ってきたのはさくらよりも年嵩《としかさ》だが、それでもまだ青年と呼んでもよさそうな人物だった。

「営業の野口です」

スーツの内ポケットから名刺入れを取り出す。差し出された名刺には『営業部部長野口一平《いっぺい》』とあった。「社長の野口は急用ができて、楠さんとの打ち合わせは私がするようにと仰せつかっています。今後、窓口は私ということでお願いします」

「楠さくらです。よろしくお願いします」

深々と頭を下げたさくらは、どうぞと促されてソファーに座った。

筆で描いたような濃い眉《まゆ》とぎょろりとした大きな目、横に広がっている小鼻は、テレビで見た周平とうり二つだった。

「父とはどのような話をなさったんですか？」

一平の言葉にやはり親子なのかと納得したさくらは、「あの、詳しい話は今日のお打ち合わせでするとのことでなにも」と返す。そうですかとうなずいた一平はぐいっと身を乗り出し本題に入った。

「おかげさまで弊社の羊羹はみなさまにご愛顧いただいて売り上げは安定しています。ただ、言い方を変えれば横ばいなのです。総務省統計局が出した家計調査でも、羊羹を始めまんじゅう、大福もちなどの和菓子の年間支出金額は同じように横ばいな状態が続いています。ですが、和菓子店の多くは個人商店で後継者問題に直面しているのも事実です。このままでは需要はあっても、供給する店がなくなってしまいます。弊社の使命は若者が和菓子職人になりたいと夢を抱けるような業界にすることだと考えています。そのためにはお客様、特に洋菓子に流れている若い層が、和菓子を身近なものとして感じられるようにしていきたいのです」

「なるほどですね……」

よどみなく話をする一平に半ば気圧《けお》されながらも、さすがは営業部長と感心する。

「そこで、二号店は倉崎《くらさき》に出します」

倉崎ですか、とさくらはため息をついた。木之本工務店から電車一本で行くことができる倉崎には海と山があり、歴史のある寺社が点在している。海では海水浴にサーフィン、山ではハイキングに寺社巡りなど多くの楽しみ方があるので、国内外・老若男女を問わず、多くの観光客が一年を通して訪れる街だ。著名な観光地なので賃料もかなり高い。それだけでも甘味福福の意気込みが伝わってくる。そこの目抜き通りにあるビルの一階で、主力商品である羊羹を中心にお土産用の和菓子を販売するのだという。

「二号店はよくあるような古色蒼然《こしょくそうぜん》の和菓子店ではなく、若い人たちが気軽に入ってこられるような斬新《ざんしん》な設計でお願いします」

「はい、頑張ります」

頭を下げる一平よりも深くさくらはお辞儀をした。託された想いに血が沸き立ってくる。その後、日程の打ち合わせを済ませたさくらはソファーから立ち上がる。

「あの、お店に行ってもいいですか？　お使いの什器《じゅうき》のサイズや動線を確認したいんです」

「わかりました。私は別件があるので店舗のほうに連絡しておきますので」

応接室で一平と別れ、一階に向かう。階段の先には廊下が続いていて、右手の扉には『店舗入り口』左手の扉には『作業所入り口』とそれぞれ書かれたプレートが掲げられていた。

「失礼します。わっ、きれいだ……！」

右手の扉をくぐったさくらは思わず声をあげた。あめ色の梁《はり》と柱が露《あら》わになった落ち着きのある和風の店内に鮮やかな花が咲いていた。ショーケースの透明なガラスの向こうは、桜に鶯《うぐいす》、たんぽぽに藤の紫などの色彩があふれている。

「羊羹だけじゃないんだ……」

転がり出たさくらのつぶやきに、「ウチは練りきりもおすすめなのよ」と売場に立っていた年輩の女性スタッフがくすくす笑う。

「あの、ねりきりってこのこと、ですか？」

聞き慣れない単語に、さくらは恐る恐るケースの中に並ぶ色とりどりの和菓子を指さす。

「あら」

女性スタッフの甲高い声が店内に響く。

「最近の子って、和菓子のことよく知らないのね」

すみません、と頭を下げたさくらは、あたふたと鞄《かばん》からメジャーを取り出し、「ちょっと寸法を測らせてください」とショーケースに当てるが、どんどんと顔が熱くなっていく。

「君はなに？」

野太い声に顔をあげると、白の作業着姿の男がさくらを見下ろしていた。太い眉とどんぐり眼は一平とそっくりだった。

「木之本工務店の楠さくらです。倉崎の件でお伺いしました」

ジャケットの内ポケットから名刺入れを取り出し、腰を折って挨拶《あいさつ》をした。

「ああ、二号店の……」

素っ気なく言い、男は作業着のポケットから裸のままのくたびれた名刺を出した。

「野口です」

渡された名刺には『製造部部長　野口周二《しゅうじ》』とあった。一平と兄弟なのだろう。

「あれ、打ち合わせ今日だったっけ。まあ、こっちで」

そう言って周二は扉の向こうに消える。あれ、と戸惑うさくらだが、慌てて後を追う。廊下の奥に『休憩室』と書かれた扉が左手にあり、周二は振り返ることなく部屋に入っていった。中に入ったさくらは、「あっ」と声をあげた。

休憩室の真ん中には長いテーブルがあり、六脚のスツールが並んでいた。奥には水色のカーテンがかかっている。おそらく更衣スペースなのだろう。右手は給湯スペースで、吊《つ》り下げ式の棚に小皿やマグカップがいくつかと、細長い注ぎ口のポットが置いてある。

「座ってよ」

扉の脇のパソコンが鎮座しているデスクに腰を下ろした周二がスツールを引き寄せるが、さくらの視線は左手のガラス壁の向こうにある作業所に釘《くぎ》づけとなる。

作業着姿の職人たちが、磨き上げられたステンレス製の作業台の前で忙しそうに働いている。さくらはその中の一人から目が離せなくなっていた。

ぴんと背筋の伸びた女性だった。年は一平や周二と同じかもう少し上だろうか。白い帽子とマスクの間からのぞく切れ長の目は涼しげで、視線は白のゴム手袋をつけた手を見据えていた。その手のひらでは繊細な藤色が躍っていた。女性職人は流れるような手さばきで黄色の餡《あん》を藤色の生地で包むと、小刻みに木のヘラで表面に細工を施していく。

作り上げた練りきりを箱に入れるとふと顔をあげる。目が合った。さくらが頭を下げると、彼女も目元をゆるめて会釈をした。

カッコいい――。

凛然《りんぜん》、という言葉が頭に浮かんだ。他の職人たちも見事な手さばきで和菓子の花を作っていくが、彼女のたたずまいは別格だった。間違いなく厳しい修業を経て身についたものだ。

「倉崎は……」

周二の声に我に返ったさくらは、すとんとスツールに腰を下ろした。腕を組んだ周二は吟味するかのようにぽつぽつと言葉を出していく。

「歴史のある街だから、古都の雰囲気になじむような店にしたい。海外からわざわざ倉崎に来る観光客は日本の歴史を体感したいんだよね。だから、和菓子屋らしい日本を感じさせる店構えがいい。和菓子を通して世界に日本の文化を知ってもらいたいよね」

一理あった。街には――古くからある街ならなおさら、独特のたたずまいというものがあると思うのだ。ただ……。

「あの……」

恐る恐るさくらは切り出した。「先ほど営業部長の野口さんとお話をしましたが、二号店の担当はそちらでということのようなのですが」

「え、なに。兄貴ひとりで打ち合わせをしたの？　抜け駆けかよ」

まったくよぉ、と苛立《いらだ》たしげに周二は頭をかき、「それで、どんな話をしたの？」と尋ねる。

「……若い人向けの、和っぽくないものでというご希望をいただきました」

「だから兄貴は駄目なんだ。本質をわかってない。そう思わない？」

どう答えればいいのかわからないさくらは、曖昧《あいまい》に首を傾げるだけだった。

「とにかくさ、いま俺が言った感じでなにか考えてきてよ。最終的に決めるのは親父だけど、兄貴に任しておいたら大変なことになるから」

「はい、よろしくお願いします」

笑顔で答えるが戸惑いは拭《ぬぐ》いきれない。どうも甘味福福の社内は一枚岩ではなさそうだ。それでも依頼主と打ち合わせをする際にはいつも、いくつかのプランを用意している。いつもと変わらないと自分に言い聞かせ、その足で現地調査のために倉崎に向かった。


パソコンのモニター画面にはコの字が下に向いた平面図が太い線で描かれている。駅から徒歩三分のところにある三階建ての商業ビル。一階の三軒並んだ真ん中の約四十七平米の区画が甘味福福二号店が入居する予定の場所だ。

駅に近い左手側には倉崎彫りと呼ばれる彫刻作品をメインにした雑貨店が、右手には各地の地ビールや銘酒をふんだんにそろえた酒屋が営業している。二階と三階はそれぞれワンフロアで、チェーンの和食店と居酒屋が入居していた。

向かいには倉崎のシンボルである野菊をモチーフにしたビスケットで有名な焼き菓子

店、テイクアウト専門のアイスクリームショップ、ラーメン屋と蕎麦《そば》屋が並んでいた。

さくらが訪れたのは平日の夕暮れ前の時間だったのだが、駅から倉崎八幡宮《はちまんぐう》まで続く道に人の波が途切れることはなかった。

両手を頭の後ろに組んで、さくらはイスの背もたれによりかかる。イスの金具が、きりりと小さな悲鳴をあげた。木之本工務店に戻ってかれこれ一時間、平面図はまったく進まない。

イメージがぜんぜん湧いてこない。理由はわかっている。一つのケースに二人の依頼人がいて、しかも二つの希望が真っ向から対立しているという事態に混乱しているのだ。

改めて歩いた倉崎の目抜き通りには、飲食店から土産物屋に古書店などさまざまな形態の店舗が軒を連ねていて、周二のいうように外観は近隣に点在する寺を意識しているのか落ち着いた雰囲気のものが多い。

さくらはぐるりと一周、イスごと回った。周りと違う雰囲気のものだと異物として浮いてしまうが、同じような建物にすれば埋没する恐れもある。他の建築士たちはどのように折り合いをつけているのだろうか。

「よしっと」

立ち上がり、資料室に向かう。行き詰まった時にはいつも資料室で先人たちの知恵を借りるのだった。写真集を手に取る。高名な写真家が撮影した京都の街並みがあった。

京都は古都としての景観を守るために条例が定められており、看板の大きさや建物の色合いなどが規制されている。そのために京都は京都らしさを保ち続けているのだ。さくらは立ったままページに没頭し、京都の街並みを歩く。ようやく頭の中が整理されていった。

「よし」

写真集を棚に入れ、自席に戻った。まずは周二のいう和のプランにとりかかることにした。

もともとは喫茶店が入居していたというこの場所は、飲食・店舗・事務所など、さまざまな業態での展開が可能となっていた。通りに面した開口部は全面ガラス張りで、中央にドアがある。ドアの向こうは打ちっ放しのコンクリートの壁で、天井には灰色の管が這《は》っていた。内装や設備もなにもないスケルトンというゼロの状態だ。ゼロということは、最初から最後まで自分で造り上げられるという楽しさがある。

壁は清潔感のある明るい白にして、壁に沿うようにガラスのショーケースを配置する。ケースの台はウォールナット材の落ち着いた色のものを使って。いや……。さくらは考える。隣にあるのは倉崎彫りのお店で、店頭には格子柄が特徴的な栗色の漆器が展示されていた。倉崎彫りはこの街を代表とする伝統工芸の一つでもあるし、深みのある栗色も目に好ましい。ガラスケースの台にこの栗色を使えば、鮮やかな練りきりがもっと映えるのでは……。

いいかも——。

マウスを握るさくらの頬に笑みが浮かんでいる。マウスを操作するクリック音はとぎれることなく続く。

夜の県道に突如として浮かび上がる白い建物。

長方形の建物の正面は、大きなガラス壁を白の外壁で囲っている。ガラス壁を通して見える店内の色彩はほぼ白で、どこか冷たさを感じさせる。さくらの父、大樹が生前設計したとある城下町の美容室だ。仕事を終えたさくらは食後、リビングのソファーでテレビの脇にある棚から引っ張り出した大樹の功績を集めたスクラップブックを眺めていた。

店舗を内側から撮影した写真。ビニルクロス貼りの壁も、ビニルタイルを貼った床やスタイリングチェアも白で統一されていて、透明なアクリル樹脂製の鏡台は周りの白に溶け込んでいる。

唯一の色は壁の一部に使われている合板の黒で、全体を通して無機質で冷たい。大樹の設計は木材をふんだんにつかった温《ぬく》もりのあるものが多いのだが、なぜこのケースだけ冷たさを感じさせる設計にしたのだろう。

「お仕事、たいへんなの？」

「おおっ！」

耳元の声に驚いたさくらの肩がぴょん、とはねた。考え事に集中するあまり、母親の美晴がリビングに入ってきたことにまるで気づいていなかったのだ。照れ隠しにテーブルのお茶を飲むが、すっかりぬるくなっていた。

「あまり無理しないでよ」

美晴は心配そうにさくらの横顔を見て、薄紫のパジャマの上にはおった白いカーディガンの襟をぎゅっと握った。大樹は過労で倒れたのだから、なおさら気がかりなのだろう。

「ぜんぜん無理なんてしてないよ」

「嘘。さくらってなにか大変なことがあるといつもそうやってお父さんのスクラップブックを見ているでしょ」

ばれていた。この間、弟の桐也からも指摘されたことだ。どうにも単純にできているらしい。さくらはこりこりと頰を掻《か》いた。

「懐かしい」

隣に座った美晴は、ファイルの写真に視線を落とした。頰に赤みがさし、髪や肌に艶《つや》が出てきた。その横顔を見ているだけで嬉《うれ》しくなってくる。

冬の終わり、美晴が発作的に家を飛び出したことがあった。ままならない生活に不満を抱いていた桐也の胸の内を知ってしまったからなのだが、それがきっかけで、現状を変えようとしばらく休んでいた心療内科への通院を再開したのだった。薬が体にあったのかここのところ調子は良さそうで、寝込む日が少なくなってきた。

「これ、お父さんぽくないでしょ。だから聞いてみたの。なんでこんな感じにしたのって」

初めて聞く話だったので、さくらは美晴の言葉に耳をそばだてる。

「そしたらお客さんはなにを思ってそこのお店を選ぶのかを考えるのが、設計をする第一歩なんだって言って。真っ白にしたのは古くからある城下町で人目を引くようにしたかったのと、なによりもわくわくを感じて欲しかったんだって」

「わくわく?」

「ほら、これって未来っぽいというか、研究所みたいじゃない。特別なことをやっていそうな。だから、ここなら今までとは違う髪型にしてくれるんじゃないかって思うだろうって」

「あ――」

頭をはたかれた気分だった。日頃から意識しているはずだった。住宅の設計ならば依頼主の希望を優先するところだが、商業施設の場合はその設計が商売として機能するかどうかが大切なのだ。依頼主の希望を取り入れた、働きやすい環境を造るのは大事なことなのだが、お客さんがその店に足を運びたくなるような、人の気を引く設計にすることもまた大事なことなのだ。

あたしって馬鹿だなぁ、とさくらは自分の頭を拳《こぶし》で叩《たた》いた。基本をおろそかにしていた。『和』のプランを描き上げた後、悩んでいたのは一平が希望する『カジュアル』な店のイメージだった。

カジュアルって、なんだ？

なんとなくのイメージはわかる。堅苦しくなく、入りやすいというような。そこで考えたのが街にある人気のあるカフェのような、ウッドテイストを基調にしたものだった。

これだと周二の希望する和にも通じるものがあるしと図面に起こしてみたのはいいけれど、どこかしっくりこなかったのだ。

一平と周二の言葉に引きずられるあまり、お客様がどう感じるかという一番大切な視点をおろそかにしていた。手元のスクラップブックに視線を落とした。この無機質で未来的な美容室の趣は、一平の希望に沿いなおかつお客様の好奇心を刺激できるのではないか。

なにより……。

さくらはふふふと笑う。白い店内に和菓子の花がほのかに咲いているところを想像すると心が華やいでくる。美晴の言葉で、抱えていたもやもやがすっと晴れていくようだった。

「ありがとう、お母さん……。どうしたの？」

美晴の手を握るさくらはすぐに言葉を切る。母の顔に懸念の色が浮かんでいた。

「桐也からなにか聞いてる？　最近あの子、なにかに悩んでいるようなのよ」

「え……、ごめん知らない」

そういえば今日は帰りが遅いかも、と時計を見ると、十一時はとうに過ぎていた。仕事の後にまかないを食べていたとしてもずいぶんと遅い。その時、玄関の鍵《かぎ》を開ける音がした。さくらは小走りにリビングを出た。

「ただいま……、なに？」

わざわざ玄関まで出迎えたさくらに、桐也はぎょっとした顔になる。

「お帰り。ちょっと遅くない？」

「ああ、遅番の人が急に休んじゃって、店長からちょっと残業してくれないかって頼まれたんだ。疲れちゃったから、風呂《ふろ》入ってもう寝る」

口を開きかけたさくらを制し、視線を避けるようにうつむいたまま浴室に向かった。

「なんて？」

リビングから美晴が出てきた。

「お店の人が休んじゃって忙しかったんだって。お母さんの心配しすぎだと思うよ」

調子がよくなってきたとはいえ、未《いま》だ不安定なところのある美晴を心配させないようにさくらは笑顔を作った。

「そう」

美晴は安堵《あんど》して自室に入るが、さくらは壁に寄りかかって玄関の白いタイルに視線を落とす。通り過ぎて行った桐也の体に、たばこの臭いが濃くまとわりついていたのだった。静まりかえった廊下に、かろーんと洗面器が落ちる能天気な音が響いた。

薄っぺらい、と口火を切ったのは周二だった。

四日の後、それぞれのプランを携えて甘い香りの漂う社屋を訪れた。一つは倉崎彫りの栗色を柱やショーケースに用いた和のプランで、もう一つは白を基調に照明器具やドアノブなどにステンレスを使用した無機質な店構えのプラン。今度は二人一緒に打ち合わせをすると伝えられたので、お互いの意見を通してすり合わせができると期待していたのだが甘かった。

応接室での打ち合わせは、最初のうちは和やかな雰囲気で進んでいた。二人とも、自分のアイデアが反映されたプランが気に入った様子だった。表紙をめくった一平は「これ、これですよ。私が言いたかったのは」と高揚して声を弾ませたし、周二にしても何度もいいねと言ってくれた。だが、相手のプランをちらりと見てから風向きが変わった。

凪《なぎ》の時間はあっという間に終わってしまった。

「薄っぺらい。兄貴はさ、見てくれだけ整えればそれでいいって考え、もう止めたほうがいいよ。なんだよ、こんな外観だったら、通りを歩いている人がここでなにを売ってるかなんてわかるはずないだろう。うちは商品に自信があるんだから、奇をてらわなくてもちゃんとお客さんはついてきてくれる」

と周二が言えば、

「ビビリなお前は経営に向いてないんだから口を出すな。他と同じことを同じようにやっていたら、生き残ることなんてできないよ。うちのライバルは他の和菓子店だけじゃないんだ。食にまつわるすべての業界がライバルだという考えを持たないと、激戦区の倉崎ではあっという間に潰《つぶ》れるし、このままだと和菓子業界は衰退してしまう。大局を見て動けないようじゃ経営者失格だ。だから俺のプランで行くべきなんだよ。そう思いますよね」

と一平が返す。意見を求められたさくらは口ごもる。提案したプランはどちらも、倉崎の二号店がうまくいくように練りに練ったものなのだから。ちゃんと話し合ったほうが……とそっと出した言葉は、

「大局ってご大層なこと言うけれど、ビジネス書を読みかじった浅い知識を披露したいだけなんだろうが。昔から兄貴はそうだ。表彰された読書感想文だって、ネットから引っ張ってきたものをそれなりに書き換えただけで自分の頭を使ってないだろう。だから言うことが浅くて薄いんだよ」という周二の憤りに押し流される。

この野郎、と摑《つか》みかからんばかりの二人の間に、「今度、今度はもっと、お二人に納得してもらえるようなプランを持ってきますから、今日のところはこれで終わりにしませんか」と割って入るのがやっとだった。なんとか場を収め、ほうほうの体で社屋を出た。

「やってしまった……」

外に出たさくらは盛大にため息をつく。提案すべきプランを間違えた……。競い合う

のではなく、二人の要望をうまく溶け込ませた発展的なプランにするべきだった。なんの考えもなしに言われるがまま図面を引いたせいで、二人はしなくてもいい口論をすることになったのだ。

「ああ、もう」

青い空には白い雲がのんきに浮かんでいて、それがまた恨めしく、もう一度ため息をつく。

くすっと笑いをかみ殺す音が後ろから聞こえてきた。はっとして振り返ると、ドアのすぐ脇にあるベンチに白の作業着を着た背の高い女性が座っていた。すっと筆で払ったような目に形のいい鼻梁《びりょう》。血色のいい薄い唇が楽しげに持ち上がっている。

会社の人に聞かれてしまった……。あまりの迂闊《うかつ》さに顔が熱くなっていく。

「あの、えっと……。すみません」

「なんだかたいへんみたいだね。喧嘩《けんか》する声が下まで聞こえてきたよ」

立ち上がった女性はくすりと笑う。涼しげな目元が緩んだ。さくらははっと息を呑《の》む。目の前にいる人がこの間、凜としたたたずまいについ見とれてしまった職人だということに気がついたのだ。広げていた青い手帳を閉じ、彼女は言った。

「お茶、飲んでいきなよ」

振り返ることなくドアの向こうに消えていく。慌てて後を追い、休憩室に入った。交代で休憩をとるのか、窓ガラスの向こうでは職人たちが忙しそうに働いていた。

「コーヒー淹《い》れるから座ってて」

そう言って細長い注ぎ口のポットを火にかけ、棚から取り出したミルでコーヒー豆を挽《ひ》く。ドリッパーに入れたコーヒーにお湯を注ぐ。お湯を受けたコーヒーが膨らむと、休憩室に深みのある香ばしいかおりが広がっていく。会話のない静かな時間がまったく気づまりにならないのが不思議だった。

「どうぞ」

黄色のマグカップとともに、薄紫色の丸い和菓子が出てきた。艶やかな葛《くず》の奥に、白い餡が見える。隣のスツールで彼女は、マグカップから立ち上る香りを目を閉じて堪能していた。

「いただきます」

黒文字《くろもじ》という太めの楊枝《ようじ》の先で薄紫に触れると、かすかな反発があった。そっと力をいれ、小皿の底まで楊枝を差し込む。一口の大きさに切った和菓子を頬張った。心地よい舌触りの次に口じゅうに広がった絶妙な甘さにため息が漏れる。コーヒーを飲むとさくらは顔をあげた。コーヒーの苦みが、舌に残る和菓子の甘さをさらに引き立てたのだ。

「おいしい。コーヒーと和菓子って合うんですね。和菓子なんだからお茶でしょって思いこんでました」

「紅茶も合うんだよ。みんな、もっと和菓子を身近に楽しんでくれるといいんだけどね。若い子たちって、和菓子よりもマカロンとかショコラとか、洋菓子のほうが好きだもんね」

　しみじみと甘味を楽しむさくらに彼女の細い目が優しい弧を描いた。

「なんか、弟たちがごめんね。無理なこと言って困らせてるんでしょ？」

「弟……？」

　彼女の胸元にある『野口』と書かれたネームプレートに目を留めたさくらは思わずむせる。創業一族の前でとんだ失態をさらしてしまった。

「ご挨拶が遅れて申し訳ありません。わたくし、木之本工務店の楠さくらと申します」

　慌てて立ち上がるとスーツの内ポケットから名刺入れを取り出した。

「いいのいいの。わたし、役職とかそういうのが無いただの職人だから。野口恵《めぐみ》です」

　そう言って恵はからからと快活に笑った。直立不動のさくらを座らせ、マグカップにお代わりのコーヒーを注いでくれた。気さくな物腰に緊張がほどける。

「このお菓子、新商品ですか？　お店に並んでないですよね？」

　最後の一切れを口に入れ、さくらは名残惜しそうにゆっくりと飲み込む。

「ああ、それ？　ただのお遊び。うちの和菓子はみんな父が考えてるから。余った材料でちょちょっと作ってみただけ」

「そんな、もったいない。こんなにおいしいのに」

　恨めしそうなさくらの視線を受け、恵は肩をすくめた。

「わたしなんてみそっかすだから、別にそれでいいのよ」

「え？　みそっかす、ですか？」

「まあ、いろいろあって」

ふふんと笑う恵だが、横顔がわずかに陰る。なにやら触れてはならない事情がありそうな気配を察したさくらは結局、「こんなにおいしいのに」と繰り返すのがやっとだった。

「ありがとう。じゃあこれおすそわけ。ゆっくり食べてって」

そう言って自分の手元にあった薄紫色の和菓子をさくらの前に置き、「今後もご贔屓《ひいき》に。食器、そのままでいいから」と手を振り、作業所へと入っていった。しばらくして白の帽子と手袋をつけた恵がガラス窓の向こうに現れる。引き締まった眦《まなじり》にすっと伸びた背筋。先ほどまでとは違う厳かな雰囲気に、しみじみと和菓子を堪能しながらもさくらの視線はつい恵を追ってしまう。

冷蔵庫から取り出したステンレス製のバットから、鮮やかな赤と白の生地をそれぞれ親指ほどの大きさにつまみ、踊るような繊細な指使いで二つを混ぜ合わせる。瞬く間に儚《はかな》げな花が咲いた。恵の迷いのない手つきにさくらはただ見とれるだけだった。木之本工務店へ戻るバスの中でも、恵の作る和菓子の美しさを思い出し、彼女の考案したものが店に並ばないのは残念なことだとため息をついた。

和と無機質なものの相反するプラン。木之本工務店に戻ってからかれこれ一時間、この二つをどうしたらうまい具合に融合させることができるのだろうかと考えていた。すぐそこに答えがありそうなのだけど、手を伸ばすとふと消えてしまう。もどかしさにさくらはぼりぼりと頭をかく。

「楠センセーはたいへんですねえ、後から後からご指名で仕事がきて」

皮肉が飛んできた。隣の席で先輩建築士の菰田が豊満な頬を持ち上げたにやけ面でさくらを見ていた。「いやあ、僕みたいなセンスのない建築士なんて、営業がとってくる仕事をなんとかこなすだけですから。がっぽり稼げてうらやましいっすよ」

「そんな……」

菰田の自虐にはいつもながら困惑してしまう。木之本工務店では固定給に加え、契約が成立すれば歩合として幾ばくかの手当がつく。設計部に回ってくる仕事には大まかに二つのルートがある。一つは今回のように建築士を指名してくるものと、もう一つは営業から持ち込まれるものだ。営業ルートだと歩合は担当営業と設計で分け合うので比率は下がる。菰田はそのことを言っているのだ。

営業としては経験もあり、仕事の速い菰田に信頼を寄せており、自然、営業経由の仕事が多くなる。さくらとしては社内で信頼されている菰田を尊敬しているのだが、彼としては指名が少ないことに引け目を感じているようなのだ。なかなか面倒くさい先輩である。

菰田の嫌味を受け流すが、いいアイデアがまったく浮かんでこない。時計を見るとちょうど定時退社の時刻だった。「むー、よしっ！」と古ぼけた茶色の鞄を担いで立ち上がる。

「仕事ほっぽりだしてどこ行くんすか、センセー」

「現場百遍っていうじゃないですか。市場調査です。お先に失礼します」

菰田の揶揄《やゆ》を笑顔で払い、さくらはデスクを離れ階段を駆け下りる。日が暮れる前に会社を出るのは久しぶりだ。家とは反対方向の電車に乗り、さくらはターミナル駅に向かう。

駅にはJRが三路線と二つの私鉄が乗り入れている。東口と西口にデパートがあり、広い地下街がそれらをつないでいる。小さな街さながらのこの界隈《かいわい》には、ゆうに二百を超える小売店や飲食店などの店舗が入居している。和菓子店だからといって競合するのは同業の店だけではない。各店舗の内装は見ているだけで勉強になる。さくらはビルの最上階から地下街までくまなく歩き回った。

『街』のなかに、和菓子店は十五あった。うち十二は、デパ地下にショーケースのみの形態で出店している老舗《しにせ》の和菓子店で、残りの三つは地下街の一角に支店という形で出店していた。どちらも木目や障子、のれんなどで和を全面に出した店構えだった。どの店も買い物客で賑《にぎ》わっているのを見ると、二号店も和の雰囲気でいくのが正解のような気もする。ただ、一平に提案した白いラボのようなものも捨てがたい。

翌日も、またその次の日も、現地調査や役所に申請手続きに行く際には、合間の時間を利用して繁華街を見て歩いた。和の雰囲気の和菓子店が多い中、いくつかの場所で洋菓子店やベーカリーなどと見間違えそうな店があった。中をのぞいてみると、マスカットやローズマリーなど、目新しい素材を用いている店もあった。客層はやや若いか。

どちらもありだなあ。

公園のブランコで揺れながら、老夫婦が経営している店で買い求めた最中《もなか》を頰張る。小気味よく崩れていく最中種《だね》に続いて、餡のしっとりとした甘さが味蕾《みらい》にしみこんでいく。伝統と革新——。優劣も正否もない。それぞれが真摯《しんし》に自分の道を進んでいるのだ。

会社に戻る道すがら、目についた喫茶店に入る。口にはまだ最中の餡の甘さが残っていたし、甘味福福で知った和菓子とコーヒーの相性の良さを思い出したのだ。ランチタイムを過ぎた半端な時間のせいか、小さな店に客は少なく、窓際のテーブル席に案内された。

あ——。カウンター席にぴんと伸びた背中を見つけた。野口恵だった。偶然に出会えた嬉しさに、立ち上がったさくらは声をかける。

「野口さん、こんにちは。隣、いいですか？」

「あら、こんにちは。どうぞ」

恵はカウンターに広げていた手帳を閉じる。使い込まれた手帳には色とりどりのペンがはさんであった。

「ひょっとして、お仕事中……でした？」

「ぜんぜん。今日は休みだから、仕事のことなんてこれっぽっちも考えてないから」

恵は眉を上げ、親指と人差し指で輪を作る。さくらは店のマスターにブレンドコーヒーを頼んだ。慇懃《いんぎん》にうなずいたマスターは、布製のフィルターをドリッパーに置いた。どうやらなかなかこだわった店のようだった。

「ここ、よく来るんですか？」

「うん。ここはいろんな種類のコーヒーがあるから楽しいのよ。ついうちの和菓子にどれが合うかな、なんて考えたり」

「あ、仕事人間なんですね」

まさかと返す恵だが、隣のイスに置いてある買い物袋は有名な和菓子店のものだ。やはり他店の商品は気になるのだろう。さくらは首を傾げ、この間から抱いていた疑問を口にした。

「あの、野口さんは新店舗のお話に加わらないんですか？」

「え、わたし？ないない。ほら、わたしなんてみそっかすみたいなものだから」

でも……、と唇を尖《とが》らせるさくらを見て、恵は意を決したようにすっと息を吐いた。

「わたしね、一度、和菓子を捨てたんだよね」

思わぬ言葉にさくらは「えっ」と口をつぐむ。にわかに訪れた静寂のなか、換気扇の回る音が耳につく。

「父のような職人になりたくて、ずっと背中を追ってきたんだけど、なにを血迷ったか二年前に駆け落ちして。それでもなんとか両親に認められて結婚したんだけど、なんだかんだでうまくいかなくなってバツイチに。それで頭を下げてもう一度働かせてもらったの。勘当寸前の状態になったこともあったからさ、今は働けるだけで十分だよ」

なんでもないことのように語る恵だが、淀《よど》みのない口調はなんども自分に言い聞かせてきた証のようだった。「うちの店はさ、大学を出た弟たちが働くようになってから格段に売り上げがよくなったんだよね。一平が朝から晩まで駆け回って販路を広げて、周二が仕入れとか人事を管理するようになってから、利益率みたいなのがあがったみたいだしさ。適材適所っていうの？　これからの甘味福福は、二人に任せておいたほうがいいんだよ」

お待たせしました、とマスターがさくらの前に淹れたてのコーヒーを置いた。白いカップからかぐわしい香気がふわりとのぼる。

「ここのブレンドは深煎《ふかい》りなの。うちの羊羹にきっと合うよ」

うながされて口をつけたさくらだが、恵の話を聞いた後だからか苦みしか感じられなかった。カップを手にした恵はぼんやりと言う。

「ただささ、父のやり方もどうかと思うんだ。二号店をどちらが仕切るかで次期社長を決めるだなんて。もともと仲はよくなかったけれど、さらに二人は険悪になっちゃって。どうなるんだろう、うちの店」

その口調は心配しているようにも、他人事《ひとごと》のようにも聞こえた。さくらは曖昧にうなずき、コーヒーをもうひと口飲む。

換気扇は低くうなり続けていた。


振り返ると、とぼとぼという字が落ちているのではないかと思うくらいに、家路を行くさくらの足取りは重い。見上げる空にはほれぼれするほどの丸い月が浮かんでいるが、口から出るのはため息ばかりだった。

恵と別れた後、半日かかりきりになって甘味福福二号店の設計を考えていたのだけど、まったく手が動かなかった。凡才を自任するさくらだが、このような事態は経験がない。甘味福福にとってどのような設計が最適なのかが、考えるほどにわからなくなってくるのだ。一平のものでも周二のものでも、甘味福福ほどの商品力があればきっと倉崎の人たちに受け入れてもらえるだろう。だからこそ悩むのだ。

さくらは長いため息を漏らす。恵の言葉がずっと気にかかっていた。どちらの案が採用されるかによって次期社長が決まるというのだ。自分のプランが駆け引きに使われているようでどこか居心地が悪い。そして、他人事のような態度を貫く恵の様子も気になる。自分が口を挟むことではないのだが、みんなで協力しあえばいいのにと思うのだ。

マンションが見えてきた。最上階にある楠家のリビングの窓には暖かな光が灯《とも》っている。このマンションの改装で父親の大樹が特にこだわったのがリビングだった。

あの時はたいへんだった。みんなの意見が聞きたいからと、大樹は何パターンもの図面を広げ、美晴やさくらにどれがいいのか、なぜそれがいいのかをしつこく聞いてきたのだ。「お父さんプロなんだから自分で考えてよ」と音をあげたさくらに、「だってお父さん、考えすぎてわからなくなっちゃったんだ。だったらみんなから意見をもらおうって思ってさ」と笑った。その時の大樹の瞳《ひとみ》は頭上に浮かぶ月のようにまん丸く、きらきらと輝いていた。足を止め、しばらく夜空を見上げた。

そうだよね、わからなかったら聞けばいいんだ。

二号店のプランが浮かんでこないのは、一平と周二の考えを汲《く》み取れていないからだ。だったらわかるまで聞けばいい。お父さんでも悩むことがあったのだから、自分が悩むなんて当たり前のことだ。

もちろん、まだなにも進んではいない。それでも、道が開けたような気がして、さくらは前を向いて歩き出す。父の遺《のこ》した言葉は、いつもさくらの背中を押してくれる。軽い足取りでエレベーターを降り、玄関の鍵を開ける。

ロックが外れたと同時に勢いよくドアが開いた。うわっ、と後ずさりをしたさくらは、隙間からのぞく美晴の表情に気づき身を強《こわ》ばらせた。

「どうしたの？」

「桐也が帰ってこないの」

美晴の唇がわななないている。腕につけた時計を見ると、時刻はまもなく零時になろうとしていた。嫌な予感しかない。心配してアルバイト先に連絡を入れたさくらは、桐也が一週間前に急に仕事を辞めたのだと店長から聞かされた。

鼓動が速くなる。浮かんできたのは病院の白い壁と白いシーツ、そして消毒液のにおいだ。まさか、と不吉な予感を振り払うが、どうしても考えてしまうのだ。大事な人を失ったことの恐怖は、さくらの心に癒《い》えぬ傷として深く残っている。救急車のサイレンの音が近づいてきた。とっさに美晴と視線を合わせる。まさかとは思うが体の震えはとめられなかった。

鍵穴に鍵が差し込まれる音がした。鍵がなんどか空振りしたのち、ゆっくりとドアが開く。「ただいま」とおずおず桐也が顔を出した。

「桐也……」

安堵した声で息子の名を呼び、美晴は腕を掴んで引き入れた。

「バイト辞めたんだって？　だったらこんな時間までどこほっつき歩いてんのさ？」

さくらの声が尖る。いつにない姉の怒りの形相に桐也は「ちょっと……」と降参するかのように両手を胸の前にあげ、「バイトだよ、別のだけど。ちゃんと話すから移動しよう」と靴を脱ぎ、二人の前を通り過ぎる。きついたばこの残り香が廊下に漂う。足を投げ出してリビングのソファーに座った桐也は渋々と口を開いた。

「ファミレスよりも時給のいいバイト紹介してもらったんだ。やなごし通りにあるスペインバルのキッチンのバイトなんだ。おれ、姉貴みたいに手に職つけようと思ってて。その時にちょうどバイトの話がきて……」

やなごし通りと聞いて、「えっ」とさくらは声をあげた。そこは地域で一番の歓楽街で、飲み屋やバー、スナックにキャバクラなどがひしめきあい、道一本外れるとラブホテルや風俗店が軒を連ねている。高校生が働くにふさわしい場所とはとうてい思えないのだ。

「将来のことを考えてるのはいいと思うし、桐也が自分で決めたことは尊重するよ。でもね、高校生をこんな時間まで働かせるようなお店、あたしは賛成できない」

「でも、そこすごい勉強になるし……。こっちだっていろいろあるんだよ」

にらむように姉を見る桐也に譲る様子はなかった。ズボンのポケットからスマートホンを取り出すと、「なんなら店の人と話をしてみる？」と挑んでくる。画面には店の名前なのだろう、『ディバシオンＪＫ』とあった。視線が交錯する。

「わかった……」

たったいま尊重すると言ったばかりだ。さくらは自分のスマートホンに電話番号を登録した。

「だけどね、家にはもっと早く帰ってきて。桐也はまだ高校生なんだから。それでも遅くなるようならちゃんと電話して」

桐也はうんと口の中で呟《つぶや》いて、「風呂はいってくる」と洗面所に向かった。

「大丈夫だよ」

心配そうに洗面所のドアを見つめる美晴にさくらは笑いかけた。

「桐也はまじめな子だから、バカなまねするわけないよ」
自分に言い聞かせているみたいだな、とさくらは思った。

バスの車窓から外をぼんやりと眺めていると、コンビニの駐車場の隅で昼日中から壁にだらしなく寄りかかってなにやら話をしている制服姿の一団をみかけ、つい目を凝らして桐也の姿を探してしまった。信じている。そのつもりなのに、いつも以上に頑《かたく》なな桐也の態度がさくらの心を揺さぶるのだ。

停留所でバスが停まる。首を振って一昨日《おととい》からずっとまとわりついている懸念を払う。桐也のことは気にかかるけれど、今は仕事の時間だ。バスを降りたさくらは茶色い鞄を抱えて空を見た。

用意したのは二人の希望をすりあわせた折衷案だ。倉崎の目抜き通りを進むと、やがて鈍色《にびいろ》の屋根瓦《やねがわら》に朱色の梁と柱が目に鮮やかな倉崎八幡宮に行き当たる。さくらが考えたのは白の店内に朱色の建具や什器を配置した、倉崎八幡宮をイメージしたプランだった。明るい色づかいは人の目を引くし、八幡宮の朱色は街の雰囲気を損なうことはないはずだ。いま、さくらが考えつく最適なものだ。それでも意見の違う二人は対立するだろう。今日はこれをたたき台にして、よりいいものになるように二人と煮詰めていこうと思うのだ。

雲のない一面の青に浮かぶ丸い太陽の暖かさに背中を押され、「よしっ」と気合いを入れたさくらは力強い足取りでまっすぐに甘味福福の社屋に向かう。

そして三十分が過ぎ、空に浮かぶ太陽は同じ暖かさでさくらを迎えた。折よく帰路のバスがやってくる。ところが、さくらは目を伏せたまま半ば走るような速さで道を戻る。

あたしはバカだ、バカだ、バカバカだ——。口の中で繰り返す。たった今終わった打ち合わせの場面を思い返すと、恥ずかしさで顔が熱くなってしかたがなかった。

本当なら兄弟一緒にそろっての打ち合わせをしたかったのだが、周二に急な来客があるということで、まずは二階のオフィスで一平と話をすることになった。

「なるほど」

デスクに広げられたプランから視線をあげた一平は、呟くように言って腕を組む。浮かない顔だった。あの、とさくらは身を乗り出した。

「どこを変えればいいでしょうか。野口部長が二号店をどのようなものにしたいのか、もう一度お話を聞かせていただけませんか？」

「もう一度、ですか」

一平はA3サイズのファイルをそっとさくらのほうに押しやった。「この間のほうが私は好きでしたね。ただ、今思えばもう一つ来るものがないような気がします。前にも言いましたが、私はこの業界をもっと発展させたい。そのためにはこれからを担う若い層にとって、和菓子が身近なものと感じられなければならない。そのための二号店だと思っています。これは周二のアイデアそのものじゃないですか。こんなのじゃなにも変わらないですよ」

一平の主張は以前と変わらない。「それをふまえて、またお願いしますよ。なにぶんこちらは素人です。だからこそ建築のプロである楠さんに依頼してるんですよ」

そう言って一平は席を立った。突き放すような口調に「ありがとうございました」と頭を下げるのがやっとだった。次に、一階の休憩室で周二と打ち合わせをした。

「なんかぱっとしないよね」

プランに目を通すなり、周二は投げるようにファイルをテーブルに置いた。「前にも言ったけど、俺は和菓子という日本の文化を大切にしたいんだよね。わざわざ店に足を運んでくださるお客さんは、味はもちろんのこと和菓子のそういうものを楽しみにしていると思うんだよ。歴史のある街で、伝統を受け継いできた和菓子を楽しんでもらう。こんな兄貴が好きそうな店、ぜったいに流行《はや》るわけないよ」

周二の主張もまた変わらない。あの、とさくらは口を開く。そして、続けた言葉が周二の逆鱗《げきりん》に触れたのだった。

「これをたたき台にして……」

「たたき台だって？　こっちは忙しいんだ。あんたプロだろ、中途半端なもの持ってくるなんてどういうつもりだ。胸張って出せるものを持ってくるのが常識だろうが。冗談じゃない」

そう吐き捨てた周二は、さくらを残して休憩室を出て行ったのだった。しばらくの間、閉じられたドアを愕然《がくぜん》と見ていたさくらだが、しでかしたことの重さに気づき、逃げるように甘味福福の休憩室から飛び出したのだった。

バカバカバカ、あたしのバカ――。

バカを百ほど繰り返したさくらは立ち止まり、腰をガードレールに預けた。すぐ横を大型トラックが黒煙を吹き上げながら通り過ぎていった。

浅はかな自分が恥ずかしかった。相反する二人の意向を少しずつくみ取り、すり合わせていけば、両方の希望を兼ね備えたプランができあがると考えてしまった。だから、二人の言うようにどっちつかずのプランになるのは当然だった。施主たちは自分たちの想像を超えたものを期待しているからこそ、プロである建築士に依頼をしてくるのだ。それなのに父がかつて家族にしていたからと、よりによって施主たちに下駄《げた》を預けるようなことをしてしまったのだ。二人が憤るのも当然のことだ。

うつむいた視線の先にひしゃげた空のペットボトルが転がっていた。拾い上げ、ため息をつく。土埃《つちぼこり》にまみれてくすんでいるお茶のペットボトルは自分そのもののように見えた。とぼとぼと歩きだし、途中のコンビニで分身であるペットボトルをゴミ箱に捨てた。よしと顔を上げ、両手で二回頬を叩く。落ち込むのはここまでだ。

その時、ジャケットの内ポケットに入れていたスマートホンが震えた。自宅からの着信だった。仕事中に電話がかかってくることなど滅多にないことだった。桐也のこともある。さくらはとっさに身構えた。

「もしもし？」

『さくら？　お母さんだけど。なんだか体がだるいの。こうして電話をするのもやっと。この間から薬が変わったからかな。ねえ、一緒に病院に行ってもらえない？』

美晴の沈んだ声が聞こえてきた。新たに通うようになった心療内科の医師は、反応を見ながら薬の量を変えていくと言っていた。そのせいなのだろうか。

「わかった。すぐ戻るから、そのまま待っててね」

通話を終えたさくらは木之本工務店に電話を入れ、自宅に急いだ。

美晴の通う心療内科は総合病院の近くにある。そのためか、隣接した薬局は処方薬を求める患者たちで賑わっていた。かろうじて確保したソファーのスペースに美晴を座らせる。隣に立ち、さくらは順番を待つ。だるそうに背もたれに寄りかかる美晴の肩にそっと手を当てた。手のひらに伝わってくるほのかな温かさがさくらを安心させた。体調不良は薬が効きすぎていたためで、量を減らせば大丈夫だと主治医は約束してくれたのだった。

名前はまだ呼ばれそうにない。壁に背中を預け、甘味福福二号店のことを考える。二人の気分を害しただけで、事態はなにも進んでいない。確認できたのは兄弟の意見はどこまでも正反対であるということだった。思い描くあるべき姿はそれぞれ正しいが、目指す道がまったく違う。甘味福福のこれからを背負う二人が別の方角を見ている。どうすれば二号店はいい船出を迎えることができるのだろうか。どんなプランが船に力を与えられるのだろうか。宙を見つめてさまざまなパターンを考えてみるが、浮かんでくるのはぼんやりとした映像だけだった。五里霧中ではいずれ船は座礁してしまう。

「……さん」

名前を呼ばれて老年の男がソファーから立ち上がった。なにげなく視線を向けたさくらはあれ、と男に目を留めた。どこかで見たことのある顔だった。年は六十ほど、黒いブルゾンを着て灰色のスラックスをはいている。特徴的な太い眉にぎょろりと大きな目。どこかで見た。それもつい最近――。

さくらは首をひねる。人を覚えるのは苦手ではないはずなのに、どうにも出てこない。

顔をゆがめた男は、庇《かば》うように腰に手を当て、足を引きずりながら歩いている。

「野口周平さん」もういちど名前が呼ばれ、「はい」と男が返事をした。

あ――。テレビのインタビューを思い出す。そして、ほんの数時間前に話をした二人の兄弟の顔を。間違いない。目の前の男が、さくらに電話をかけてきた野口周平その人だった。やっとのことで歩いている姿からは、テレビで見た活力が感じられなかった。歩みの危うさに薬局のスタッフが手を貸している。どこが悪いのだろうと心配していると美晴の名が呼ばれた。周平の様子は気がかりだが、美晴の背中に手を添え、窓口に向かった。

薬剤師から処方薬をもらい、支払いを済ませて振り返ると、周平がスタッフに見送られて薬局を出て行くところだった。ガラス越しによたよた歩く周平の姿が見える。その横を子供が駆け抜けていった。

「危ない」

思わず声が出た。よけようと体をひねる周平だが、姿勢が崩れて転びそうだった。周平を見送ったスタッフはすでに別の患者の応対をしていた。

「お母さん、ちょっとここで待ってて。すぐに戻るから」

美晴に告げ、さくらは薬局を飛び出した。

「大丈夫ですか？　ちょっとそこに座りませんか」

立ちすくんでいる周平に声をかけ、肩を支える。すみませんねと頭を下げ、周平は道端のベンチに腰をおろした。

「まったく、情けないですよ」

周平は白髪交じりの頭をかいた。「年はとりたくないものです。腰を痛めてしまって、そのせいで足がしびれるんですよ。歩くどころか立っているのがやっとで」

「大変ですね……」

「まったくです。私、これでもまだ仕事をしているんですが、最近どうも辛《つら》くなってきましてね。若い頃は一日中立っててもぜんぜん平気だったんですけど。もうどうしようかと……」

人当たりのよさは一平が受け継いだようだった。気安い雰囲気に、さくらはつい頭の中に浮かんだ言葉をそのまま口にしてしまった。

「それで息子さんたちに跡を継がせようと考えてらっしゃるんですね」

「え、君は？」

周平は目を丸くする。あ、いけないと「初めまして。木之本工務店の楠さくらです。倉崎の件でお世話になっております」と頭を下げた。

「君が楠さんか」

そう言って周平は大きな目でしげしげとさくらを見た。

「どうですか、うちの子供たちは」

「あの、……いろいろ勉強させていただいてます」

そうですか、とうなずく周平は二号店の進捗《しんちょく》を聞き及んでいるようだった。

「甘やかしたつもりはないんですけど、どうも我が強くなってしまって。大変でしょ？」

「……いいえ。あたしがぜんぜん至らないばかりでご迷惑をおかけしてて」

肩をすくめて眉尻を下げると、周平は愉快そうに笑う。

「まあ、あれでも親思いでね。一緒に会社をやっていこうと言ってくれて、それはありがたいのですが、いかんせん仲が悪い。なんとかならんかなと考えているところで」

困ったように息子たちのことを話す周平だが、どこか誇らしそうだった。二人が会社の経営に参加してから収益が上がったと恵が言うように、自慢の息子たちなのだろう。

「もうりさんのようにうまくいけばいいんですが」

周平はさくらを見てほほ笑む。

「え、もうりさん……、ですか？」

さくらの疑問に答えることなく、「今日はタクシーで帰ることにします。じゃあ、また」と太ももに手を添えて立ち上がる。右手をあげてすぐ、交差点を抜けたタクシーがウインカーを点滅させて近づいてきた。

「あのっ！」

とっさにさくらは呼び止めた。「野口社長は二号店をどういうお店にしたいと思ってらっしゃるんですか？」

決定権は社長にあるのだという周二の言葉を思い出し、藁《わら》にもすがる気持ちでさくらは尋ねた。周平の意向がわかれば自《おの》ずと提案するプランが決まるのだから。

「それは、子供たちが決めることです」

それだけ言って、周平は車に乗り込んだ。軽やかなエンジン音を響かせて遠ざかっていくタクシーをただ見送るしかなかった。

夕方、美晴を自宅に送り届け、社に戻ったさくらが相変わらずパソコンの前でうんうんとうなっているとデスクの電話が鳴った。受付からの内線で、さくらに来客があるとのことだった。二階に下りてすぐに、来客ブースに見慣れた後ろ姿を見つけた。

男は茶髪の頭に白いタオルを巻きつけ、濃紺の作業着を身にまとっている。背もたれによりかかり、長い脚をだらしなく伸ばしていた。左手はポケットにいれ、右手でスマートホンを操っている。ちょっと見ただけでもガラの悪さがよくわかる。

この人は大丈夫なの、と受付の人が警戒する視線をさくらに送っていた。つかつかと歩み寄り、さくらはいきなりタオルを巻いた頭をはたく。

「ちょっと。じぶん家《ち》じゃないんだから、行儀よくしてなさいよね」

イタッ──、と呻《うめ》く男の細く鋭い目が、さくらを認めた途端に人なつこく和らぐ。

「よお、さくら」

スマートホンを持つ右手を振って挨拶をするのは、中学時代の同級生、三好巧《みよしたくみ》だった。

「今日の現場、近くだったからさ、どうしてんのかと思って」

「どうもこうも、仕事中だよ」

「大丈夫かよ。背中丸めてしょぼくれて、甲羅でも背負ってんのかと思ったよ」

「やめてよ。あんたじゃあるまいし」

はたはたとさくらは自分の背中をはたく。どうも巧と話をしていると調子が狂う。それでも久しぶりに聞いた軽口に、背中にへばりついていた澱《おり》が少しだけ薄れたような気がした。対面のイスに腰をおろす。

「そっちこそ頑張ってんの？　この間、駅ビルにできたカフェの建具と什器、三好君のとこでやったんでしょ？　三好君が作ったのもあるの？」

巧の実家は三好建具店という名の店を営んでいる。建具とは襖《ふすま》、障子や戸などのことで、それらの製作・取りつけを専門とする業者が多いなか、巧の店では木材加工の技術を活かし、建具の他に什器や家具の製作も得意としている。木之本工務店とのつき合いはないが、巧の父親の名はこの辺りの業者によく知られていた。

「駅のカフェ？　あ、あぁ……」

返事に切れがない。はっとしたさくらは身を乗り出し、巧の顔をまじまじと見上げる。

「辞めたの？」

「…………」

「うわ、信じらんない。必ず俺が店をでっかい会社にするって言ってなかったっけ？」

「いつの話だよ……」

巧は薄い唇を尖らせた。中学時代はかなりのやんちゃをしていた巧とは距離を置いていた。進路を決める時期になり、さくらが自分と同じく工業高校に進むと知った巧が、「いいとこのお前がなんで夜学の工業高校行くんだよ？」と不思議そうに話しかけてきたのだった。学校をさぼったり、中学生ながら夜遊びをしたりしているらしい巧を軽率で嫌な奴と決めつけていたさくらだが、話をするうちに彼の一本気な性格を知り、今ではたまに顔を合わせると、お茶を飲みつつ近況を語り合う仲になった。

頑固だけど腕のいい父親を尊敬していて、高校を卒業したら一緒に働くのだと嬉しそうに話していた。その父親の店を飛び出したことがにわかには信じられなかったのだった。

はっとする。巧の頬に痛みを堪《こら》えているような深い筋が浮かんでいた。

「なにか、あった？」

「兄弟が一緒に働いていると、いろいろあるんだよ」

以前から同じ道を進む兄との折り合いが悪いという話は聞いていた。兄弟だから張り合い、引っ込みがつかなくなるとも。なにかのきっかけで二人の間に、さくらには計り知れない深い溝が生まれてしまったのだろう。夢を捨てようと決意させるほどの。

「ごめん。あたし、ひどいこと言った」

テーブルに手をついて頭を下げた。とっさに出たとはいえ、さくらの軽口は巧を傷つけた。別に、と手を振る巧は「あのバカ兄貴が悪い」と冗談めかして呟いた。

「どこの兄弟にも、いろいろあるんだね」

「え、お前んとこも？　やっぱり」

「違う、違う」

慌てて否定したさくらは、詳細をぼかしつつ野口兄弟の話をした。聞き終えた巧は訳知り顔でうなずいた。

「なかなか難しいよな。もしかしたら、負けたほうは会社を辞めちゃうんじゃねえ」

「負けるって……。自分たちの会社のことだよ、勝ち負けの話じゃないのに」

「しょうがねえよ」

コーヒーに口をつけた巧だが、飲むことなくカップをテーブルに置く。

「ところでさ、弟くん元気？」

「え、いきなりなによ」

からりとした口調がかえって不安をあおる。さくらの顔色を読んだ巧は座り直して背筋を伸ばす。

「この間さ、仕事終わりにやなごし通りで飲んでたら弟くんを見かけて」

「ああ」とさくらはほっと胸を撫《な》で下ろす。「最近、知り合いの紹介で、やなごし通りのレストランで働き始めたの。料理人になりたいんだって。ディバシオンJKっていうお店」

「……お前、そこがどんな店だか知ってんのか？」

「え、スペインバルのお店だって」

「この建築バカ」

巧がさくらの額を人差し指で弾《はじ》いた。「お前、JKがなんの略か知らねえのかよ。女子のJと高校生のKでJK。キャバクラとかガールズバーのようなとこだぞ。桧山《ひやま》ってのが店長で、そいつ、俺がやんちゃしてた頃からええヤバい先輩ってことで有名で……」

「え……」

思わず立ち上がると、勢いに押されてイスが転がった。大丈夫かと慌てる友人の声も、フロアに響くイスの音も、ずいぶんと遠いところから聞こえてくるようだった。

やなごし通りから一本はずれた狭い通りにそのビルはあった。暗いビルだった。よほど職人の腕が悪かったのか、外壁のタイルはところどころ傾いている。くすんだ緑色の壁を看板から放たれた趣味の悪いピンク色の光が照らしていた。スタンド式看板には『楽しく飲める店　ディバシオンJK』と黄色と紫色の丸いフォントで書かれた文字が躍っている。

心配そうにさくらを見た巧だが、なにも言わずに錆《さび》ついた外階段を上る。黒の合板のドアの脇で、下と同じ趣味の悪いピンク色の看板がどぎつい光を放っていた。ドアを開けた。

「いらっしゃいませぇ」

女性の甘えたような声が二人を迎えた。巧の肩越しに中をのぞいたさくらは、ここがスペイン料理を出すようなところではないと悟った。

薄暗い店の空気がよどんでいる。左手にはL字型のカウンターがあり、襟がピンク色のセーラー服を着た女が三人、手持ちぶさたに立っていた。背後の壁には焼酎《しょうちゅう》やウォッカ、ジンなどの瓶が並んでいる。奥にある黒いカーテンで仕切られた場所はキッチンなのだろう。カウンターには六脚のスツールが並んでいて、その先には四人掛けのテーブルが三台ある。店じゅうに漂うたばこと化粧品のにおいに気分が悪くなりそうだった。

「えっと、お客さんですか？」

探るようにさくらを見、長い茶髪の毛先を弄《もてあそ》びながら女の一人が言う。声が幼い。メイクは濃いが、もしかしたらさくらよりもずっと年下なのかもしれない。

「あの、弟を——。楠桐也をお願いします」

巧の前に出てさくらが言った。張りつめた声色を察したのか、奥の女がカーテンに向かって警戒するように「店長」と呼びかけた。

カーテンが揺れる。男の顔が突き出てきた。ずいぶんと背が高い。後ろに撫《な》でつけた黒髪にはワックスの光沢が浮かんでいる。険のあるつり上がった目が刺さる。後ろにいる巧が身構える気配を感じた。

「なんだ、お前ら」

客ではないとわかったのだろう、はなからぞんざいな口調だ。この男がヤバい先輩——桧山なのだ。ゆっくりと現れる分厚い体は威圧するような存在感があった。カーテンの奥に、薄汚れたフライパンが二つ壁にぶら下がっているのが見えた。

「桐也の姉です。弟に用があるんですけど」

「なんだ。ポンコツの姉ちゃんかよ。で、なに？」

「弟を返してください」

「はあ、なんだそれ。こっちがかっさらってきたみたいだな。人聞きの悪い」

カウンターから出てきた桧山は二人の前にあるスツールに座る。白いシャツの胸ポケットからたばこを取り出すと、火をつけ、煙をさくらの顔に吹きかけた。これまでの人生で対面したことのない人種だった。恐怖に体が震えてくる。庇うように前に出た巧を見て、「おお、かっこいいねえ」と桧山は薄笑いを浮かべた。だが、巧の背中がさくらを勇気づける。意を決してさくらは言った。

「弟は自分からこんなところで働こうと思うような子じゃないんです。いったい、なにがあったんですか？」

「こんなところって、職業差別かよ。ここは普通の飲食店。警察にもちゃーんと届けを出して、営業していいよって許可もらってんだ。どこ見て『こんなところ』って言ってんだよ」

ぐっと言葉を呑み込む。確かに木之本工務店ではスナックやキャバクラなどの飲食店の工事を手がけることもあるし、先輩社員に連れられてスナックに行ったこともある。このような酒を出す店を否定するつもりは毛頭ないが、ここは高校生が働いていいところとは思えないし、なによりも桧山は危険だと本能が警告している。

その時、カーテンが揺れた。さくらはキッチンに向かって声を張る。

「桐也、話があるの。出てきてよ」

すると、カーテンの奥からおどおどと視線を揺らしながら桐也が出てきた。

「どうしたの？」

さくらの顔色が曇る。弟の体が少しくの字に曲がっている。庇うように腹を押さえていた。吐いたのか、口の脇とシャツの襟が汚れている。

「どうした」

駆けよった巧がカウンターから桐也を出すと、シャツの裾《すそ》をまくり上げ、「あんた、なにした?」と低くうなる。頼りない薄い腹に、ぶつけたような赤が広がっていた。その隣にも紫色の痣《あざ》が二つある。ちょうど、拳で殴られたくらいの——。

「桐也——」

さくらは弟を背中に隠し、桧山をにらみつける。「あんた、うちの弟になにしてんのよ?」

「教育だよ。料理人の世界じゃ珍しくもないだろう。あんたの弟、物覚え悪くってさ、つい」

悪びれた様子もなく、桧山は白い煙を天井に向かって吹き上げた。

「ついって……」

爆発しそうな感情をようやく抑え込んだ。そして「行こう。こんなとこにいちゃいけない。荷物を取ってきなよ」と桐也の背中を押した。カーテンに消えるその横顔に安堵の色が浮かんでいた。

「五十万」

ふてぶてしい声が飛んできた。桧山はたばこを灰皿におしつけながら「弟くんに五十万貸してんだよ」とにやにや笑う。バッグを手に戻ってきた桐也は顔を伏せる。

「どういうこと、桐也?」

「蹴飛《けと》ばした石が当たって桧山さんの車を傷つけちゃって。でも、修理代が払えないから、働きながら返すってことになって」

「それだけか?」

巧の鋭い声に、えっと、と桐也は口ごもるが、観念したように話し始めた。

「学校の女子とかを勧誘して来いって。でもおれ、そんなことできなくて……」

それで制裁として殴られたのだ。怒りがふつふつとわいてくる。こんな店のために、桐也に友人を売らせようとした男が許せなかった。桧山に詰め寄ろうと踏み出した一歩は巧の体に遮られた。

「ねえ、桧山先輩。まだあのセルシオ乗ってんすよね。十年前と同じの。昨日、走ってるの見ましたし」

話しかけられた桧山は探るように巧を見、そしてゆっくりとうなずいた。

「そういえば昔、つるんだことあったな。飯田《いいだ》の後輩だっけ」

「ええ。その節はありがとうございました。それでね、あの車の板金修理で五十万って、ちょっと高すぎじゃないっすかね」

「……で?」

平坦《へいたん》な声だった。桧山の顔に冷酷な笑みが浮かぶ。一度は拳を握った巧だが、その手から力を抜いた。

「先輩。顔なじみってことでどうか――」

「そのお金、今、耳そろえて返します。だから金輪際、あたしの弟に関わらないでください」

さくらが割って入る。額はどうであれ、非は紛れもなくこちらにあるし、桐也が責を負うべきだ。なによりも、こんな卑劣な男に大切な友人の頭をさげさせるわけにはいかない。それだけは嫌だった。

「ちょっとだけ待っててください」

言い捨て、さくらは店を出て走る。近くに口座がある銀行があったはずだ。ATMコーナーに飛び込んださくらは、もどかしげにタッチパネルを操作する。五十万円と支払い金額を指定し、しばらく待つ。

「なんで？」

さくらは唇をかんだ。現金が出てくることなく、キャッシュカードが返却された。画面にはお取り引きできませんという文字が並んでいた。急いで残高を確かめたさくらは、呆然《ぼうぜん》と画面を見つめるしかなかった。二十九万円しか入っていなかった。どうしよう、とさまよった視線は、『キャッシング』の文字に吸い寄せられていく。

クレジットカードは持っているし、買い物をしてカードで支払いをしたことは何度だってある。それでもいつも一括払いにしているし、翌月の給料でやりくりできる金額の範囲内でしか使ったことはなかった。不足額は二十一万円。だが、これだけを借りればいいという訳ではない。残高を全部おろしてしまうと生活費がなくなってしまう。

五十万円――。一括で返せるはずがない。ATMの前で立ちすくむ。日々の返済に、この額が加算されることになる。でも――。

財布からクレジットカードを取り出すとカードをATMに投じた。あんなところは、桐也がいていい場所じゃない。吐き出された現金をつかみ、さくらは走る。

「これでいいですね」

店に戻り、桧山の前に五十枚の一万円札を置いた。もったいぶった態度で枚数を数えた桧山は「確かに」と丸めてズボンのポケットに入れた。

「帰ろう」

二人を促し、さくらは歩き出す。

「ちょっと、お姉ちゃんさ。弟くんが抜けたぶん、別のバイトを呼ばなきゃ。人件費」

呼び止めた桧山はにたにたと笑いながら右手を突き出した。さくらは鞄から財布を取り出し、入っていた現金を全部カウンターにぶちまけた。

「それではごきげんよう。先輩」

そう言い捨て、三人は桧山の店を出て、空気の重い暗い道を抜けた。大通りに出ると、うって変わって辺りは能天気なまでの賑わいに満ちていた。足を止めたさくらは目を閉じ、明るいざわめきを浴びる。まとわりついていた緊張が解けていく。

「なんだよ、さっき」

隣に立つ巧がはっと笑った。「ごきげんようって、どこの令嬢だってーの」

「つい地がでちゃった」

ふふっとさくらも吹き出すが、自分がなにを言ったのかも覚えていないほど動転していた。しばらくの間、二人は肩を小突きあって笑う。

「姉貴、ごめん」

振り返ると桐也が肩をすぼめていた。さくらは腕を組み、小首を傾げて大げさにため息をついてみせた。

「まったくもう。なに一人で抱え込んじゃってんのよ。あんなことぐらいぜんぜん大したことないんだから。すぐに相談してよね」

「そんなのできるわけないじゃんか」

桐也は暗い目で足下を見ていた。「うちに金なんてないんだから。だから自分でなんとかしようとして、でもできなくて。結局おれ、姉貴に頼ってばかりで。みっともない」

「なに言ってるの。助け合うのが家族でしょ？」

弟の肩にそっと手をかける。

「だから！」

声を荒らげ、桐也はさくらの腕を振り払った。

「だから、そういうのがっ！」

言葉を切り、踵《きびす》を返した桐也は暗い脇道を走り去って行く。

「今は放っておけよ。ガキじゃねえんだ、心配ない」

追いかけようとするさくらを巧はそっと押しとどめた。

「俺、桐也の気持ちわかるよ。兄弟だからこそ借りを作りたくないっていうか。嫌なんだよね、負けるのが」

「そんな……」

「お前はなにも間違ってねえよ。ただ、上のデキがいいと、下はモヤッとしちまうもんなんだ。それだけ」

慰めを言い、帰るぞと巧が歩き出す。「ねえ」とその背中に呼びかける。

「お金、貸して。あたしもう一円も持ってないんだ。電車も乗れない」

へへへと笑うが、情けなさに視界がにじむ。

「それからありがとう。会社に来たのもたまたまなんかじゃなかったんだよね」

会社で兄弟仲の話になった時に、巧は『やっぱり』と言った。近くに来たからと言っていたが、最初から桐也のことを心配して駆けつけてくれたのだ。

「メシでも食ってくか。今日はおごる。牛丼の大盛り」

振り返らずに巧は言う。

「玉子もつけていい？」

さくらの問いに「当然」と胸を張った。


ちょっと話がしたいからと、一平から連絡が来たのが翌朝一番のことだった。

別件を片づけ、昼過ぎに甘味福福を訪れたさくらは応接室に通された。初夏の柔らかな風が開け放たれた窓のカーテンを優しく揺らしている。ソファーに座るさくらは、背筋を伸ばしたまま、白い波をぼんやりと見ていた。一平の話は気になるが、さくらの懸念は桐也のことだった。昨夜《ゆうべ》は無事に家にいたものの、朝になっても部屋に閉じこもったままだった。

「あ、どうも」

一平が入ってきた。立ち上がろうとするさくらを制し、お呼びだてしてすみませんと、対面に座り頭を下げた。「ちゃんと、お顔を拝見してお話がしたかったもので。たいへん申し訳ないんだけど、私のプランは他の人に頼むことにしました」

「……はい？」

部屋の温度が下がったような気がした。しびれに似た重たさが体中に広がっていく。仮面をかぶったような一平の表情から、決定は覆ることがないのだと思い知った。

「理由を教えていただけませんか？」

「そうですね……。楠さんの案は悪くないんです。でも、どこか曖昧なんです。それはコンセプトの違う私と周二のプランの落としどころを見つけようとしているからなんですよね。だからぼやけるんです。曖昧な姿勢ではビジネスはうまくいかない。だから私は独自に二号店のプランを考えます。楠さんは弟と話を進めてください。コンペ形式にしましょう」

それではと促され、さくらは応接室を出た。廊下をとぼとぼと歩いていると「木之本工務店さん?」とスタッフに呼び止められた。

「休憩室に来てくださいって、部長が言ってましたよ」

周二のことだろう。はい、と力なく返事をし、さくらは階段を下りた。

「あ、どうも、忙しいところごめんね」

デスクで伝票を整理していた周二は、手を止めることなく入ってきたさくらに言った。

「今度から楠さんは兄貴と話をしてよ。俺は知り合いに紹介してもらった設計事務所に頼むから」

呆然と立ち尽くすさくらをちらりと見た周二は、「楠さんのやつけっこういいんだけど、俺よりも兄貴好みだと思うんだよね。だから、二人で頑張ってよ」とフォローのようなものを入れ、「じゃあ、そういうことで」とまとめた伝票を手に立ち上がる。言葉も出なかった。周二が休憩室を後にすると、さくらはどかりとスツールに座り込んだ。

どうしよう……。

はっとして、さくらはぶるぶると首を振った。とっさに浮かんだのが、昨夜キャッシングをした五十万円という金額だった。当てにしてなかったといえば嘘になる。この契約が成立すれば、幾ばくかの歩合が入ってくるのだから。そんなさもしい自分が情けなかった。

「どうぞ」

さくらの前に小皿が置かれた。涙のような形をした透明な生地の中に、淡い桃色の玉が浮かんでいた。涼しげな滴に、最悪な状況にいるにもかかわらず、つかの間見とれてしまった。

「大丈夫？」

顔をあげると、恵が心配そうに見つめていた。さくらは曖昧に笑う。

「これ、新作ですか？　お店に出してませんでしたよね」

「夏っぽいでしょ。水まんじゅう」

「かわいい……。二号店の開店は夏だから、目玉商品になりそうですね」

「これが？　ないない。わたしが考えたのだし。夏の目玉は父がもう考えているよ」

「もったいない。こんなにおいしそうなのに……。残念です。恵さんの作った和菓子が、二号店に並んでるところを見たかったのに。あたし、お払い箱に――」

ぐっと唇をかんだ。自分の言葉に頭を殴られた気分だった。目の前の水まんじゅうに手をつけることなく恵に頭を下げた。

「この度はお世話になりました。二号店の成功、陰ながらお祈りしています」

失礼します、ともう一度頭をさげ、さくらは休憩室を出た。「え、なに？　ちょっと」と呼び止められるが、まともに恵の顔を見ることができなかった。うつむいたまま、さくらは甘い香りに満ちた甘味福福の社屋を後にした。

あたしにあのお菓子を食べる資格なんかない――。

社長の木之本にしかられ、先輩の菰田にあざ笑われたさくらは、夕方、うなだれたまま会社を出た。契約にたどり着くことなく終わったケースはいくつもあった。けれど、今回ほど迂闊な自分を責めたことはない。ため息が止まらない。すると――。

どん、と背中を叩かれた。ひゃ、と声をあげて振り返ると恵が手を振っていた。

「ちょっと近くまで来たから。飲み行かない？」

恵に連れてこられたのはカウンターだけの小さな焼鳥屋で、席は常連とおぼしき客で埋まっていた。いける口らしく、恵はぐいぐいとビールのジョッキを空け、すぐにお代わりを注文した。炭火で焼いたもも肉を口に入れ、歯を立てると温かな脂がにじみ出てくる。おいしいはずなのだが、まるで味がしない。

「なにしょぼくれちゃってるのよ」

恵が指でさくらの肩を小突く。「うちを出る時、とんでもなく落ちこんだ顔をしてたからどうなっちゃうのこの子って思っていたけど、案の定。まだ引きずってる。いちいち落ち込んでたら、いい仕事なんてできないよ」

不意に鼻の奥が熱くなる。やはり自分を気にかけて誘いに来てくれたのだ。巧といい、こうして背中を支えてくれる人がいると思うと、胸のつかえが少しだけ軽くなっていく。

もう一切れ、もも肉を食べる。今度はちゃんと味を感じた。

「おいしい」

でしょ、と恵は細い眉を持ち上げた。そして慰めるように笑う。「でも、ちょっとうらやましい。そんなに落ち込むのも、一生懸命に仕事をしているからでしょ。わたしなんて、もうそんなことないもん」

「あの」

さくらは体をねじり、恵に向き合った。「初めてお会いした時もそうでしたけれど、恵さんはなんでわたしなんてって、言うんですか？」

「え、そう？　気づいてなかった」

「ずっと気になってたんです。和菓子作りのことはよくわからないんですけど、恵さんが腕のいい職人だということはわかります」

「買いかぶりすぎだよ。わたしなんて中途半端なんだから」

一度は口をつけたジョッキを離し、恵は頰杖《ほおづえ》をついてぼんやりと視線を宙に漂わせた。目元がほんのりと色づいている。「反対していた父を押し切って和菓子職人になった時には嬉しかったな。毎日、寝る間を惜しんで細工の練習をして」

さくらは恵の視線を追った。淀みのない動きで串《くし》を操る職人の手があった。

「でもね、好きな人ができたからって簡単に和菓子を手放して。結婚に失敗して戻ってきたら、弟たちがぐいぐいとお店を仕切るようになっててね。喧嘩しながらも懸命に仕事に打ち込んでいる弟たちを見ていると、自分はなにをやってきたんだって情けなくなるんだ。猪突猛進《ちょとつもうしん》って感じじゃない、あの二人。それに比べてわたしなんてって、思っちゃうんだよね」

「そんな……。初めて恵さんを見た時、思わず見とれてしまったんです。恰好《かっこう》いいって。あたし、思うんです。なにをしてきたのかはその人のたたずまいに表れるんじゃないかって。恵さんの背筋の伸びた姿勢は、いい加減な仕事をしてきた人のものじゃないです――」

言葉を切ったさくらは、ごん、と右の拳で自分の頭を叩いた。

「偉そうなこと言ってすみません。あたしが一番いい加減です。さっき、恵さんの作った和菓子がお店に並んでいるところを見たかったなんて言いましたけれど、その時、どんなお店なのかぜんぜん頭に思い浮かんでなかったんです。適当なこと言ってるなって気づいたら、情けなくなって。そんな半端な気持ちなのだから、お仕事を断られて当然だったんです」

恥ずかしさに顔をあげられなかった。時間が進むにつれて、店のざわめきは勢いを増していくが、二人の間には沈黙がぽつりと落ちる。

どん、といきなり恵に背中をどつかれ、さくらの背筋がぴんと伸びた。

「飲もうか。ありがとね。落ち込むってことは、それだけうちのことを懸命に考えてくれていたということだよ。その気持ちがあれば、明日からまた頑張れるし、もう同じ失敗はしない。だから、今日は飲もう。景気づけ」

恵はさくらのジョッキに自分のジョッキをこん、とぶつけた。

「……はい。同じ轍《てつ》は絶対に踏みません」

ジョッキを手に取り、ぬるくなったビールを一口、二口と飲む。ようやく喉《のど》を通る苦みを楽しむことができた。そして恵といろんな話をした。もっとも、酔いの進んだ恵が楽しげにする和菓子の話に相づちを打っている時間が多かったのだが。またそれがつくづく残念に感じ、思い切って尋ねてみたのだ。

「例えばですけど、恵さんならどんなお店にしますか？」

「わたし？　お店のことはよくわからないけど、せっかく新しいお店を出すんだから、今までうちで出したことのない和菓子を売るのもいいかな。例えばね」

そう言って鞄から青い手帳を取り出した。それは、会う度にいつも広げていたものだった。見ると、白いページには赤い花弁を広げたバラが咲いていた。恵が描いた和菓子のデザインだった。次のページにも、またその次のページにも色鮮やかな花が咲いていた。時間を見つけては、こうして新しいものを考えてきたのだろう。

「恵さん。こんなに和菓子のことを考えてるんですから、新商品とか、二号店とか、そういう会社のことにもっと参加してもいいんじゃないですか？」

「わたしにそんな権利なんてないよ」

恵は笑って手を振る。「父だってまだわたしのことを許してないから。駆け落ちする前は三本の矢の精神で、姉弟《きようだい》三人力を合わせてってよく言ってたんだけどね」

「あの、三本の矢ってなんですか？」

意味がわからず首をひねると、恵は目を丸くする。

「知らないの？　戦国武将の毛利《もうり》元就《もとなり》の逸話で、仲の悪い三兄弟の前で矢を一本折ってみせるの。二本までは簡単に折ることができるけれど、三本揃うとぜんぜん折ることができない。そこで毛利さんは言うのよ、この矢と同じで、お前たち三人が力を合わせれば毛利家が破られることはないって。要は兄弟仲良くしなさいってことなんだけどね」

あれ、なんだっけ——？

恵の言葉が記憶のどこかにひっかかった。なんだろう、とさらに首をひねる。どこかで聞いたことのある単語……、誰かが口にした言葉——。

「そう、もうりさんですよ」

さくらは恵の肩を両手でがっちりと摑んだ。

「え、なに？」

訳がわからずきょとんとする恵に「もうりさんなんです」とさくらはへへっと笑う。

店に、一段と賑やかな歓声が弾けた。

ふっと息を吐き、ドアをノックする。

「どうぞ」

いぶかしげな声が返ってきた。失礼します、とさくらは社長室のドアを抜けた。長方形のテーブルを挟んで上座のソファーに社長の周平が、向かって左手には一平、右手に周二が座っていた。テーブルには二人がそれぞれ依頼した建築士の作成した設計案が広げられていた。一瞥《いちべつ》したさくらはそうなるよね、と心の中でうなずいた。さくらが最初に提案した二つのプランと同じようなものだった。

「楠さん。どうなさったんですか。今、大事な打ち合わせ中なんですけど」

丁寧ながらも一平の言葉にはあからさまな険が含まれていた。腕を組んだ周二は憤慨したように鼻を鳴らす。

「今日が二号店の設計が決定する日だということで、プレゼンしにお伺いしました」

「だから、楠さんにはお願いしてませんよね」

「ご依頼は」

振り返ったさくらは、ドアに向かってうなずいた。「野口恵さんからいただきました」

おずおずと恵が入ってきた。恵は緊張に顔を強ばらせ、下座のソファーに座った。驚く二人の間で周平がかすかにうなずくのを認め、さくらはほっと息をついた。

「会議はもう始まっています。手短に」

周平はそれだけ言うと、ソファーの背もたれにそっと体を預けた。会議への参加は認められた。恵の隣に立ち、さくらは三人に向かって恵と練り上げた設計案を広げた。

あれ、と恵が身じろぎをするが、さくらは気づかないふりでそのまま話を進める。

「こう黒いとお高くとまってるみたいで、若い子たちが敬遠してしまいそうですよね」

イメージ図を見た一平は、不満を隠すことなく腕を組んで背もたれに寄りかかった。図面に広がるのは白と黒の二色の世界だった。

横に長い店の前に立つ。中央のガラス戸の左手にはカウンター席があり、天板と目隠しには黒の漆塗りを施す。カウンター席の奥には同じ材質の二人掛けのテーブルが十二脚並んでいる。壁は白と黒のツートンカラーで、天井と床は壁と同じ黒で統一されていた。ガラス戸の右手にはL字型の黒いショーケースが設置されていて、雛壇《ひなだん》のように和菓子が並ぶようになっている。

「恵さんも一平さんも、そして周二さんも、みなさん口々にもっと和菓子を知って欲しいとおっしゃいました。それはつまり、二号店の主役は和菓子なのだとあたしは解釈しました。通りを行くお客さんの目を引く店構えにするというよりも、どうしたら和菓子の美しさが際だつようにできるか。それがこの配色です」

さくらは自分のスマートホンを取り出し、ネットで『和菓子』と検索をかけた。色とりどりの和菓子の画像が表示されるが、その多くは暗色の、さらに言えば黒い漆器に載せられていた。確かに色の薄い皿よりも和菓子が映えて見える。納得したのか反論は出なかった。

「えっと、これは？」

戸惑うように周二が指さしたのは余白に描かれたイラストだ。備考として奥のコーナーに設置されたコーヒーメーカーとコーヒーサイフォンのイメージ図が二つ並んでいる。

いらいら顔の周二が口を開きかけるが「あたしが――」と機先を制してさくらは言った。「あたしが提案したいのは、新業態――、カフェとしての業務展開です。ここで、コーヒーや紅茶、お茶を飲みながら、お客様に御社の和菓子を楽しんでいただければと思います。もちろんお持ち帰りで和菓子も販売しながら」

三人は口を閉じ、広げられた設計案に視線を投じていた。拒絶ではない沈黙だととらえ、さくらは言葉を継いだ。

「お話をいただいてから現地調査に行ってきました。寺社の多い土地柄なのでしょう、和菓子店が多く出店していますが、どれもお煎餅《せんべい》やお餅《もち》、どらやきなどの店頭販売です。あんみつなどの甘味処は近所に三店舗営業していて飲食店としては競合してしまいますが、これらのお店では御社の主力商品である羊羹や練りきりは提供していませんでした。他に大手チェーンのカフェが二店舗営業していてそれなりの集客はありますが――」

言葉を切って様子をうかがう。周平は一歩身を引いた姿勢を崩さず、一平は腕を組んだまま首を傾げ、周二は難しい顔で頰を撫でていた。悪くないかも、とさくらは再び口を開いた。

「わざわざその店のために倉崎に来る人はいないでしょう。だって、全国に同じお店がいっぱいあるんですから」

「いや、でも」

一平が反論する。「飲食店は生き残りが厳しいと聞くし、こちらにはなんのノウハウもない。勝負をかけた二号店でそんなリスクは負えない」

「だからこそ、です。生き馬の目を抜く商売の世界で、既存のお店と同じことをやっていたら埋もれていくだけです。新しいお店は、新しいことにチャレンジするチャンスだと思うんです」

さくらは眉を寄せる一平に向かって人差し指を伸ばし、「一平さんのプロモーション力」と言い、次にもう一本、中指を伸ばして周二に向け「周二さんのマネジメント力」と言った。そして「恵さんの商品開発力」と薬指を伸ばして恵に向けた。三本の指を伸ばしたさくらは姉弟の顔を見回して言った。

「三つの力ががっちりと組み合えば、間違いなくいいお店になります。三本の矢です。容易に破れませんよ」

あの時——。薬局で会った時に周平が口にした『もうりさん』とは毛利元就のことなのだ。一平と周二の二人だけではなく、三本の矢の逸話通りに恵も含めた三人で二号店を造り上げることで、姉弟の結束を固めたいと考えていたのだ。

正面に座る周平がくすりと笑う。さくらは自分の考えが正しかったことを確信した。

「新しいって言うけど、和菓子を出すカフェなんて別に珍しいものでもないよね」

周二は皮肉な口調で言う。

「はい、確かにそうです。けれど、倉崎には一軒もありませんでした。それに、このお店の目玉はここです」

さくらが指さしたのは、平面図に描かれた道路に面した右手の部分だった。そこにはガラスの壁と引き戸で仕切られた一畳ほどの部屋が設けられていた。

「ここで恵さんにお店で出す和菓子を作ってもらいます」

「わたし——？」

恵が絶句する。テーブルに広げられている設計案は、恵と話し合いをして作り上げられたものとは少し違う。本来ならば、このスペースはショーケースが並んでいるはずなのだ。『わたしなんて』が口癖の恵に、あえてさくらは無断で設計案を差し替えたのだった。

「インスタ映え、フォトジェニックです。このプランは、恵さんが和菓子を作っているところを見て、なんてきれいなんだろうって思ったところから始まったんです。和菓子を作っているところを目の前で見られるお店ってなかなかないですよ。お客さんが動画をネットにでもあげてそれがバズれば、全国どころか世界じゅうで甘味福福に行ってみたいと思う人が現れるはずです。旅行って、その土地の、その国の文化とか空気とか、食べ物などを体感したいから行くものじゃないですか。日本の文化に興味を持っている海外の方って多いと聞きますし、海外で開かれた和菓子のショーは大盛況だったってネットの記事に載ってました。日持ちのしない和菓子をその場で食べられるこの形態ならば、海外のお客様にもお気軽に日本の伝統を楽しんでいただけると思います」

へえ、と感心したように周二は設計案に手を伸ばし、イメージ図をまじまじと見る。一平もなにかを算段するかのように宙に向かってなんどもうなずいていた。ところが——。

「嫌だよ。まるで客寄せパンダじゃない。そんなのみっともない」

頬を赤らめて恵が首をぶんぶんと左右に振る。

「いいじゃないですか、客寄せパンダ。言い換えれば看板娘です。恵さん、言っていたじゃないですか。和菓子をもっと広めたいって。お茶だけじゃなく、コーヒーにも紅茶にも合うんだって。和菓子にはもっといろんな楽しみ方があるんだって。ここなら、お客様にもそれがわかっていただけます。みなさんもおっしゃっていたじゃないですか。和菓子がもっと身近になって欲しいって」

さくらは鞄からファイルを取り出し、テーブルに広げた。A4用紙には数種類の画像がプリントされていた。

「鎌倉《かまくら》と浅草《あさくさ》、箱根《はこね》に行って商店街を撮影してきました。見ていただきたいのは二つのお煎餅のお店です。両方とも同じ場所にあります」

一軒は店頭に袋詰めの煎餅を並べている店で、客の入りはぽつぽつといったところか。もう一軒は店頭にて炭火で煎餅を焼いている。こちらの店では食べ歩き用の煎餅も販売していて、順番を待つ長い列ができていた。

「作っているところを見られるなんて、わくわくしますし、なんだか安心できますよね。あたし、ついこのお店でいっぱいお土産を買っちゃいましたもん」

一平と周二は考え込むようにファイルを見ている。場の空気が変わってきたものの、まだ重い。わかっていたことだが、依頼主の恵が及び腰になっているせいだろう。さくらは恵に向き直る。

「あたし、七年がかりでやっと建築士になれたんです。まだまだぜんぜんで上司に怒られてばかりいますけど、楽しいんです。もっともっと、いろんなお店やお家《うち》を造っていきたいんです。だから、どこかで取材をしてくれるというなら、喜んで受けると思います。だって、あたしの名前が売れたら、あたしを指名して仕事が入ってくるかもしれませんし。あの、うちって歩合がついてくるので……」

余計なことは言うな。木之本の渋面が浮かんできて、さくらは慌てて咳払《せきばら》いをする。

「……とにかく、理想に近づきたいなら、なりふり構わず動いてみませんか？」

さくらは恵が肌身離さず持っている、青い手帳を指さした。

「そこにある夢を、現実にしてみませんか？」

はっと目を開き、恵は手元に視線を落とした。手帳を持つ手に力が入る。

「ですが、ノウハウのない業態に参入するのはいかんせんリスクが……」

「だよな。うちの本業は和菓子の製造だから。もしも失敗したら、なあ」

一平と周二は顔を見合わせうなずき合う。失敗を恐れる気持ちはさくらにだって十分にわかる。でも、と言いたい気持ちを抑え、さくらは決定を待つ。

声をあげたのは恵だった。

「そんなことを言っていたら、なにも進まない」

背筋を伸ばし、恵は二人の顔をまっすぐに見た。

「わたし、やってみたい。自分の考えた和菓子を食べたお客様がどんな顔になるのか、この目で見てみたい。甘味福福が新しい土地で通用するか肌で感じてみたい。ねえ、みんなで頑張ろうよ。わたし達で、お店を盛り上げていこうよ」

恵の決意表明に二人の表情が変わる。周平が、穏やかな顔で三人を見ていた。視線を交わし合った三人は、やがて大きくうなずいた。

「みんなで幸せになりましょう」

ぱん、と手を叩いたさくらは、満面の笑みを浮かべる。窓から見える五月の空は、どこまでも青い。

四角い清流の奥に、涼しげな青が薄く広がっている。水中を舞う黄色の花弁が目に鮮やかだった。小皿の縁を指でつつくと、透明な世界がふるりと揺れた。

ふふふ——。

小皿に顔を寄せたさくらはゆるゆると頬を緩ませる。

翌月の七月、海開きの日に合わせて甘味福福二号店が開店する。その目玉として恵が考案した流しものと呼ばれる、寒天を用いた新商品だ。いいものができたからと、わざわざ木之本工務店まで持ってきてくれたのだった。

ドアが開き、リビングに桐也が入ってきた。首にかけたバスタオルで髪を乾かしている。

「ねえ、桐也」

冷蔵庫のドアを開け、麦茶のボトルを取りだそうとしている背中に声をかけた。

「まだ寝る時間じゃないでしょ。おやつ、食べよう」

「いいよ。腹いっぱいだし」

あれから、桐也と挨拶以外のまともな会話はしていない。ずっとさくらを避けているのだ。

「ちょっと話をしない?」

そう言ってさくらは左手でソファーを叩いた。ためらう素振りを見せる桐也だが、あきらめたように首を振り、隣に座る。テーブルには桐也のぶんの和菓子も用意されている。お湯を白いティーポットに注ぐ。熱湯のなかで、黒い茶葉が躍っている。

「この和菓子のお店、あたしが新しい店舗の設計をしたんだ」

さくらは目の前の小皿に視線を移す。艶やかな表面に天井の照明の光が揺れている。

「お姉さんと二人の弟さんがいて、ちょっと仲が悪かったり、自分は関係ないですみたいな感じだったりしたんだけど、最後はみんなで新しいお店を造ろうってなって。それからなんだかいい感じになったんだよね。張り合ってたのが助け合うようになったし、積極的になったし。とにかく、雰囲気がすごくよくなって。驚くほど工事もスムーズに進んでるし」

「だから?」

「この間さ、桐也言ったじゃない、あたしに頼ってばかりでって。みっともないって。違うよ。今さ、学校があるのに早起きしてハンバーガー屋の早朝バイトをしてくれてるじゃない？　その分、学校が終わるとすぐ帰って家のことをしてくれてる。桐也のおかげであたしは安心して仕事ができているんだ。今までだって十分助かっていたし、桐也とお母さんがいるから、あたしも頑張れるんだ。みんなで頑張ってるんじゃん。変な気を遣わないでよ」

さくらは桐也の肩を小突いた。無言で桐也はテーブルの黒文字に手を伸ばし、和菓子の半分を切り取りそのまま口に放り込んだ。表情を変えないままもぐもぐと顎《あご》を動かし、「おいしいじゃん」とぽつりと言う。

二つのカップに紅茶を注ぎ、さくらも一口食べる。しっとりとした甘さが口に広がり、思わず叫ぶ。

「おいしすぎるっ！」

驚嘆するさくらの声に、桐也がふっと頬をゆるめる。

恵おすすめのダージリンの香りが、ゆっくりとリビングに広がっていった。

第三章　新高山コンペティション

ぐぐぐぅ……。

喉《のど》から絞り出すような声が漏れる。

レッグプレスマシンに座ったさくらは、シート脇にあるグリップを握り、奥歯をかみしめながら太ももに力を送る。しゅう、とワイヤがこすれる音と共に、踏みしめたプレートが動き出す。負荷は六十キロ。目標の十五回まであとふた押し。だが、そろそろ限界だった。

「楠さん、頑張って。魂込めてっ！」

隣にしゃがんでいるインストラクター氏が叫ぶ。濃紺のポロシャツの袖《そで》から伸びる日焼けした筋肉の塊が、声と共に躍動する。

むぅ、と力を振り絞って膝《ひざ》を伸ばしきり、ゆっくりとプレートを戻すと荒い息をついた。もう一度——。

「限界、超えちゃいましたね、楠さん」

「ありがとうございます」

インストラクター氏がくれたミネラルウォーターのキャップを外して、冷たい水を一気に喉に流しこんだ。太ももの筋肉が心地のよい熱を帯びていた。

ジム、いいかも——。

ふかふかのタオルで顔の汗を拭《ぬぐ》う。タオルはジムのアメニティーで、会員は自由に使うことができる。ここではタオルの他にもトレーニングウェアやシューズの貸し出しもしているので、思いたった時に手ぶらでトレーニングができる。

まあ、三万円も出すんだもんな……。高揚していた気持ちが見る間にしぼんでいく。給料日の翌々日にはその大半が口座から引き落とされる。食材の買い出しはスーパーの見切り品を狙う身としては、一回三万円もするパーソナルトレーニングの料金などとうてい払えるものではない。体験入会とはいえ、一万円も払ってさくらがパーソナルトレーニングを受けているのも、昨日、さくら宛《あて》にスポーツジムの設計依頼が来たからなのだ。

依頼してきたブリリアントライフは通信販売型の化粧品メーカーの最大手で、新事業としてスポーツジムの運営に乗り出すということだった。さくらを指名してきたのは企画開発部部長の肩書を持つ北里浩一《きたさとこういち》という、五十過ぎの運動が好きそうな溌剌《はつらつ》とした男だった。

「あなたが楠さくらさんですか」

案内された会議室で木之本と待っていると、颯爽《さっそう》と入ってきた北里に握手を求められた。この歓待はなんだと戸惑っていると「私はさかい川のサブスリーの会員で、あそこの使い勝手の良さに常々感心してまして。マスターにどこの設計かを尋ねたら楠さんのことを絶賛していて、それで今回、お話ししたいと思った次第なんですよ」と肩を叩《たた》かれた。

さかい川のほとりにある小さなスポーツ用品店を廃業してジョギング愛好家のための店にしないかと提案し、店主の高坂に激怒されたこともあった。その高坂が自分を推薦してくれた。嬉《うれ》しさのあまりにやにやが止まらず、「お前、調子に乗るなよ」と木之本に小声でたしなめられてしまった。

ジムは新高山《しんたかやま》に出店を計画している。新高山は都内の一等地にあるいわゆる高級住宅街だ。徒歩圏にオフィス街や繁華街、広い公園がある好立地で、住みたい街ランキングの上位にくるほど気安くないが、新高山に住んでいることがセレブの証《あかし》となるような、そんな街だった。新高山に住む六十四歳以下の働いている世代の七〇パーセントの年収が一千万円から三千万円、三千万円以上が一〇パーセントと世帯収入が高く、この層をターゲットにしたいと北里は言った。予算は二千五百万円。このジムが成功すれば全国展開する予定で、その工事も新高山のジムを手がけた会社に依頼するというのだから木之本の背筋が伸びるのも当然だ。

ジムの運営は同席した田沼一《たぬまはじめ》という男が担当する。北里以上に田沼は運動が好きそうで、サマージャケットの胸元が弾《はじ》けそうなくらいに大胸筋が発達していた。年はさくらよりもいくつか上くらいだろうか。日焼けした肌に整髪料で撫《な》でつけたツーブロックのヘアスタイルは一見すると軽薄そうだが、はきはきとした物腰には好感が持てた。

でも……。

シャワーで汗を流した後、ヘアドライヤーで髪を乾かしながらさくらは首を傾げる。田沼にはどこか屈託があるようなのだ。昨日、パーソナルトレーニングの料金は九十分で三万円だと聞いて「三万円……」とつい声をあげてしまった。

「自分がどういう動きをしているのかを正確に認識できる人は稀《まれ》です。一例ですが、スクワットの場合、上体の位置によって鍛えられる部位が違ってきます。目的の筋肉に効かすには、正しい体の使い方をしなければ意味がありません。トレーナーが動きを誘導していくことで、会員様に最適で最善のトレーニングをしていただくことができるんです。そのほかにも会員様がなにかスポーツをしている場合にも、その競技に合わせたトレーニングメニューをご提案しますし、ダイエットが目的ならばトレーニング以外にも会員様に合った食事のメニューを作成します。弊社のメニューに三万円の価値は十分にあります」

たじろぐさくらに田沼は朗々とパーソナルトレーニングのメリットを語った。

「体のことを知り尽くしてないと、そういったことってできないですよね。トレーナーってすごい」

素直に感心したが、田沼はなぜだかふと顔を曇らせたのだった。それに、と思い返すさくらだが、壁にかかった時計を見て慌てて立ち上がる。この後、もうひとつ体験入会の予約を入れていたのだ。

打ち合わせを終えて会社に戻るなりデスクにかじりついて図面を引こうとしたさくらだが、お金をかけて体を鍛えようなどと考えたこともないので、パーソナルトレーニングジムがどのような空間なのか、ぼんやりとしたイメージしか出てこなかったのだ。

田沼に電話をしたさくらが、参考になるジムをどうか教えて欲しいと泣きつくと、田沼は三つのジムを教えてくれた。その一つには昨日の夜に行った。休日の今日は午前にここ、新高山駅からさほど離れていない場所にある競合店、『オーサムボディーメイク』の予約を入れた。木之本が経費でいいと許可してくれなかったら、二日で三万円もの出費に血の涙を流したことだろう。

時間がおしている。さくらは三店舗目の『リプレイス』に急ぐ。いじめ抜いた太ももがときおり笑うが、筋肉の奥に走る痛みが好ましい。

趣味がジョギングのさくらは体力にはいささかの自信があったが、さっきはレッグプレスマシンのプレートを押し始めてすぐに限界がやってきた。あらかじめさくらの筋力を測定したうえで設定してくれた重さなので当然のことかもしれないが、ほんの数回で音をあげそうになったことに驚いていた。だが、インストラクター氏の励ましで、自分の限界はもっと先にあるのだと気づかされた。専門家がつきっきりで指導することの価値はそこにあるのだろう。

電車を二度乗り換えて『リプレイス』にたどり着いた。こんにちは、とドアを開けるなり、おやっと思う。先に体験入会した二つのジムに満ちていたのは、食いしばった歯の隙間から漏れる熱い息と、ウェイトがかち合う重い金属音だ。だが、ここは違う。

「じゃあ、手のひらを返しながら腕をあげて――」

受付カウンターの向こう、治療用のベッドの側に立っている女性インストラクターが、寝転がっている若い男性会員の左腕に手を添えている。

「そうそう、そのまま最後まで！」

抵抗を加えられているのか、苦悶《くもん》の表情を浮かべている会員氏に対して、細身の女性インストラクターはにこやかに笑っている。ドSなのかな、とさくらは若干引いてしまう。隣のベッドでは引き締まった体格のインストラクター氏が年輩の会員氏のハムストリングスのストレッチをしている。

「こんにちは」

声をかけると別のインストラクター氏が受付にやってきた。年は田沼と同じくらいだろうか。見上げるほどの長身の体軀《たいく》はしなやかで筋肉質だ。目力のある瞳《ひとみ》でさくらを熱く見つめていた。

「あの、体験入会の予約をしていた楠さくらです」

「はい、お待ちしてました。本日担当する江口《えぐち》です」

先ほどと同様、まずは体力測定をするとのことで、着替えの後にカウンセリンググルームに案内されると、そこで命じられるままに前屈をし、そっくり返り、スクワットをした。

「楠さんって、右足の怪我をしたことあります？」

江口の言葉にさくらは驚いて目を丸くした。

「え、なんでわかるんですか？　中学生の時にハードル走で転んじゃって」

「スクワットをする時に足首が曲がり切らずに体が逃げてるのでそうじゃないかと思って」

「すごい。ちょっと見ただけでわかっちゃうものなんですね」

スクワットをしたのはたったの三回。どんな特殊能力だと素直に感心してしまった。

「これが当ジムの売りなんです」

江口が得意げに胸を張る。「スタッフの多くは理学療法士で、サッカーや陸上、水泳などの世界大会にトレーナーとして帯同しています。世界基準のノウハウで会員様を動ける体、戦える体にしていこうというのがうちの方針なんです」

理学療法士は病院で働いている人だという認識しかなかったので、こういう人たちが医療以外の場所にいるということが新鮮に感じられた。

「背中、硬いですね。仕事はデスクワークですか？」

江口が背中をぐいぐいと押すと、背骨の奥がごろりと音を立てた。

「は、はい。痛《い》てて」

あまりの痛みにのけぞったさくらは、壁にかかった写真のパネルに目をとめた。集合写真の真ん中にいる男の濃紺のジャージの胸に日の丸のエンブレムがついている。名前は知らないが、こうして壁にかけているのだ、有名な人なのだろう。彼を囲むように六人のスタッフが立っている。男の右隣で、親しげに肩に手を回している人物――。

「田沼さん？」

「え、楠さんは田沼と知り合いなんですか？」

「知り合いっていうか、お仕事でご一緒してて。それで紹介してもらったというか……」

「へえ。どんな仕事をしてるんだか」

含みのある言い方に振り返ると、江口は眉《まゆ》をひそめてパネルをにらみつけていた。

「あの……」

さくらの視線に我に返ったのか、江口に笑顔が戻る。その後、治療用のベッドにさくらを仰向《あおむ》けに寝かせた江口は、足首をぐるぐると動かし、股関節《こかんせつ》を曲げては伸ばし、左右の腰をそらすようにストレッチをした。柔軟体操が終わると、ベッドに座らせて床に置いたゴルフボールを足の裏でぐりぐりと動かすように命じる。

「どうですか？」

フロアに描かれたレーンを一往復走ったさくらは「すごい」と嘆息した。

「あの、なんかちゃんと……、今までもちゃんと地面を踏んでいたつもりだったんですけど、それ以上に踏める感じがします」

「そうなんです。人って、体を動かすのが上手なので、どこかが故障していても他のところでカバーしてしまいます。でも、いつかは限界がきて痛みとなって表にでてきます。そうならないようにしっかりと動かせる体を作っていきましょう」

さわやかな笑顔で入会案内を渡され、体験入会は終わりとなった。

リプレイスを出たさくらは空を見上げる。真っ青な空に丸い太陽が浮かんでいる。夏らしい賑《にぎ》やかな昼さがりで、江口のおかげで体はこれまでにないくらいにすっきりしているが、釈然としない感情が胸の奥に居座っている。

それでか……。

さくらは電話で交わした田沼との会話を思い出していた。参考になるようなジムを教えて欲しいと言うと、二つのジムの名はすぐに出てきた。「ありがとうございます」と電話を切ろうとしたが、『えっと……』と考え込むような声に受話器を戻す手を止めた。やがて田沼が口にしたのがリプレイスの名前だったのだ。どこかためらうような声色は、やはり田沼とリプレイスとの間になにかトラブルがあったのだ。

だったらなぜ、わざわざさくらにここの場所を教えたのだろう。いくら考えてもわからなかった。視線を感じて振りかえる。リプレイスの店内からドSの女性インストラクターがこちらを見ていた。目が合うと、彼女は戸惑うように顔を伏せた。

いったいなにがあったのか――。首をひねりつつ歩き出す。歩幅の大きくなった足取りは、自分のものではないような違和感があった。

家に帰るとリビングのソファーに寝転がりながら、スマートホンでパーソナルトレーニングを売りにしているジムの情報を集めていた。

ダイエットを売りにしているところ、筋骨隆々の体を目指す、いわゆるビルドアップに特化したところ。オープンスペースで他の会員と一緒に体を鍛えるところがあれば、個室で集中してトレーニングをするところもある。ブリリアントライフにとってどういう形態のジムがいいのだろうか。

「休みだからって、そんなにだらだらして」

あきれ顔の美晴がテーブルにガラスの器を置いた。体を起こしたさくらは歓声をあげる。涼しげなガラスの平皿の上で、艶《つや》やかな栗色が揺れていた。

「水羊羹《みずようかん》！　これ、甘味福福の？」

「そう。駅の出店で売ってたから、病院の帰りについ買っちゃったの」

照れたように笑う姿を見ていると、嬉しさがこみあげてくる。美晴の調子は右肩あがりで、春先には通院だけで精一杯だったのが、こうして買い物もできるようになっていた。

「いただきます！」

ふるふると震える水羊羹を匙《さじ》ですくって口に入れると、しっかりとした甘さがいじめ抜いた体の隅々まで広がっていくようだった。

「ん――、おいしい！」

しか聞こえてこない静かな午後だ。

さくらの隣に座った美晴も、目を細めて水羊羹を堪能している。蟬のかすかな鳴き声しか聞こえてこない静かな午後だ。緩やかな風に白いレースのカーテンが揺れている。


「なあに、ジムに通うの？」

美晴がテーブルに置いてあるさくらのスマートホンをちらりと見て言う。

「あたしはその辺を走り回ってれば十分だよ。今度の仕事。もっともコンペで勝てたらの話だけど。えっと……」

言いよどんださくらだが、隠しておくようなことではないかと思い直す。

「相手がMJ設計なんだ」

「あらぁ」

目を丸くした美晴だが、すぐに眉を寄せてさくらの肩を叩いた。「たいへんだと思うけど、頑張ってね。あそこ、コンペになるとなりふり構わなくなるところがあるから。お父さんはそういうところになじめなくって、独立したんだけどね」

「お母さん、なんでそんなこと知ってるの？」

「え、だってわたし、MJさんに勤めてたのよ。総務部だったけど」

え、そうなの？　と今度はさくらが目を丸くする番だった。両親の馴《な》れ初《そ》めのことは、聞くのがどこか気恥ずかしく感じられて話題にすることもなかった。

「柳本《やなぎもと》さんって人が担当するみたいなんだけど、お母さん知ってる？」

「柳本さん――」美晴は懐かしそうに笑った。「仕事には厳しくてわたしもいっぱい怒られたけど、面倒見がいい人で。よくご飯に連れて行ってもらったな……」

「お父さんのお通夜に来てもらってたけど、覚えてる？」

当時のことを思い出したのだろう、表情を曇らせると美晴は首を横に振った。

「ごめん。さくらにばかり押しつけちゃってて、お母さんあの時のことをよく覚えてないの」

「そうなんだ」

さくらはグラスに口をつけ、冷たい緑茶をひと口すする。ほろ苦いお茶と一緒に、さくらが抱いている柳本の印象を喉の奥に押し流した。

ジムの仕事は木之本工務店で担当するものと思っていた。だが、終わり際に北里は言った。

「あ、そうだ。この件はコンペ形式になります。前からつき合いのある設計事務所にもこの話は通していますが、それでよろしいですか？」

「結構です」

立ち上がった木之本は不敵に笑う。

「ちなみに、どこの設計事務所がコンペに参加するんですか？」

「ＭＪ設計というところです。一か月後の役員会議でどちらにお願いするかを決めますが、それまでは田沼を窓口に話を進めてください。この案件は私が企画開発部に異動して初めての仕事になるので、大いに期待しています」

会議室を出たさくらは、オークウッドなどの天然素材をふんだんに使用している廊下をぐるりと見まわした。前からつき合いのあるということは、このオフィスを手がけたのもＭＪ設計なのだろう。大樹が設計を担当したのかもしれないと思うと感慨深い。

「……どうしたんですか？」

ぎょっとする。木之本の顔が険しく歪《ゆが》んでいたのだ。コンペが気に入らないのだろうか。

「なんでもねえ」と素っ気なく答えた木之本はずんずんと先に歩いていく。エントランスホールで追いついたものの、頑《かたく》なさが滲《にじ》む背中に話しかけることができなかった。

「木之本さん、どうも。ＭＪ設計の柳本です」

エントランスで木之本を呼び止めた男は、猛暑の季節にもかかわらずスリムな黒いスーツで、頭には黒の中折れ帽、顎《あご》には筆のような黒い髭《ひげ》を生やしていた。隣には勝ち気な猫のような瞳の大きな美人がいたが、男の印象でかすんでしまう。

「ジムのコンペで弊社の相手が木之本さんと聞いて、挨拶《あいさつ》しておこうと待ってたんですよ」

あ――。

薄い唇と共に揺れる特徴的なヤギ髭が、さくらの記憶を呼び覚ました。

十年前、大樹の通夜のことだ。まだ父の死を完全に理解できていない桐也と、夫の死を受け入れられずに呆然《ぼうぜん》としている母親の美晴に代わり、焼香に訪れた人たちに黙礼を繰り返していた。日々、仕事で走り回っていたはずなのに参列者の数は少ない。

ことさら柳本の印象が強く残っていたのは特徴的なヤギのような髭と、焼香する時の態度のせいだった。柳本は最後にやってきた。そして、祭壇の遺影から目を離さずに抹香を三回、香炉に投げるように落とすと、顎をわずかにさげるだけの一礼をしてそそくさとその場を去ったのだった。通夜が終わり、記帳の最後に残された殴り書きの文字を見て、男が柳本といい、ＭＪ設計の人間であることを知った。

おざなりに過ぎる男の態度に悲しくなり、自宅に戻る道すがら美晴にそのことを話した。だが、深い悲しみに沈む美晴は、そう、とうなずくだけで他になにも言わなかった。これ以上、母の心を乱すわけにはいかない。さくらは口をつぐみ、棘《とげ》として残りながらも男の記憶は激変した生活の慌ただしさに埋もれていった。

柳本と木之本が一通りの挨拶を済ませたところでさくらは名乗った。

「あの、楠さくらです。父が、楠大樹が生前お世話になりました」

大樹のことを思い出したのか柳本は顔を歪め、怜悧《れいり》な視線でさくらをなぞった。だが、それは一瞬のことで、平然と「楠さんのお嬢さんですか。彼にはたいへん世話になって」とだけ言い、では、と隣の女性を促してオフィスフロアに向かって歩き出したのだった。

十年前の出来事と、昨日のさくらに向けた冷たい視線。美晴がいうように柳本がいい人だとはとても思えなかった。それに柳本に呼び止められた時、木之本は忌々《いまいま》しそうに舌打ちをしたのだった。木之本があれほど嫌うのだ、過去になにかがあったに違いない。

新高山駅ビルの三階に入居予定のブリリアントライフのジムは、真四角のフロアを半分に分けた長方形で広さは三百十平米ある。横軸と縦軸の二面の窓はそれぞれ公園と幹線道路に面している。エスカレーターはフロアの中央に設置されていて、公園側にエレベーターホールがあるので、エントランスはそちら側に設けたほうが動線はスムーズになるだろう。

トレーニングエリアは透明なアクリルの壁で四つに分ける。セクションAはトレッドミルやフィットネスバイク、クロストレーナーなど有酸素運動をメインにしたエリア。隣のセクションBはフリーウェイトでトレーニングをするエリア。セクションCは綱登り用のロープが天井からぶらさがっていたり、サンドバッグやラグビーのタックルの練習台を置いたりして、このジムならではのトレーニングができるエリア。そしてセクションDはヨガやピラティスをするエリアにする予定だ。

一昨日《おととい》、ジム巡りをした翌日に、現地調査をする時に田沼と落ち合い、現場を見ながら彼が理想とするトレーニングの話を聞いているうちにこのような形になった。トレーニングに関する田沼の知識は広く深い。それが表れているのがセクションCで、トレーニングを深く追求していくと、武道や茶道のような『道』になるのかもしれない。さくらはデスク脇の資料として買い集めたトレーニング専門誌の山に手を伸ばす。

「巨匠はいいですねえ」

隣のデスクから皮肉な声が飛んできた。菰田だった。トレーニング雑誌を手に取ると、関心なさそうにページをぱらぱらとめくる。「ただ座ってるだけでブリリアントライフみたいな大手から仕事の依頼が来るんですから、凡人の僕なんて恐れ多くておいそれと話しかけられませんよ」

ははは、と愛想笑いをするさくらだが、実のところ菰田のことがうらやましい。確かにさくら宛の仕事はくるが、年間を通してみればほんの数件だ。菰田に仕事を持ってくるのは社の営業部員で、手が早く丁寧な仕事ぶりを評価してのことだ。些末《さまつ》なことにこだわるあまりぎりぎりになるまで図面をあげられないさくらには、菰田の手が回らない時にようやく仕事が回ってくるありさまで、身内からの支持が多い先輩をこっそりと尊敬しているのだ。

デスクの電話が鳴る。恐れ多いといいながら、菰田は顎を振ってさくらに出ろと指示する。

「お電話ありがとうございます、木之本工務店、楠でございます」

耳に当てた受話器から、聞き心地のいい快活な女性の声が聞こえてきた。

『お忙しいところすみません、小倉《おぐら》かえでと申しますが、菰田さんいらっしゃいますでしょうか？』

「はい、少々お待ちください」

電話を保留にして「菰田さん。小倉かえでさんという方からお電話です」と伝えた。

「え……、ええっ！」

小倉かえでという名を聞いた菰田の変化は見物だった。皮肉にあふれた顔が耳まで真っ赤に染まり、口はあわわわとわななく。自分のデスクの電話に伸ばした手が震え、受話器を二度取り落とす始末。

「はひっ、菰田です。えっと、久しぶり。え、ええ？　ゼミでLINEのグループ作ってたの？　あ、ああ。もちろん知ってたけど、ほら、そういうの興味なくって」

ゼミというからには、小倉かえでとは大学で一緒だったのだろう。でも、LINEのグループがあることを知らなかったということは……。

労《いたわ》るような視線に気づいた菰田が手を振ってさくらを追い払う。肩をすくめて自分のデスクに向き直るが、どうしてもにやけた菰田のことを横目で見てしまう。あの反応からすると、きっと彼女のことが好きだったのだろう。ふふふと笑うさくらに顔をしかめると、菰田は背を向けてしまった。

仕事しよっ、と気合いを入れてマウスを握る。次の打ち合わせは明後日《あさって》だ。このプランには田沼の想いがつまっている。絶対にいいものにしてみせる。

あそこみたいな感じに、と田沼が口にしたのは、さかんにテレビCMを打って全国展開しているA社の名前だった。ダイエットを得意としていて、親身なカウンセリングと集中できる完全個室のトレーニングルームを売りにしている。

ブリリアントライフの本社で行われた二回目の打ち合わせで、会議室に入ってきた田沼の顔を見てすぐに、事前にメールで送っていたプランが通らなかったのだとわかった。

「北里の意向で……」

申し訳なさそうに頭を下げる田沼だが、提案したプランの再考など日常茶飯事のことだし、明確な希望を出してもらったほうが設計は進めやすい。必要なトレーニングルームの数と内装のイメージのすり合わせをしてその日の打ち合わせは終わった。

ブリリアントライフから出たその足で、市役所の建築課で別件の事前相談を済ませた帰りのことだ。駅に向かう人の流れのなかに、見慣れた丸い背中を見つけた。

「菰田さんだ」

この仕事をしていると役所に出向くことが多いので、同僚と顔を合わせることは珍しくもない。さくらの目を引いたのは菰田と並んで歩いている女性の背中だった。その背中は親しげに菰田に寄り添い、半袖のシャツから伸びる白くて細い腕がときおり太い腕に触れている。背が高い。菰田とほぼ同じくらいだ。

楽しそうな時間を邪魔しないほうがいいと、脇道に入ろうとした時だった。突風が吹いた。さくらのすぐ側に停めてあった自転車が派手な音をたてて横倒しになる。いけない、と倒れた自転車を戻す。

「あ……」

顔をあげると立ち止まっていた二人と目が合った。菰田の耳が真っ赤になっていく。

「どうも」と頭を下げる。猫を思わせる女性の目が和らいだ。どこかで会ったことがあると考えていると、にこやかに笑って彼女が言った。

「この前、ブリリアントライフさんのところで会ったよね」

玉を転がすような聞き心地のいい声にも覚えがあった。「小倉かえでです。菰田君とはゼミが一緒だったの」

「あ、ああ！」

ブリリアントライフで柳本の隣にいた女性が小倉かえでだったのだ。

「木之本工務店さんと競合することで菰田君と気まずくなるのも嫌だなって、ちゃんと話しておこうと思って」

照れ隠しに腕時計に視線を落とした菰田は、「急がないと」と呟《つぶや》いて足早に駅へと向かう。歩調を合わすようにかえでも歩き出したので、さくらも二人に続いた。

「あ、そうそう。猛《たける》君に謝っといて。うちの設計部はこだわりが強いから、この間、職人さんとの板挟みになってたいへんなことになってたよ」

「いいよ。あいつはガツンと言ってやらないとわかんないから」

「厳しいお兄ちゃんだね」

ははっと笑い、かえでは振り返った。「あ、ごめんなさいね、知らない人の話をしちやって。猛君って、菰田君の弟さんなの」

「あれ。ということは、弟さんってＭＪさんで働いているんですか？」

「違う、違う」

菰田が首を振る。「ＭＪさんで働けるようなデキのいい奴じゃないよ。親父の会社で営業をやってて、ＭＪさんはその得意先」

「え――」

思わず声をあげてしまう。「それって、菰田さんは御曹司ってことですか？」

素頓狂《すっとんきょう》なさくらの声にかえでが笑う。

「御曹司って……。でも菰田君って見るからにいいとこのお坊ちゃんみたいじゃない。俺様的なところあるし」

「ああ――」

「なに納得してんだよ。ただの個人経営の零細企業」

不機嫌に頰を膨らませた菰田のスピードがあがる。ははは と笑ってかえでが再びなにかを言い、菰田の耳がさらに赤くなった。改札でかえでと別れ、二人は下りホームに向かう。

「なに？」

電車に乗ると菰田はさくらの視線を避けるように吊《つ》り広告に目を向ける。

「菰田さんは、いつか会社を辞めてご実家で働くんですか？」

「さあ。ただの零細企業だから、仕事の規模はウチとぜんぜん違うし。やりたいことができるのもウチだからね」

「やりたいことってなんですか？」

「そりゃあ――」

言葉を切った菰田は、ふん、と鼻を鳴らした。

「なんで巨匠にそんなことを言わなきゃなんないのさ」

なにかメッセージでも入ったのか、菰田のスマートホンが振動する。それ以上の会話を拒むようにスマートホンを取り出すと、さかんに画面をスクロールし始める。それを潮にさくらはブリリアントライフのプランを考え始める。

トレーニングスペースを個室にするということは、仕切の厚さのぶん、他のスペースに割ける広さが小さくなるということだ。シャワールームのスペースは確保したい。きついトレーニングでかいた汗は、圧迫感のない快適な空間で流したい。ロビーの配置を変えて……。

我に返ると、菰田がぼんやりと宙に視線を漂わせていた。その手のなかにあるスマートホンをちらりと見て、ふふふと口のなかで笑う。画面には都内にある『お高い』レストランの情報が表示されていたのだ。かえでを誘うつもりなのだろうが、なぜか浮かない顔をしていた。さくらはそっと菰田の肩をとん、と叩いて握り拳《こぶし》を作ってみせる。

「為《な》せば成る、です！」

「え、なに？」

ぎょっと目をむく菰田に、拳を振ってさくらは頑張れ、となんどもうなずいた。だが、その言葉は四日後に自戒として戻ってきた。

すみません、と頭を下げる田沼に、いえいえと首を振りながら、いったいなにが悪かったのだろうと考えていた。今日もまた、田沼が会議室に入ってくるなり、その顔を見て個室のプランが却下されたのだとわかった。

「僕はいいと思ったんですけど。後追いをしても差別化ができないと北里が言うもので」

「そうですか……」

背もたれに体を預け、持参したA3用紙に視線を落とす。先方からの要求があったとはいえ、北里の懸念はさくら自身も抱いていたことだった。すでに完全個室を売りに全国展開をしている企業がある以上、後発が同じことをしても埋没してしまうだけだ。

「あの、最初のプランのほうが他のジムとの違いを示せるんじゃないですか？　北里さんの評価はどうだったんですか？」

「それ以前にA社みたいにしようという話になって。評価という段階ではなかったです」

「田沼さんのアイデアで作ったあのプラン、とっても素敵だなって思うんです。具体的なダメ出しがないのなら、磨いて、もっといいものにして北里さんに見てもらいませんか？」

「そうかな？」

「ああいうアイデアは体のことを一生懸命に考えてる人じゃないと浮かんできません」

さくらの視線を避けるように田沼はテーブルを見ている。やがて他の考えが浮かばないと思ったのか、「変えるとしたら、北里は数字に厳しいのでその線で進めたほうがいいのかもしれません」と渋々といった体で口を開いた。

「はい」

鞄《かばん》からノートパソコンを取り出すと、さくらは最初に提案したプランのデータを呼び出した。唇に手を当てて考えていた田沼だが、やがてぽつりぽつりと話し始めると、次第に熱が入ってきたようでどんどんと前のめりになっていく。

会社に戻ると、うきうきした気分そのままにデスクのパソコンに向かう。キーボードを操作して、田沼から言われたようにアクリルの壁を外す。確かに動線が通ることでトレーニングスペースも増える。なによりもコストカットにもつながる。北里が数字にうるさいのならば、削れるところは削っていったほうがいい。

さて、ここからどうするか——。

腕を組んで考えていると、背後に人の気配を感じた。いったい誰、と振り返ると圧迫感のある巨体が立っていた。菰田だった。両手を力なく垂らし、ぼんやりとさくらの脳天を見つめている。

「菰田さん？」

つむじを押さえてさくらが声をかけると、油が切れた機械細工のように、じりじりと菰田の眼球が動き、ようやく目があった。

「どうしたんですか？　ぼんやりしちゃって」

「……え？」

　まことに反応が薄い。いったいどうしたと見あげているうちに、ふとした思いつきが口から転がり出てしまった。

「ひょっとして、小倉さんにフラれました？」

　菰田の様子がおかしくなってから二日になるだろうか。ぼんやりとモニターの画面を見ているかと思えば、「ああっ」と頭を抱えてデスクに突っ伏したり。『お高い』レストランに小倉かえでを誘い、健闘むなしく撃沈したのでは、とさくらは推察していたのだ。

「なんでそんなこと言うの？」

　詰め寄る菰田をそっと手で押し返しながら、図星をついてしまったのかと焦る。

「いやあ、別に。深い意味はなくって……」

「僕と小倉さんはそんなんじゃないから。別にあれはデートでもなんでもないし」

　荒々しく鼻から息を吐いた菰田は、自ら二人で会っていたと白状したことに気づいていない。その日の苦い記憶が蘇《よみがえ》ったのか、痛てててて、と腹を押さえてトイレに駆け込んでいってしまった。あちゃあ、悪いこと言っちゃったかも、と遠ざかるひときわ丸い背中を見てさくらは大いに反省をした。

　菰田のことは心配だが、いま一番考えなければならないのはブリリアントライフのプランだ。パソコンの画面に視線を戻し、さくらは田沼と共に考えたジムを造り上げていく。

ブリリアントライフを訪れたのはその二日後のことだった。会議室に入ってきた田沼の顔は過去の二回と同じく浮かないものだったが、今日はどこか後ろめたさのようなものが加わっている。

「この企画はいいと思うんですけど、総額で五百万ほど安くできませんか？」

世間話もそこそこに田沼が始めたのは価格交渉だった。

「五百万、ですか」

広げた手帳にメモをしようとしていた手が止まる。提示されていた総工費の二〇パーセントもの金額を削減しろというのだ。

「あの、それは資材のクオリティーを下げてもいいということでしょうか」

高所得者層をターゲットにしたこのジムには、内装に使う資材に上質なものを選んできたので、ランクを落としたものにすればそれなりの数字は提示できるはずだ。

「ああ、どうかな……」

苦悶の表情で田沼はしきりに頰を搔《か》く。「まあ、やり方は御社にお任せしますけど、なるべくその辺は下げないようにして欲しいんだと思います」

田沼の言葉を判断すると、彼は北里から詳細を聞かされないまま値下げ交渉に挑んでいるのだろう。北里が提示した五百万円という数字の根拠はと考えたさくらははっとする。

「ＭＪさんが二千万の見積もりを出してきたんですね」

「あ、まあ。はい」

「そうですか……。一度、社に持ち帰って検討させていただく、ということでよろしいでしょうか？」

手帳に乗せた手をぐっと握りしめてさくらは言った。その言葉に田沼はあからさまにほっとしたような顔になる。トレーナーとしての実績はあるのだろうが、こういう交渉事には慣れていないのだろう。

「あの、北里さんは今回のプランは反対なさっていないんでしょうか？」

「ええ。これで値段が合えば、と言っていました」

それを聞いて少しだけ安心できた。失礼しますと立ち上がって頭を下げるとさくらは会議室を出た。

企業として利益をとるのは当然のことだ。だから見積もりとして提示している値段には原価にいくらかの金額を上乗せしている。施主にしても工事費は安く抑えられるに越したことはないので価格交渉はつきものだ。だが、他の設計事務所の横やりで交渉が始まるという事態は初めて経験することだった。いつもと勝手が違うのでなんだかもやもやする。

会社に戻ったさくらは、開いているドアから社長室をのぞく。木之本はデスクに向かい、眉根を寄せて書類の束にサインをしている。愛想のない仏頂面はいつものことだが、ひときわ不機嫌に見えるのはこちら側に引け目があるからか。気配に気づいた木之本が顔を上げた。

「どうした？」

えっと、と口ごもったさくらだが、意を決して社長室に足を踏み入れた。

「あの、ブリリアントライフから値下げの話がきまして」

「まあ、そうだろうな。北里さんは締めてくると思っていた。で、いくらなんだ？」

「二千万です」

「二〇パーセントか……」

腕を組んでうなる木之本だが、「よし、いいぞ」とすぐに許可を出す。さくらはほっと胸を撫で下ろした。

「よかったです。MJさん側から五百万の値下げを提示してきたらしくって、ちょっとどうしようかと思っていたんです」

「なんだと？」

木之本の顔が赤い憤怒《ふんぬ》の色に変わる。緊張を解いた途端に雷が飛んできた。啞然《あぜん》としてさくらはぽかんと口を開ける。

「MJが五百万さげろって言ってきたって？　それでお前、なんて返事したんだ？」

「あの、額が額なので、社に持ち帰ってと――」

「なにヌルいこと言ってんだ。そんな額、できるって即答しなきゃ相手になめられるぞ」

声を荒らげて木之本がデスクを叩くと、その勢いで書類が床に落ちる。「お前な、この業界で何年働いてるんだ。いつまでも親父さんの尻《しり》を追ってるような小娘じゃあ、同じ轍《てつ》を――」

我に返ったのか、木之本がぐっと言葉を呑み込んだ。

「とにかく、五百万の値下げの件は了解した。脳味噌《のうみそ》振り絞って、二千万切る見積もり出してやれ。この仕事はなんとしてでもとれ」

それだけ言うと話は終わったとばかりに手を振り、床に散らばった書類を集めて荒々しい手つきで判子を押していく。デスクの電話が鳴る。受話器を取った木之本は、さくらに目もくれずに話し始めた。デスクに戻ったさくらは座るなり背中を丸めて喉の奥から、がぁ、とかすれたため息を漏らす。

「なに、巨匠。おなじみの挫折《ざせつ》ですか？」

顔を上げると、隣の席で菰田が口の端を持ち上げてこちらを見ていた。いつものようにあざ笑いたいのだろうが、ここのところ腹の調子が悪いようで皮肉にも切れがない。

「えっと、まあ。そんな感じです……」

さくらの返事にも切れがない。木之本との話に引っかかる点が多すぎて、頭の整理がついていないのだ。根っからの職人なので言葉が荒いのはいつものことだが、先ほどのように頭ごなしに社員を叱責《しっせき》する人ではない。なによりもさっき出しかけた言葉だ。

同じ轍を踏むと言うつもりだったはずだ。それは前人と同じ失敗をするという意味の、間違ってもほめ言葉で使われるものではない。

お父さんと同じ轍を踏む、それって——。言葉の綾《あや》だと思いたい。でも、口が滑ったとはいえ、木之本がいい加減なことを言うはずがない。

「ねえ、いったいどうしたの?」

体調が悪い時でも菰田は他人のトラブルに興味津々だ。

「ブリリアントライフが五百万の値引きをしろって言ってきたんです。社長からは二千万を切ってもいいから、ぜったいに契約をとれって厳命されてて」

「社長のお墨付きがあるなら簡単な話じゃないの。でも、五百万以上の値引きをねえ……。社長も思い切ったねえ。ま、頑張って、巨匠」

自分には関係ないことなのであくまでも気楽だ。

「はあい、頑張ります」

がばりと体を起こしたさくらは両手で頬を叩いて気合いを入れる。父親のことはあくまでもさくら個人のことで、今は仕事の時間だ。自分のやれることをやるだけだ。

パソコンの電源を入れてブリリアントライフのデータを呼び出すと、原価表を前にさくらは腕を組む。仕様はそのままで、値段だけを五百万円以上値引きするのは無理な話だ。工法を簡略化して工期を短縮し、資材の選定をし直すべきだろう。受話器を外すと内線で施工管理部を呼び出した。職人のいる作業部とも連携をとって、総工費を下げる話し合いをしよう。

「あの、お疲れさまです、設計部の楠です」

見えない相手に深々と頭を下げているさくらの隣で、菰田は胃を押さえて立ち上がるとフロアの奥にあるトイレに駆け込んでいった。


「メールを拝見しましたが、あれってどういうことですか？」

しばらくの沈黙の後に、すみません、と受話器越しにか細い田沼の声が聞こえてきた。

値下げの打診を受けた三日後の昨日、希望に沿った値段のプランをメールで送ったばかりだった。そして今日、出社したさくらがパソコンのメールを確認すると、田沼から返信が来ていたのだった。

『北里があいう感じはどうかって言い出しまして。お送りしたアドレスのページ、見ていただきましたか？』

「はい。それはもちろん」

さくらはモニターの画面に目を向ける。オイルマネーで潤っている中東のとある国にできたスポーツジムのホームページで、豪華な設備とバラエティーに富んだトレーニングメニューがその筋の人たちのなかで話題になっていたようだ。

新高山の店舗予定地の四倍はある広い敷地に、バーベルやサンドバッグなどなど、さまざまな器具が並んでいる。トレッドミルやフィットネスバイクなどの有酸素運動ができるマシンが並んでいるフロアの天井には、幾何学模様に組み合わさった木の装飾がつり下げられているし、別のスペースには、円柱状に浅くくりぬかれた天井に、幾多のシーリングライトが設置されている。重厚でデザイン性に優れた空間は見目にも楽しい。どうしたらこんな設計を思いつくのだろうとため息をついてしまうと同時に「どんだけ予算がありあまってるんだ」と半ば呆《あき》れてしまうところでもある。

田沼から送られてきたメールには、『こういう仕様でもう一度、設計案をご送付ください』とあった。

「あの、この間お送りしたプランはどういう評価だったんですか？」

『あれ、北里は大いに気に入ってました』

「じゃあ――」

『でも、すぐその後に、MJさんからあの中東のジムのようなものを、もう少し手頃な値段でやりますというお話が来て』

「手頃って、いくらですか？」

『いやあ』と田沼は言葉を濁すので、千九百万円からじりじりと数字をさげて探りを入れると、千七百万円のところで身じろぎをする音が聞こえてきた。

「千七百万、ですか――」

受話器を握る手が汗ばんできた。施工管理部の上司と作業部の先輩職人と打ち合わせを重ねて、なんとか総工費を千九百万円に抑えるメドを立てたのだ。それなのに、グレードの高い内装をさらに安くできるというのは、ＭＪ設計には石ころを金塊に変える錬金術師がいるとしか考えられない。それか、下請けの会社にきつい要求を突きつけるとか——。

『ということで、よろしくお願いします』

声の様子からすると田沼が頭を下げたようだ。さくらも座ったまま腰を折る。でも、とため息が聞こえてきた。

『楠さんの企画、好きだったんですけどね。残念です』

田沼の声が消えた受話器を、さくらはしばらく見つめていた。

「巨匠、どうしたの？」

隣から菰田の声が飛んできた。受話器をそっと電話に戻すとさくらは首を傾げた。

「あの、設計って、そこで働く人、住む人のことを一番に考えてするものだと思うんです」

「はあ？　なに唐突に語り始めちゃってんの」

「働く人が気に入ってる設計なのに、上の人の意向で別のものに変更されるって、なんだか理不尽だなって」

「へっ、へへへへへ」

罵倒《ばとう》する材料が見つかったからか、青白かった菰田の顔に血の気が戻る。「なに青いこと言ってんの。組織ってそういうものでしょ。上が嫌だと言えば、どんなにいいものでもそれは駄目なものだし、ランチに行けば上よりも高いものを注文するのは御法度」

「でも、意見は言わないと、上だって下がなにを考えているのかわからないですよね。知ればなにかが変わるかもしれないのに、田沼さん、いいな、と思ってそれだけなんです」

「社畜なんだから当たり前じゃん。ウチはそういうところけっこう緩いけど、会社に飼われてる身分なんだから、上意下達は普通」

「でも……」

「あのさぁ、巨匠は自分のプランがダメ出し喰らったから腹を立ててるだけだよね。それってただの逆恨みだよ。悔しかったら契約とれる設計を考えればいいんだよ」

ぐっと詰まる。これまでも伝書鳩のように北里の意向を伝えてくるだけに見える田沼に少しの物足りなさは抱いていたが、今日のように不満を感じたことはなかった。それは菰田の言うように、単に自分のプランが通らなかったからなのかもしれない。

ダメダメだ、あたし——。

顔を洗ってしゃきっとしよう、と立ち上がるとフロアの奥にあるトイレに向かった。

すると——。

「おい」

背後から声をかけられた。さくらの背筋がぴんと伸びる。今、一番顔を合わせたくない人だった。「例の件、どうなった？」

「はい。あの、今朝、メールが届きました」

さくらから報告を受けるなり、木之本の眉間《みけん》に深い皺《しわ》が寄った。

「なんであいつらいきなり八百万も値を下げてきてんだよ」

口を閉じた木之本は険しい目で床を睨《にら》み、分厚い手のひらで顎を撫でた。覚悟を決めたようによし、とうなずくと、おい、とさくらに言った。「千五百万まで下げてもいい」

「ですが社長、いまでもぎりぎりなんです。これ以上の値下げは、資材屋さんとか、取引先にもかなりの協力をしてもらわなければならなくなります」

「いいって言ってんだろうが。足が出れば、こっちから持ち出しでやってもいいから。わかったな」

苛立《いらだ》たしげに体を揺らした木之本は「あいつらには絶対に負けんな」と吐き捨てると、足音を響かせて社長室に向かう。さくらはその背中を呆然と見送るだけだった。

あいつらって——。

知らないうちに握りしめていた拳をそっと開く。なぜ木之本はＭＪ設計を目の敵にするような態度をとるのだろうか。ブリリアントライフで柳本と顔を合わせた時にも思ったことだが、木之本の様子はお世辞にも親しげなものではなかった。

過去になにがあったのだろうか——。

首を傾げているとズボンのポケットにいれていたスマートホンが震え始めた。

画面に表示されているのは、080で始まる登録されていない電話番号だった。画面を操作してスマートホンを耳につける。聞こえてきたのは女性の声だ。

『楠さくらさんのお電話でよろしいでしょうか。わたし、リプレイスの東《あずま》と申します』

「リプレイス——。ああ、ジムの。どうもその節はお世話になりました」

『急なお電話で申し訳ないんですけど、ちょっとお伺いしたいことがあって……。お会いできませんか？　田沼君のことで。すみません、江口と話しているのを小耳に挟んでしまって』

「誰だろう——」


昼休みに木之本工務店の最寄り駅まで来てくれるというので、駅前にあるファミリーレストランで待ち合わせをした。先に着いたさくらが一番安いランチプレートを注文していると、自動ドアが開いて背の高い、しなやかな体つきの女性が入ってきた。体験入会を終えて帰る時に、窓越しにさくらを見ていた女性だった。こちらに気づいた彼女は照れたように胸元にあげた右手を振る。対面の席に座ると、彼女は店員にローストチキンのサラダを注文した。

「建築士の先生と田沼君が仕事でって。彼、いったいどんなことをしているんですか？」

さくらの名刺を確認した東みかさは、意志の強そうな切れ長の目を丸くしている。先生じゃないです、と手を振って否定をしたさくらだが、その続きは言いよどむ。

言うまでもなく田沼は取引先の関係者で、仕事を通してでしか彼のことを知らない。田沼の話をするということは、彼がいま携わっている仕事のことに触れることになる。だが、企業に所属している彼の仕事のことを初対面の人間にしていいものだろうかと、さくらはずっと自問してきた。

だったらなぜ、自分はいまここにいるのだろうか。それは、電話の東の声に田沼を心配している様子がありありと滲んでいたからだった。

「あの、東さんと田沼さんはどういった……？」

「あ、わたし、田沼君とは理学療法士の専門学校の同期で、そのあともJリーグのクラブチームで一緒にトレーナーの仕事をしていて。そこの契約が終わってからは江口が立ち上げたリプレイスでも一緒で。腐れ縁、っていうのでしょうか。だからどうしてるのか、すごい気になっていたんです」

「えっ、田沼さんって理学療法士さんだったんですか」

驚くが、リプレイスのスタッフだったということはそういうことだなと思い直す。

「え、それを知らないということはほんと彼、どんな仕事をしてるんですか？　ひょっとして、建設現場で働いてるとか？」

いえいえ、と首を振ったさくらは言ってもいいことと、話してはいけないことを整理する。

「いま、とある会社から設計の引き合いを受けていて、そこの窓口が田沼さんなんですよ。その流れでリプレイスさんを紹介してもらって」

「へえ、そうなんですか。設計する人をうちに紹介するということは……」

考え込みながら、東の視線はさくらの体をなぞる。「ダイエットって感じじゃなさそうだし。コンディショニング目的だとしたら、その後、楠さんが入会してこないのは変だし……」

入りたくても先立つものが、とは言わなかった。スタッフがランチプレートとローストチキンのサラダを持ってきてくれたのを幸いに、東の視線から逃げるようにさくらはサイコロステーキにフォークの先を突き刺した。

「ひょっとして、敵情視察？」

「えっ、あ、はい？」

図星をつかれて動揺したさくらは、口に入れかけたサイコロステーキを皿に落とした。その反応で自分の推測が正しいのだと確信したのだろう、東の目尻が見る間に下がり、引き締まった両の頬がくいっと持ち上がる。

「田沼、やっぱりトレーナーの仕事に戻ってきたんだ。そうだよね、あれだけ治療が大好きな人間が、他の仕事をするなんてありえないよね。なーんだ。なーんだ」

安心したのか途端に口調がくだけてきた。なーんだ、ともう一度繰り返し、東はドレッシングのかかったローストチキンを一切れ頬張ると、ふふ、と笑った。今度はさくらが考える番だった。皿の端に転がったサイコロステーキの表面をフォークで撫でる。

「あの、ちょっとわからないんですけど、ジムで筋トレを教えてくれるトレーナーと、東さんのいうトレーナーってどこか違うような気がするんです。えっと、なんでしょう。東さんのところに行く前に、二つのジムの体験入会をしたんですけど」

この話題が東の質問を肯定していることに気づいて一度は口を閉じたさくらだが、今さらだしと話を続けた。「その二つは体をいじめ抜いたうえで新たなステージに連れて行ってくれるような感じなんですけど、東さんのところは体がちゃんと動くように……、なんだろう。そう、整えてくれるような、そんな印象を受けました」

レタスを頬張った東は、言葉を探すようにゆっくりと顎を動かす。

「楠さんが行った二つのジムにいるのはスポーツインストラクターで、わたし達はスポーツトレーナー。仕事としてトレーニングメニューを作ったりとか重なる部分はいっぱいあるんだけど、彼らは体を作ることに、わたし達は体を治すことに主軸を置いているという点が違うところかな」

「トレーニング道にもいろいろあるんですね」

感嘆するさくらがツボにはまったのか、「道って――」と東は口を押さえて肩を震わせた。

ようやくサラダを飲み込む。

「でも、田沼はうるさいから大変でしょ。熱心なのはいいけど、仕事のことになると周りが見えなくなるというか、上司にも平気でがんがん意見したりするから。楠さんにもああしろこうしろってうるさく言ってきてるんじゃないの？」

「えっ？」

思わず間の抜けた声を漏らしてしまった。確かにトレーニングに関して深い知識を持ち、真面目な印象はある。だが、東の言うような熱血な仕事ぶりではないような気がする。

「……違うんだ」

「いえ。あの、まだほんの数回しかお会いしてないので、遠慮してるんだと思います。……お仕事はきっちりなさる方だなと」

「きっちりかぁ」

「いや、えっと、あの、すみません……」

フォローのつもりが墓穴を掘ったことに気づいた。肩を落とすさくらの前で、東も手元のグラスに視線を落とした。

「まあ、あんなことがあったんだから、しかたがないか……」

ため息のような呟きだった。え、と顔を上げたさくらに東は苦笑いをする。

「ごめん、変なこと言った。たぶん、田沼もされて嬉しい話じゃないと思うから」

その後、話は田沼がトレーナーとして働いていたクラブチームでやらかした、思わず笑ってしまう武勇伝のようなものに終始したが、会話の切れ目には必ず重い沈黙が落ちた。

「無理を聞いてくれてありがとう。田沼が元気だってわかってよかった」

ファミリーレストランを出ると、東は笑って駅の改札を通っていったが、ぴんと伸びた背中の上にある、形のいい頭はうなだれているようにも見えた。

社に戻っても思考はどこか上滑りをしてしまい、仕事に集中できなかった。思い切ってCADソフトを閉じたさくらはブラウザを立ち上げると、検索欄に『田沼一　サッカートレーナー』と打ち込んだ。エンターキーを押そうとする指が止まる。自分がやろうとしていることは、田沼の『されて嬉しい話じゃない』過去を掘り起こすことになる。だが、田沼を知ることは、ジムのプランを考えるうえで参考になるかもしれない。迷った末にさくらの指はキーを押した。

「あ――」

一番上に表示されたのは三輪《みわ》秋人《あきと》というサッカー選手のインスタグラムだ。リプレイスのカウンセリングルームの壁にかかっていた写真で、真ん中にいた男のものだった。『きつい……』というコメントと共に投稿された画像で、腕立て伏せの姿勢をとっている。彼の両足は天井からつり下げられた赤いバンドで宙づりにされており、苦悶の表情を浮かべていた。その隣で笑っているのが田沼だった。ハッシュタグには#ドSトレーナー　#田沼一とある。二年前の投稿だ。マウスを握り、次の、またその次の投稿を表示させていく。練習や試合、食事の画像が続き、合間にあるトレーニングの風景には必ず田沼の姿があった。

「……怪我」

さくらは息を吞む。一年前の投稿だ。手術をした直後に撮影されたものだろう、茶色の消毒液が塗られた下腿《かたい》の画像だ。アキレス腱《けん》のところに黒い糸で縫合された手術痕《こん》がある。

その後、投稿されたいくつものトレーニングの画像には、田沼の姿はどこを探しても見つからなかった。東のいう『されて嬉しい話じゃない』のはもしかしたらこのことなのかもしれない。

担当していた三輪が怪我をしてしまい、責任を感じてリプレイスを辞めたとか——？『治療大好き』な田沼が業界を去ったのかもと東が心配してしまうほど、彼の落胆は大きかったのだろう。でも、とさくらは首をひねる。よくわからない。それならなぜ——。

「仕事中になに油売ってんだ、お前」

野太い叱責に我に返る。いつからいたのか、眉間に皺を寄せて木之本が立っていた。

「あの、これは……」

「わかってんのか？　この契約を逃したら、この先のなん十件、億単位の売り上げがなくなるってことなんだ。ぼやっとしてんなら菰田に担当させるぞ」

木之本がこれほどの怒りを社員にぶつけるのを見たことがない。あまりの剣幕に弁解する言葉もなく、さくらは怒りに曲がる唇を呆然と見上げていた。荒々しく息を吐いた木之本は「頼むぞ、本当に」とさくらをもうひと睨みし、踵《きびす》を返すと社長室に入っていった。

緊張がとけ、ようやく息が吸えた。そして浮かんでくるのは違和感だ。柳本と言葉を交わしたあの日から、木之本はいつもと違う雰囲気をまとうようになっていた。過去にＭＪ設計となにかトラブルでもあったのだろうか。腕を組んで考えてみるが、さくらが入社してから今日まで、そういう話は聞いたことがない。

あれ……。

社長室を見る。デスクに肘《ひじ》をついて書類に向かっている木之本だが、その視線は白い壁の一点から動いていない。胸の奥に芽生えていた疑問がどんどんと大きくなっていく。フロアから人の気配が消えたのを見計らって、さくらは席を立った。資料室に向かうと過去に受注した工事の資料が年度ごとに納められている棚の前に立つ。ファイルの背表紙には『平成三〇年　青木様邸』など、契約年とともに依頼人の名前が記載されている。

人差し指を向けて確認しながら、さくらは慎重に過去に向かって背表紙の文字を読んでいく。三度繰り返し、ある年度のファイルが納められている場所に戻ると、一冊を引き出してそっとファイルを広げる。ページに書かれた文字を見たさくらは唇をかむ。

「いったい、なにがあったの？」

つぶやく声は、棚に並ぶ幾多のファイルに紛れて消えた。

さくらが社長室の木之本のところに向かったのは、翌日の晩のことだった。ノックの音に書類から目をあげた木之本は眉をひそめて、「どうした？」と首を傾げた。さくらは自分の顔がひどく強《こわ》ばっていることに気づいていた。デスクの前に立ち、両の拳をぎゅうっと握りしめると、「あの」と口を開いた。

「父とＭＪ設計、そしてうち――木之本工務店の間になにがあったんですか？」

腕を組んだ木之本は口をへの字に曲げている。

「社長とは父がＭＪ設計で働いていた頃に、一緒に仕事をしてからのつき合いだったたって聞いてます。でも、今は――少なくともあたしが入社して今日まで、ＭＪ設計から工事の依頼を受けたという記憶がありません。不思議に思って昨日、資料室で調べてみたんです。そしたら九年前――、父が亡くなった夏の仕事が最後でした。しかもそれは、こちらから契約を破棄して他の業者に仕事を回したとあります。そして、ＭＪ設計の担当者は柳本さんでした」

言葉を切ったさくらは唾《つば》を飲み込もうとしたが、口の中はからからに乾ききっていた。

「いったいなにがあったんですか？」

「なんでそんなふうに思うんだ？」

「だって、ブリリアントライフに行ってから、いえ、あの日、柳本さんと顔を合わせてからずっと、社長――木之本さんの様子がおかしいんですもん。いつも苛ついてて」

「俺がか――」

驚いたように眉を跳ね上げた木之本は、分厚い手でゆっくりと口を拭った。そのまま握った拳で顎をゆっくりと叩いていたが、そうか、とため息混じりに言うと、背もたれに分厚い背中を預けた。イスの金具が悲鳴をあげる。

「さくら。お前、うちで働き始めて何年になる？」

「今年で九年目です」

「九年っていうと……」

太い指を折って数えるので「二十四歳です」と答える。「あのクソ生意気なガキがいつの間にかでっかくなったんだな」としみじみと言うと、木之本はさくらの目をまっすぐに見た。

「もういっぱしの大人なんだ、確かに事実を知る権利はあるな」

一度は瞼《まぶた》を閉じた木之本だが、決意を固めたように目を開く。

「さくらの親父さんが亡くなる一年前のことだ。親父さんの事務所はあるホテルの新規オープンの仕事を受注した。業者の手配を済ませ、工事に取りかかってすぐに大部分の仕事を任せていた業者が倒産した」

「えっ――、父の工事ってうちが担当してたんじゃないんですか？」

独立してからも大樹は木之本工務店と仕事をしていたはずだ。現に資料室には大樹の依頼を受けた仕事のファイルがいくつもある。

「知り合いから強く薦められた業者で、使わないわけにはいかなかったらしい。着手金を振り込んですぐに連絡が取れなくなった。慌てて会社に行くともぬけの殻で。俺に言わせりゃあ計画倒産なんだが、親父さんはそんなはずはないの一点張りで。危ない会社を紹介してくるはずはない、相手は昔、世話になってた上司なんだからってな」

「それって……」

かろうじて口を開いたが、言葉が続いて出てこない。指先が冷たくなっていく。

「ああ、柳本から紹介された仕事だったんだ。ホテル側に事情を説明しても親父さんがなんとかしろの一点張りで。そりゃそうだよな、先方はちゃんと金を払ったんだから。結局、資金繰りがうまく行かずに工事はストップした」

当時の感情がよみがえってきたのか、木之本の顎の筋肉が盛り上がる。「ほどなくしてホテルの工事が再開したと耳にした。親父さんからそんな話は聞いてない。嫌な予感がして詳しく調べてみたら」

「まさか」

「元請けがMJ設計に変わっていた。しかも担当者が柳本。いい条件を出してまるまる仕事をかっさらっていった。気の毒なのは親父さんだ。借金を重ねてホテルと他の業者に金を払うハメになった」

木之本の声が遠くに聞こえる。早鐘のような拍動にあわせてこめかみに痛みが走る。木之本が揺れている。床に視線を落とすと、灰色のカーペットの継ぎ目もまた揺れている。ふらついているのは自分なのだと、小刻みに震えている両手を見て気づく。

イスが倒れる激しい音の後に、「おい、さくら」と狼狽《ろうばい》した木之本の声が近づいてくる。

「……大丈夫です」

木之本の手を振り払うように背筋を伸ばしたさくらは大丈夫です、と再び言うと深々と腰を折り、「失礼します」と逃げるように社長室を飛び出した。

会社を出たさくらはとりあえず歩き始める。道を行く人たちが立てるざわめきが疎ましく感じられて、顔を伏せたままとにかく足を動かし続けた。どこに行けばいいのかさんざん迷ったあげくに家路についた。他に行くところがなかった。

帰宅したさくらは食事は済ませてきたからと自室にこもり、暗がりのなかベッドに寝転がる。白い街灯の光が天井に窓枠の線を描く。黒い線を目でなぞりながら木之本の話について繰り返し考えるが、最後にたどり着くのはこの言葉だった。

なぜ柳本は？

やがて街灯が消え、ぼんやりとした青い光が入ってきた。机などの家具の輪郭がくっきりと浮かび上がる。美晴の部屋のドアが開く音が聞こえてきた。今日も早朝バイトなのだろう、桐也の部屋からもごそごそと身じろぎをする音がする。夜と同じ姿勢のまま、目覚ましのアラームが鳴るまでさくらは家族の音を聞いていた。

急いでいるからと、心配する美晴の視線に気づかないふりをして朝食も摂《と》らずに家を出た。いつもより早い電車に乗ると、車内はわずかに空《す》いている。吊革に右手を伸ばしたさくらは、腕に頬をもたせかける。肩を寄せ合うように連なる家々と足早に道を歩く人たち——。車窓にはいつもの景色が流れていくが、どこか現実味がない。咳払《せきばら》いの音も、空調から流れ出る冷風の音も、レールのつなぎ目を乗り越える車輪の音も、分厚い膜に覆われているようにくぐもって聞こえる。乗り換えの駅に着いても、さくらはぼんやりと窓の表面を眺めていた。電車が走り出す。自分はなにがしたいのだろうと自問するが、答えはわかっていた。

三つ先の駅で降りると改札を抜けて大通りを行く。八時過ぎの空にはすでに猛暑の兆しがある。大通りはなだらかなカーブを描いていた。駅を出て三分ほど歩き、外壁を黒の御影石《みかげいし》で覆われた不動産会社のビルを通り過ぎると不意にその建物が現れた。

長方形の白い箱を入れ子のように組み合わせた、周りの建物とは一線を画した外観のビル——。MJ設計の本社ビルだ。ここに来たのは十五年前、新社屋の落成パーティーに招かれて以来だ。

重ささえ感じるほどの暑さが体にのしかかる。足が止まる。呆然と立ちすくむさくらを大勢の人たちが追い越していく。覚悟のないままにここに来たことを後悔してしまった。

帰ろう——。

のろのろと振り返ったさくらは息を呑んだ。人混みのなかに印象的な髭を下げた男の顔を見つけた。黒いシャツに黒のズボン。照りつける暴力的な夏の日差しを気にする素振りもなく、薄い目をまっすぐ前に向けたまま、淡々とした足取りで近づいてくる。柳本だ。

わななく足をようやく動かして、さくらは柳本の前に踏み出した。誰何《すいか》する視線がさくらをなぞる。細い目が開いた。

「あ、あの……」

開いた口からはかすれた声しか出てこなかった。柳本が立ち止まる。あまりに唐突に訪れた絶好の機会に、心の準備はまったくできていなかった。

「なんであんなことを？」

焦るあまり、いきなり本題が口から転がり出てきた。

「私は関係ない。ただ、業者を紹介しただけだ」

主語のない問いに柳本は迷わず答えた。それは柳本が事態を承知していたことを意味していた。愕然《がくぜん》とするさくらに言い放つ。

「不満なら訴えてもいいが、私にどんな罪があるのか、弁護士にでも相談してみればいい」

侮るように鼻で笑った柳本は肩でさくらを押しのけると、振り返ることなく歩き去る。

「あのっ！」

黒い背中は遠ざかっていく。呼び止めたところで、いったい自分はなにを言いたいのか。上げかけた手が力なく落ちた。うなだれるさくらは、雑踏のざわめきに溺《おぼ》れそうになる。あえぐように息を吸うが、肺を満たすのは重苦しい熱い空気だ。立ちすくむさくらを夏の日差しが射ぬく。一歩も動くことができなかった。

そっと玄関のドアを開ける。ただいまに応《こた》える声はない。

そっか、今日は病院の日だった。肩から力が抜けていく。出社する気にもなれず、外をぶらつく元気もない。家に帰るしかなかった。

リビングに入る。空気が淀《よど》んでいるような気がして、さくらは窓を開け放つ。風がなく、暑さだけが入ってきた。それでもいくらか救われた気がする。鞄と一緒にソファーにどん、と腰をおろした。先ほどから鞄の奥底に放り込んだスマートホンが振動しているが、さくらは気づかないふりをしている。会社からだろう。ぼんやりと眺めるテレビの画面には、だらしなく足を投げ出した自分の姿が映っていた。さくらの視線は自然とテレビ台の隣にあるラックに移る。そこには青、赤、黄色、白など、大樹の功績を収めた色とりどりのスクラップブックが並んでいた。のろのろと体を起こしてスクラップブックを抱えてソファーに戻る。膝に置いた山から黄色い表紙のものを引き出してページを開く。

敷地面積が七十三平米、建築面積が三十六平米、延床面積が七十二平米の鉄筋コンクリートの個人宅の図面だ。家の真ん中にある螺旋《らせん》階段が東と西に部屋を分けている。一階の東に浴室とトイレに主寝室。西にある大きなスペースは予備室とある。二階にあがると東にはリビング、西にはキッチンとダイニングがある。リビングの窓が天井近くに配置されているのは、南側にある隣家からの視線を避けるためだ。ページをめくる。

「お父さん……」

竣工《しゅんこう》直後の写真があった。笑みを浮かべた大人が四人、この家を背中に満面の笑みを浮かべている。真ん中の二人の男女は施主で、右に木之本、そして左には大樹が立っている。大樹はさくらと同じ大きな丸い目でこちらを見ている。ページを開くごとに、大樹が生きてきた証が現れる。スクラップブックは次々と膝からテーブルに移動していく。

最後に残った黒い表紙のものをめくる。キッチンやガレージ、子供部屋をクローゼットに変えるなど、これまでと違ってワンポイントの——単価の低い工事が続く。資金繰りに追われ、どんな仕事でも引き受けていた時期なのだろう。

後は空白のページだ。父が最後にどんな仕事を手がけていたのかをさくらは知らない。死は突然に訪れたので、きっとやり残した工事もあったはずだ。仕事が好きで、人に誠実に向き合ってきた大樹なのだ、どれほど無念だったことだろう。

「なんで」

ページが歪む。瞳からこぼれた涙の滴が白い紙に滲んでいく。「なんでお父さんが死んじゃって、柳本のようなひどい人が大きな顔して生きていられるんだろうね」

「それ、どういう意味？」

強ばった声が鼓膜を撫でた。はっとして顔をあげると、ドアのところに美晴がいた。とっさに悲しみに沈み込むあまりに、玄関のドアが開いたことに気づいていなかった。

口に手を当てるが、意味がないということはわかっていた。美晴の顔からみるみる色が抜けていく。

「ねえ、さくら。お父さんと柳本さんとの間になにがあったの？　昨日からずっと様子がおかしかったのはそのせいだよね」

駆け寄った美晴がさくらの肩を摑《つか》む。

「お母さん……」

どう言い繕えばいいのかがわからなかった。えっと、と出した声が続かない。まやかしの言葉で繕えるほど、さくら自身も柳本が大樹に行ったことを咀嚼《そしゃく》できていない。美晴の顔を見ていると、心に築いていた堰《せき》が決壊してしまった。

「あのね、お父さんはね……」

言葉とともに、止めどなく涙が流れ落ちていく。一人で抱えこめるほど、父の死の真相は軽いものではなかった。美晴の手を頰に当てて、さくらはいつまでも泣き続けた。

お互いの傷を労るような時間が過ぎていき、夜を迎え、さくらは自室のベッドで眠りについた。疲れがさくらを深い眠りに誘った。夕食の時に、二人の様子がいつもと違うことに気づいた桐也がさかんに事情を知りたがったが、口裏を合わせたわけではないけれど、美晴もさくらも父の死についてはなにも言わなかった。

翌朝、美晴はなにごともなかったかのような顔でバイトと学校に向かう桐也を見送った。そのあと、「いってらっしゃい」と自分を送り出した屈託のない母の笑顔に危うさを感じた。玄関を出たさくらはドアを閉めるとそっと壁に寄りかかった。嫌な予感で胃が痛い。

朝の日差しが外壁をあぶり始めた。どこまでも続く青空とは裏腹に、聞こえてくる駅へと向かう足音はだるそうだ。ドアの向こうから物音がする。靴箱の扉を開け閉めする音、靴のつま先で床を叩く音。さくらは目を閉じる。ドアが開き、美晴が出てきた。先ほどまでとは違う強ばった顔。眉間には深い皺が刻み込まれている。

「お母さん、どこに行くの？」

さくらは美晴の前に立ちはだかる。驚きと後ろめたさがない交ぜになった顔を背けると、美晴は黒いトートバッグを固く胸に抱いた。

「……会社に行ったんじゃないの？」

「なにが入ってるの？」

美晴の問いに答えず、さくらはトートバッグに両手を伸ばす。

「やめて」

体を振って逃げようとする美晴から強引にトートバッグを奪い取る。口を開けて手を中にいれると、柔らかい感触が指先に触れた。取り出したそれは、タオルに包まれた平たい板状のものだった。

「なにこれ？」

答えを待たずに、さくらはタオルをはぐ。

やっぱり――。

手が震える。念入りに研磨された包丁の刃先に、美晴の曇った影が映り込んでいる。禍々《まがまが》しさにさくらは包丁を投げ捨てる。

「お母さん、なんで？」

肩を掴むと、美晴の震えが手のひらに伝わってきた。

「なんでって、さくらは悔しくないの？　お父さんが死んだのはあの人のせいなんだよね」

「だからってこんなことしちゃだめだよ」

「だったらさくらはなんであの人に会いに行ったの。あの人を許せなくて、どうにかしてやりたくて行ったんでしょ？」

言い返せなかった。もしも柳本と遭遇するタイミングが違えば、もしも場所が人通りの少ないところだったら、もしも柳本ともう少し話をしていれば、もしも――。

「でも……、こんなことしちゃ駄目だよ」

「だったらどうすればいいの？　どうすればお父さんの死に報いることができるの？」

「わからない。わからないよ」

力が抜けたように美晴が座り込む。膝を折り、さくらはそっと美晴のか細い肩を抱いた。発熱しているかのように体温が高い。

「どうしたらいいんだろう。どうしたらあたし達は乗り越えられるんだろうね」

今でも父の今際《いまわ》の際の顔を思い出し、夜中に飛び起きることがある。美晴の付き添いで病院に行くと、建物じゅうに漂う消毒液のにおいと独特のざわめきに血の気が引く。

「とにかくなかに入ろう。ここは暑すぎるよ」

脇にそっと手を添えて美晴を立たせる。足を踏みしめて体を支え、二人は家に入る。大樹が造り上げた家族のための空間に。

リビングのソファーに並んで座る二人は、言葉もなくただぼんやりと床の一点を見つめているだけだった。開け放たれた窓のカーテンを揺らす風もなく、入ってくるのは耳障りなまでのけたたましい蟬の鳴き声だった。ときおり、テーブルに置いたスマートホンが振動して会社からの着信を知らせるが、その度にさくらはそっと顔を背ける。

来客を告げるインターホンが鳴ったのは十一時を過ぎた頃だ。

『俺だ』

受話器に当てた耳に入ってきたのは、ぶっきらぼうな木之本の声だった。口から転り出そうになる悲鳴を咳払いでごまかす。

「あの、……けほっ。ちょっと夏風邪を。熱も――」

『二日続けて無断欠勤なんざ、いったいどういう了見だ。とにかく開けろ』

とりつくろった咳は華麗にスルーされ、さくらの言い訳は怒号に遮られた。有無を言わせぬ迫力に抗《あらが》う勇気はなかった。「あ、はい」とさくらはエントランスの施錠を解除した。

ほどなくして玄関のチャイムが鳴った。びくびくしながらドアを開けると、不機嫌に唇をへの字に曲げた木之本の険しいまなざしに刺された。

「お久しぶりです」

リビングに入った木之本は、ソファーに座ったまま血の気のない顔を向けている美晴に深々と頭を下げる。

「大事なお嬢さんを預かっておきながら、俺の不用意な言葉で混乱させちまって本当に申し訳ない」

事情は知らないはずなのに、すべてを承知しているかのようだった。「あいつに会ってきたんだろ?」と尋ね、すみません、と下げかけたさくらの頭を分厚い手のひらで押し戻す。

「詫《わ》びなきゃならねえのはこっちのほうだ。いらねえ話をしちまった。すまなかった」

「やめてください。確かにショックでしたけれど、なにも知らないでいるよりも……」

声が震えてくる。それ以上言葉を続けることができなかった。視界がぶれる。ぼたぼたと熱い滴が頬を伝う。知ってしまえば以前と同じではいられない。自分のなかにこれほどの憎しみの感情があったなどと思いもしなかった。父が窮地に追い込まれていたのに、のほほんと過ごしてきた自分が許せなかった。

「情けねえ」

どかりと床にあぐらをかいた木之本は、太ももに置いた握り拳をにらみ、押し殺すように言う。

「あの時、売り上げの足しになればと親父さんにいくつか仕事を紹介した。俺にできるのはそれくらいだと思ってな。でも、ずっと考えてきたんだ。他にもできることがあったんじゃねえかって。だから今回、柳本が絡んできたことで感情的になっちまった。それでさくらが疑念を抱くことになった。すまん」

さくらは言葉もなくただ首を振る。木之本は唇を固く閉じ、床の一点を見つめていた。どんなに言葉を重ねても大樹が戻ってくることもないし、心が晴れることもない。できるのはただ大樹を悼むことだけだった。過去に縛られた三人を置いて太陽は動き続ける。ベランダにさしかかる影が短くなっていき、やがて細い線になった頃、さくらは決意した。

「あたし、絶対にこの仕事をとります。あんな人に負けたくない」

「さくら、それは違う」

木之本はだるまのような丸い目をぎょろりとさくらに向ける。「こんなこと言えた義理じゃないことは重々承知しているが、お前は俺と同じ轍を踏んじゃならねえ。お前は親父さんのような建築士になりたいんだよな」

「……はい」

さくらの返事にうなずいた木之本はテレビの脇にある大樹のスクラップブックに手を伸ばした。なにかを探すようにページを繰っていた木之本は「これだ」と懐かしそうに言った。

「俺と親父さんが組んだ初めての仕事だ。まだうちに設計部がなかった頃、MJ設計に依頼した物件だ。自分の城を造ろうって人たちは、いっぱいの希望を腕に抱えてうちみたいなところにやってくる。それこそ城みたいな馬鹿でかい敷地と莫大《ばくだい》な予算が必要になってくる。全部聞いていたら、そりゃ困っちまう。でもな、これからの生活をそれはもう楽しみにしていて、アイランド式のキッチン、ホームシアター、バイクのメンテナンスルームにウォークインクローゼットなどなど要望がすごくてな。この家の建坪率《けんぺいりつ》じゃあとても無理だって思ったな」

当時のことを思い出したのか、木之本は苦笑いを浮かべた。「ところがお前の親父さんは打ち合わせを重ねてはなんども図面を引き直して、結局、希望を全部かなえる家を造り上げたんだ。見ろよこの顔。まさか高畠《たかはた》さんがこんな顔をして笑うなんて、最初の頃は思ってもみなかった。いつも仏頂面でよ」

つい昨日眺めていた個人宅の物件だ。写真の中から大樹がさくらに笑いかけていた。

木之本が太い指で写真をつつく。昨日と同じく、晴れやかな笑顔が四つ並んでいる。

「気分よく引き渡しができたからな、その後、二人で酒をしこたま飲んだ。楽しかったな。親父さんはたいしたもんだ。最初から最後まで施主さんのことを考えるいい建築士だった。施主さんがどれだけ快適に過ごせるか、それだけを考えていた。わかるか、さくら」

木之本の丸い目がさくらを射ぬく。

「お前も施主さんのことを親身になって考える建築士になれ。ＭＪの奴らを出し抜こうなんて考えなくてもいい。親父さんみたいな建築士になれ」

頭をはたかれた気がしてさくらは顔を伏せる。テーブルに広げられた何冊ものスクラップブックが目に入る。

いつも見ていたはずなのに、ずっと感じてきたはずなのに――。

顔をあげたさくらはぐるりと首をめぐらせ、リビングの隅々にまで視線を向ける。大きなドア、広い窓、柱を隠すように幅をあわせて作った壁一面の棚――。家族が快適に、楽しく過ごすことができるようにとの、大樹の想いが詰まっている。

「……恥ずかしいです」

視線は再び床に戻り、さくらはぽつりと言った。いつついたのだろう、フローリングに小さな傷があった。ここで大樹と暮らしていた年月よりも、一人欠けた三人で過ごしてきた時間のほうが長くなっていた。だが、大樹の想いはずっとここにある。

「原点に戻ろう。俺たちがすべきなのは、お客さんに喜んでもらえる仕事をすることだ。明日になりゃあ、夏風邪も治ってんだろ？」

木之本が大きな拳でさくらの頭を小突く。

「はい」

大きくうなずいたさくらは拳の感触が残った頭をさすり、へへへと笑った。

お騒がせしました、と木之本は帰っていった。ソファーに座っている美晴は、揺れるカーテンをぼんやりと見ていた。さくらはそっと隣に座り、肩を寄せた。

「いいね、さくらはお父さんと同じ夢があって」

美晴の口からこぼれた声には力がない。

「え……?」

「わたしには――」

続く言葉を呑み込むと、美晴は呆然としているさくらを残して自室にこもってしまった。

ソファーの背もたれに寄りかかって天井を仰ぐ。確かに自分は建築士という父と同じ仕事をしている。図面を引いていると、大樹と言葉を交わしているみたいに思える瞬間もある。だが、美晴や桐也に残されたものは思い出と家にある物だけだ。それがやるせないのだろう。

ひとりきりのリビングを満たすのは、夏を謳歌《おうか》する蟬の鳴き声だけだ。しばらくの間、さくらは身じろぎもせずにただ白い天井を見ていた。遠くで車のエンジンだろうか、なにかが爆《は》ぜる音が空に響いた。蟬の声が止む。

ゆっくりと立ち上がる。リビングを出て廊下を進む。美晴の部屋の前に立ち、ドアをノックしようと拳を握る。音のない部屋は人の訪れを拒絶しているように思えた。緩めた手をそっと落とし、さくらは自室に入る。机に座ったさくらは鞄からノートパソコンを取り出す。

頬を叩いて気合いを入れると、パソコンの電源をつけた。ぐっと瞼を閉じ、目を開ける。まずは自分にできることから始めよう。CADソフトを立ち上げてキーボードとマウスに手を置くと白い画面に没入していった。それがいつか、家族の幸せにつながることを信じて。


三日ぶりの出社はどこか緊張した。遅れを取り戻そうといつもよりも早い時間に出社すると、納期が迫っているのだろう、すでに菰田が青白い顔でデスクにかじりついていた。おはようございますと挨拶をするが返事もない。嫌味を言う余裕もないのだろう。

「さあ、仕事しよっ」

誰に向けたアピールか、わざわざ口に出してデスクのパソコンに向かうさくらを、菰田は嫌味のひとつもなくちらりと横目で見るだけだった。

「ああ、しまった……」

ため息をつく。マウスに手が触れた途端にモニターが灯《とも》る。三日前、木之本と話をしようと思い詰めるあまり、電源を切っておくのを忘れていたのだ。倹約生活が身に染み込んでいるさくらは、電気の消し忘れや水を出しっぱなしにして歯を磨くようなことが我慢ならず、そういったことに無頓着な菰田にちくりと注意をしたことがあるくらいだった。ちらりと隣を見るが、気にする様子もなく菰田は自分の仕事に没頭していた。

すました顔でさくらは役所の都市計画課に提出する申請書の作成にとりかかる。気がつくと昼を過ぎていた。昨夜、自宅からアップロードしておいた新しいブリリアントライフのデータをプリントアウトして社長室の木之本のところへと向かった。予算を相談する必要があったし、ずる休みしたことを謝りたかった。

「すっかり元気になったじゃねえか」

印鑑を押す手を止めて木之本はにやりと笑う。おかげさまで、とさくらはへへへと頭を掻いた。ジムの図面に目を通すと「いいんじゃねえか」と木之本は満足そうにうなずいた。

施工管理部と作業部に相談しなければならないが、この案だと持ち出しなしに千五百万円の見積もりを出せそうだ。デスクに戻り、田沼との打ち合わせの約束を三日後に取りつけ、それまでに詳細を詰めることにした。

当日、ブリリアントライフを訪れると、迎えた田沼はどこかよそよそしい。席につき、持参したA3用紙を広げるが、田沼はしばらく言葉を探すようにボールペンで机を叩いていた。やがて開いた口からは皮肉が転がり出てきた。

「建築士の先生の間でこういったアイデアが流行《はや》ってるんですか？」

「はい？　あの、それってどういうことなんですか？」

困惑して眉を寄せるさくらの反応に、眉間の皺を消した田沼は口に拳を当ててしばらく考えていたが、「実は」と切り出した。

エリアは大まかに四つに分けられる。マシンやウェイトのトレーニングができるエリア。ヨガやピラティスをするスタジオ。体を動かしてかいた汗を流すシャワースペースとパウダールーム。そしてそれらのエリアとは壁で完全に区切られたエリア、トレーニング器具からシャワールームまでが揃ったＶＩＰルーム。

「あれ……？」

「ＭＪさんがこのプランを送ってきたのが三日前で、楠さんから同じようなプランをいただいたのが昨日のことです」

「いや、……いやいやいや」

さくらは慌てて頭を振った。「あたし、ＭＪさんからアイデアなんて盗んでません。だいたい、どうやって他社さんの情報を手に入れられるんですか？　そんなことして仕事をとったってぜんぜん嬉しくないじゃないですか」

顔が熱くなっていく。こんな態度はかえって疑いを生むのではとも思うが、いわれのない疑いは晴らしておきたかった。田沼は慎重な口調で言った。

「木之本さんのところに、ＭＪさんのスタッフと親しくしている人がいる、と聞いていたんですが」

「え――」

そんなことを言う者はひとりしか思い浮かばない。柳本だ。菰田が小倉かえでから情報を聞き出したのだとでも訴えているのだろうが、それがまったくの嘘であることはさくら自身がわかっている。

あるトップモデルがジムでトレーニングをしているネットの動画を見て思いついたものだ。彼女とトレーナー以外に他の会員の姿はない。別の芸能人たちがインスタグラムにアップしている動画や画像も同じで、いわゆる著名人たちは顔が売れているが故に、プライバシーが確保された場所が必要なのだろう。都内にある完全個室のプライベートジムの値段を調べてみると、ブリリアントライフの倍の価格を設定しているところもある。

利用者のなかには人の目を気にすることなくトレーニングに集中したい人もいるだろうし、新高山は場所柄、芸能人も多数住んでいるらしい。彼らを取り込めればいい広告塔にもなる。今までのプランのいいとこ取りで、思いついた時には確かな手応えを感じていた。

だけど――。

浮かんできた自虐に自信が揺らいでいく。凡才を自覚しているさくらが考えついたのだ、俊英が集まるMJ設計の建築士なら簡単に生み出せるアイデアなのかもしれない。

「でも不思議だな」

組んだ腕をほどき、田沼はボールペンで頬を叩く。「直前までMJさんはぜんぜん違う方向で進んでいたんですよ。こういうのをシンクロニシティとでもいうのですかね」

「そうに決まってます。偶然かぶっちゃったんですよ」

田沼の言葉に浮かんできた疑念を作り笑いで覆う。

「でも、楠さん。状況は極めて悪いです。北里は潔癖なところがあるので、楠さんがアイデアを盗んだのかもと聞いて、木之本さん側の心証がとても悪くなっています。この後、僕がちゃんと説明しておきますが、御社への話はなかったことにしようかという話も出ていたくらいなのです。このプランでは六日後の役員会議にはあげられません」

「そうですよね……」

ふっと息を吐いて気持ちを切り替える。今すべきはブリリアントライフにとって最適なプランを考えることだ。「あの、田沼さんはどんなジムにしたいと思いますか?」

「え、僕ですか?」

突然の問いに目を白黒させる田沼だが、さくらとしては実際にそこで働く人の意見をしっかり聞いておきたかった。最近のプランはそこから離れているような気がした。

「最初のプランですけど、あれ、いまでもあたしのイチオシなんです」

「ああ……」

田沼がため息をついた。「僕も気に入ってますけど、結局は北里が納得するプランじゃないと。入社して間もないぺーぺーな僕が説得できるわけでもないですし」

唐突な自虐にどう返していいのかわからず、さくらはA3用紙の端をもてあそぶ。

「とにかく、いい案、期待してます」と気まずそうに笑って田沼は打ち合わせを締めくくった。

ブリリアントライフの社屋を出たさくらは空を見る。深い青色の空からは気持ちが沸き立つような夏の陽光が降り注いでいるが、今はそれが疎ましく感じる。

憂いを払うようにさくらは走りだす。陽炎《かげろう》に街が歪んでいる。

会社に戻ったさくらはさっそくパソコンを立ち上げると、CADソフトの新規ファイルを作成した。白い画面にジムの組立基準線と柱や壁の位置などのデータを貼りつける。腕を組んでモニターを見ていると、「また却下ですか?」と隣から声がかかる。

「そうなんですけど、田沼さんからいいアイデアをもらったので大丈夫だと思います」

「さすがですね、巨匠」

菰田の嫌味に構うことなく、さくらは図面に新たな線を描きこんでいく。

翌朝、さくらは始発の電車で会社に向かった。フロアの照明は切ったまま社長室に入り、デスクの陰にしゃがみ込んだ。寝不足で体が重い。六時半を過ぎた頃、誰かが階段を上ってくる足音が聞こえてきた。足音は三階に着くと、そのままフロアのなかほどに進んで設計部の島で止まる。デスクからそっと顔をのぞかせたさくらは下唇をかむ。菰田がさくらのパソコンを操作していた。

同じVIPルームのプランを出してきたMJ設計が、直前まで違う設計で話を進めていたと聞いた時に、さくらの脳裏に浮かんだのが菰田だった。

ずる休みをした翌日に出社した日のことだ。マウスに触れた途端にパソコンの電源が入った。帰る時に電源を落としていなかったので、スリープ状態だったパソコンが反応して立ち上がったのだと思っていたが、しまり屋と言えば聞こえがいいが、ケチを自任しているさくらが電源を切らずに帰るなどやはり考えにくかった。

木之本工務店では出先でもノートパソコンやスマートホンから会社のデータにアクセスできるようクラウドサービスを利用している。ブリリアントライフからの帰り道、電車のなかでスマートホンからさくらのデータのアクセス履歴を調べてみた。あの朝、六時半過ぎという早い時刻に、さくらは会社のパソコンでデータにアクセスしていることになっていた。もちろん身に覚えはない。あの日、早めに出勤したさくらよりも前に会社にいたのは菰田だけだった。

菰田がさくらのパスワードを入手したやり方に心当たりがあった。帰ろうとするさくらを呼び止めて、ある物件の情報を知りたがった。その時、菰田が見ている前でパスワードを入力したのだった。詳細を説明しようとするさくらを「お疲れさん」と遮ったのは、情報が欲しかったわけではなかったのだ。

「なにしてるんですか？」

社長室を出て声をかける。ひぃ、と息を呑む菰田の顔をモニターの白い光が照らしている。モニターを見ると、画面には昨日、さくらがそれらしく描いたブリリアントライフの図面が表示されている。パソコンの本体にはＵＳＢメモリが挿しこまれていた。これをかえでに送るのだろう。

「なんでこんなことしたんですか？」

さくらの声が尖《とが》る。ふてくされて顔を背ける菰田は返事もしない。デスクに手をつくと、思いのほか大きな音をたてた。びくりと肩を震わせた菰田はぼそっとなにかを呟いた。

「なんです？　ちゃんと話してくださいよ」

さくらの詰問に菰田の眦《まなじり》がつり上がる。頬が紅潮した。

「お前が鬱陶《うっとう》しいからだよ。ちょっと入社が早いからって、年下のくせに偉そうに。新人研修の時なんか『ちゃんとメモとってます？』なんて調子こいてさ。設計部に来てからもさ、指名の仕事が多いことを鼻にかけて僕のことを笑ってるんだろ。冗談じゃない」

「待ってください。あたし、菰田さんのこと見下したりなんてしてません。むしろ――」

「うるさい、うるさい、ホントうるさい」

イスをなぎ倒すように立ち上がった菰田は、血走った目でさくらをにらみつける。きつく握った拳が震えていた。「こんな会社まっぴらだ。社長だって友達の子供だからってひいきして、無断欠勤してもなんのお咎《とが》めもない。やってらんないよ」

床に置いてあった自分の鞄をひっつかむと、さくらを押しのけて足早に階段に向かう。

「菰田さん！」

階段の手前で足を止めた菰田はさくらを見る。今にも泣き出しそうな顔をしていた。

苛立ちをぶつけるかのように、菰田は足音を響かせて階段を駆け下りていった。追いかけることができなかった。床に転がっていたイスを起こすと、さくらは力が抜けたように座り込む。イスの金具が悲鳴をあげた。

うなだれたさくらは足下に向かって大きなため息をつく。好かれているとは毛頭思ってはいなかったが、まさか憎まれているとは考えもしなかった。何気なく放ったいくつもの言葉が、菰田の心を傷つけていたのだろう。

「ああ、どうしよう……」

デスクに肘をつき、両手で顔を覆う。過去を悔やむさくらをよそに時は過ぎていき、やがて菰田の不在が木之本に知れることとなった。

「ふざけんな」

社長室で経緯を聞いた木之本が声を荒らげる。「あたしのせいで、すみません」と頭を下げるさくらの後頭部に拳が落ちる。

「菰田を見くびるな。くそ真面目な奴だ。たかが後輩にナメた口を叩かれたくらいで、会社を裏切るようなまねをする訳がない。のっぴきならない理由があるはずだ」

「なんですか、その理由って」

「そんなのわかるわけがねえだろうが」

木之本の雷が落ちる。おい、と呼びかけられ、さくらはおずおずと顔をあげる。木之本の口調が穏やかなものに変わる。

「お前のせいじゃないってことだけはわかる。だからな、さくら。お前は自分の仕事をちゃんとやることだけを考えとけ。それが菰田が背負っちまった荷を軽くする」

「え——？」

「自分のせいで仕事がぽしゃったんなら、あいつはこの先ずっとくよくよと自分を責めちまうだろう。そういう奴だ。だから——」

咳払いで言葉を切った木之本は、もう行けと手を振った。さくらは頭を下げて社長室を出るとデスクについた。だから、で切ったのは、さくらが本分から外れないための気遣いだ。仕事をとることに囚《とら》われると大切なことを——、建築士の本分を見失ってしまう。

マウスを振ると、モニターに表示されるのは一向に進まないCADソフトの真っ白な画面だった。菰田のことが気になって仕事が手につかなかったという言い訳もできるが、期限まで五日しかないというのに、どれだけ頭を振ってもアイデアが爪の先ほどにも出てこない。

これまで提案してきたもの、要望があったものを思い返す。エリア毎にテーマを変えたプラン、個室タイプのもの、デザイン性に富んだもの、そしてVIPルームという付加価値を加えたもの。見事なまでに一貫したコンセプトがない。

というこことは。さくらはイスの背もたれに体を預けてぐるりとまわる。逆に考えれば、良いものであればなんでもいいということか。

でも——。一周まわって元に戻ると、真っ白な画面にため息を吹きかける。なんでもアリは選択肢が多すぎてかえって途方に暮れる。マウスを握り直すが、宙に浮いた視線はだんだんと下がっていく。さくらの視界に床に置いた茶色の鞄が入ってくる。古ぼけた革製の鞄は、持ち手が焦げ茶色に変わるほど使い込まれている。大樹の鞄だ。

家やお店を造りたいというお客さんたちは、抱えきれないほどの希望や言葉にならないもやもやとした悩みを持ってお父さんのところに来るんだ。その人たちにとってどんな設計がいいのか、それをずっと考えるんだ。想いを汲《く》んだ家やお店ができたら、それを見てお客さんたちはにこにこ笑ってくれるんだ。その顔が見たくて、お父さんはこの仕事をしているんだよ。

大樹の言葉が不意に脳裏に浮かんできた。

「あーあ」

ぐしゃぐしゃと髪をかき乱したさくらは盛大なため息をついた。あたしはなにもわかっていない。だからなんにも浮かんでこないんだ。でも、どうしよう――。

さくらはまたイスごとぐるりとまわる。再びデスクに向き直ると、スマートホンの通知ランプが灯っていることに気づいた。リプレイスから勧誘メールが届いていた。記載されているURLをタップするとホームページに飛んだ。

「あ……」

さくらの目にとまったのは『スタッフ日記』の項目で、『三輪秋人さまご来店！』と題名がついていた。一昨日の記事だ。記事には三輪がトレーニングをしている画像がアップされており、彼のインスタグラムにリンクされていた。なんの気なしにそのURLをタップしたさくらは、しばらくの間、身じろぎもせずに画面に釘《くぎ》づけになっていた。

会議室のドアがノックされた。さくらは背筋を伸ばして立ち上がる。

「失礼します」

緊張の面もちの田沼が入ってきた。その訳はすぐにわかった。最初に対面した時の笑顔はどこに捨てたのか、仏頂面の北里が続いて入ってきたのだ。

「お時間いただきまして、ありがとうございます」

頭を下げるさくらを一瞥《いちべつ》しただけで、北里はなにも言わずに対面のイスに座った。疑惑は払拭《ふっしょく》されていないようだが、わざわざ菰田のことを知らせる必要もない。やぶ蛇になる。

「こちらをごらんください」とさっそく、持参した設計案を二人の前に広げた。今回に限って田沼には事前にデータを送付しておかなかった。まっさらな状態で話をしたかったからだ。北里が同席することは想定外のことだったが、かえって好都合なのかもしれない。

「えっと、これは……？」

田沼が戸惑ったように設計案のページに指を置いた。透視図と呼ばれる完成予想図で、人の目線で建物を描いたものだ。

エントランスから店内を見ると、左手にフロントがあり、廊下を進むと通路沿いにシャワー室やトイレなどがある。突き当たりの右手にあるのがマシンやバーベル、ヨガスタジオのスペースだ。田沼が指さしているのがエントランスから見て右にある広い空間で、抜き出した図には人のシルエットが二つある。一つはテニスのラケットを振り上げてサーブを打とうとしているもの。もう一つはバットをフルスイングしているもの。

「カウンセリングルームです」

涼しい顔でさくらは言うと、ページをめくった。画像がいくつかプリントされている。

「これは都内にあるスポーツ疾患を得意とするクリニックのリハビリテーションルームです。天井の高い広いスペースで実際にバットを振ったり、ダッシュしたりしてもらってフォームを分析してトレーニングメニューを作成しているそうです。このプランはそのクリニックからヒントを得ました」

「この四角いのはなに？」

不機嫌なまま北里が指を置く。カウンセリングルームを抜き出した平面図には、部屋の隅に二つの長方形が並んでいる。

「これは治療用のベッドです。カウンセリングで判明した故障をここで治療して、弱くなったところをトレーニングで強化していきます」

「これじゃあ、ジムじゃなくていわゆる治療院だよね」

「はい。弊社が提案しますのは、えっと……」

言葉を探すように宙を見上げたさくらは人差し指で顎を叩いた。「そう、いわば『体に効くジム』です。ジムのターゲットを六十四歳以下の働いている世代にしたいとのことですが、もっと上の世代はより健康に関心があるんじゃないですか？　テレビを見ていると、上の世代にむけた健康食品やサプリメントの宣伝がさかんに放送されているじゃないですか。膝の痛みは筋力不足からもくるらしいですし。それに、現役世代のなかにはお子さんをお持ちの方もいるでしょう。その子たちが運動部に入っていれば、怪我をしたり記録が伸びないと悩んだりすることもあるでしょう。治療とトレーニングが一つの場所でできるこのプランだと、十代からそれこそ八十……いいえ、九十代までがターゲットになります」

表情を曇らせている田沼の横で、北里は腕を組み、思案するようにじっと設計案を見ている。少なくとも否定はされていないと踏んださくらはぐっと奥歯をかんで気合いを入れた。鞄からこれまで提案してきた設計案を取り出し、テーブルに並べた。

「これまでのものもどれもアリだと思います。でも、もうすでにどこかにあるものなんです。御社がトレーニングジムを展開しようと思ったのも、いまトレーニングがブームになっているからですよね。巷《ちまた》には多くのジムが出店しています。率直に申しまして御社は後発です。他店と同じサービスを提供していたら埋もれてしまうだけです。他にはない特色がないと」

「だが、トレーニングと治療が一緒に受けられるジムもすでにあるものだよね」

ほら、と北里はスマートホンの画面をさくらに見せた。『ジム　治療』と検索をかけていて、結果には多数のジムの名前が表示されている。

「はい」

深々とさくらはうなずいた。「でも、御社には他社にはない売りがあるじゃないですか」

「売りってなにが？」

「こちらにはカリスマトレーナーがいるじゃないですか」

さくらは田沼に手のひらを向ける。

「え、僕ですか？　とんでもないです」

慌てて田沼が首を振る。北里は記憶を掘り起こすように宙に視線を巡らせた。

「トレーナーの経験があるから田沼を採用したけど、履歴書にはカリスマみたいに特別な経歴は書いてなかったよな面接した時もそんな話はでなかったし」

「はい。別にカリスマでもなんでもなく、」

「いえいえ。いるんですよ、熱烈な信者がトップアスリートに」

設計案のページをもう一枚めくると、田沼の息を呑む音が聞こえてきた。サッカー日本代表のトップチームに選ばれている三輪秋人の顔写真と経歴がプリントされている。

「田沼さんがやるならまた体を診てもらいに行く、三輪さんはそう言っているそうです」

「どうやって三輪君のことを知ったんです？」

ひた隠しにしてきた汚点をさらされたような気がしているのだろう、田沼の瞳に険が宿っている。腹の奥にぐっと力を込めて、さくらはその視線をまっすぐに受け止めた。

「東さんに話を伺いました。あの、東さんというのは田沼さんが前にいたジムの同僚の方なんですけど、田沼さんがジムを立ち上げようとしていると聞いた三輪さんから、連絡先を教えてくれとしつこくせがまれているようなんです」

ドSトレーナー復活?

最新の三輪秋人のインスタグラムにはそう記されていた。アップされた画像は、以前、田沼と一緒にトレーニングをしている風景を撮影したものだった。末尾には#どこで?#また行くしというハッシュタグもあった。その文字からさくらはこのアイデアを思いつき、確認するために東みかさに連絡を入れたのだった。

『田沼がジムを立ち上げようとしているってチラッと話したら、すごい食いついてきて』

電話越しの東は明るく笑った。

「え、でも、三輪さんは田沼さんの治療で怪我をしたんじゃ?」

『田沼が担当している期間に腱断裂を起こしたのは事実だけど、試合中にえげつないくらいにぶつかられたからだし、田沼のせいだなんて三輪君もぜんぜん思ってないんだよ。でも、僕はもう無理って自信なくして辞めちゃって。馬鹿だよね』

「そうだったんですか……」

納得がいった。控えめといえば聞こえがいいかもしれないが、一歩ひいた仕事の姿勢と、東から聞いたトレーニングにかけた熱い姿勢。その違いの理由に。情熱をかけて取り組んできたトレーナーという仕事の第一線から田沼は降りたのだ。あきらめたのだ。それでもジムの立ち上げという仕事に応募したのはどういうことか。さくらはずっと考えてきた。

「では、三輪選手がうちのジムに来てくれるのかな」

北里の声が弾んでいる。運動好きなので三輪のことを知っている様子だった。

「はい。他にもプロ野球の福井《ふくい》選手やバスケの山田《やまだ》選手も、田沼さんがやるならと言っているようです。自分のところの会員さんが引き抜かれると東さんは苦笑いをしてましたけど」

「だけどな……」と北里は考え込む。「これは田沼がいることを前提にしたプランだよね。全国展開をしていくなら、一人のスタッフの名前に頼るようではきついだろう」

「あのっ」

もう一押し、とさくらは前のめりになる。「先ほど申しましたように、御社は後発です。まずはこの店舗を成功させないと、二号店や三号店は望めません。まずはここから、です」

さくらはぐいっと北里に向かって腕を伸ばし、「御社のネームバリュー、そして都心のど真ん中、さらに駅の真上にあるという抜群な立地条件」と人差し指と中指を突き立てた。そして、その手を田沼に向けると薬指を伸ばした。

「特別な知識と技術を持つ田沼さんという人材。売りが三つも揃っているんです。成功しないはずないじゃないですか」

さくらは二人に向かって満面の笑みを浮かべてみせた。同意するように北里は深い息を吐く。だが、顔を背ける田沼の表情は苦痛に沈んでいる。

「僕にはできません。無理なんです」

「だったらなぜ」

テーブルに両手をついたさくらは、精一杯に背筋を伸ばして田沼に顔を寄せる。「なんであたしにリプレイスを教えたんですか？　自分の理想とすること、自分のやりたいことがリプレイスにあるんですよね。スポーツトレーナーの仕事がしたいんですよね。人を治す仕事がしたいんですよね。トレーナーの仕事が好きだからこちらに応募したんですよね」

弾かれたように田沼が顔をあげた。さくらのまっすぐな視線がその目を捉《とら》えた。

「田沼さんのやりたいことがここにはあります。田沼さんを必要とする人がここに来ます」

仕事にはそれに携わる者の熱意が必要だ。大きなお世話だということはわかっている。だが、田沼が失った熱を取り戻す後押しになればいいと、思いを込めて図面を引いたのだった。ひいてはそれがブリリアントライフの利益にもつながるはずだ。

視線をそらした田沼は、テーブルの上に広げられた設計案を見る。

「ここにレッドコードセラピーの器具を設置することだってできます」

さくらはカウンセリングルームに指を置いた。レッドコードセラピーとはノルウェーで生まれた治療器具だ。つり下げられたスリングに体を預けて四肢や骨盤、背骨を動かすことで身体機能を高める治療法で、田沼が得意としているやり方だ。インスタグラムの画像で三輪がぶら下げられていたのがこのレッドコードだ。

日頃なにかとつっかかってくる田沼への意趣返しなのか、経営上の理由なのかはわからないが、江口の意向でレッドコードセラピーを止めた。そのすぐ後に三輪が怪我をした。それが原因ではないことは田沼もわかっている。だが、自分は最高のトレーニングを提案できていたのか、もしも自分の意見を貫き通していたら、と後悔と自分への落胆を抱えてリプレイスを去ったのだという。

「ここの店長は田沼さんです。ここがあなたの城になります。……あとは田沼さん次第じゃないですか」

北里は沈黙を守ったまま成り行きを見守っている。あとは田沼の気持ちだ。田沼が広げた手をそっと設計図の上に置いた。頬の筋肉が盛り上がる。顔をあげたその目には強い光が宿っていた。決意を受け止めたさくらはふわりと笑った。

「みんなで幸せになりましょう」

このプランが通らなかったとしても悔いはない。必死になって考え続け、ベストだと思うプランにたどり着いた。これが駄目なら仕方がない。生気に満ちた田沼の顔を見られただけで、それで十分だ。

そんなこと言ったら社長に怒られるかも。だるまのような丸い目をひん剝《む》いて、逃した魚の大きさを嘆く木之本の姿を想像すると背中が冷え冷えとしてきた。

「では、失礼します」

立ち上がり、二人に頭を下げたさくらは会議室を出る。

「あ、ちょっと」

呼び止められた。振り返ると北里が探るような目をさくらに向けていた。だが、先ほどのような剣呑《けんのん》な色はない。

「この前のやつ、MJさんとずいぶん似てたみたいだけど……」

「はい、田沼さんから聞いてびっくりしました。シンクロニシティでしたっけ、そういうことあるんですねえ」

さくらは笑い、もう一度頭を下げて廊下を歩く。背筋を伸ばし、まっすぐ前を向いて。

火をつけた線香の束を香炉に置き、黒い竿石《さおいし》を見上げたさくらはそっと手を合わせる。大樹がこの世を去ってからの年月が御影石の表面に刻まれている。いつの間にか大樹の墓は墓地の景色になじむようになっていた。

「お父さん。昨日、スポーツジムの契約決まったんだ」

ブリリアントライフの北里から連絡があった。役員会議に同席した田沼の熱弁が、価格に勝るＭＪ設計に傾きかけた流れを引き戻したと、北里は笑った。全国展開に至るかどうかはまだわからないが、まずは最初の一歩を踏み出したことになる。

「柳本さんに勝ったっていうことになるんだろうけど、それがやったーっとはぜんぜん思わなくって。北里さんとか、田沼さんに喜んでもらえてよかったなってまず思って。だから」

さくらは竿石に刻まれた楠の文字に目を向ける。「その気持ちを大事にしたい。これからもずっと、あたしに依頼してきてくれたお客さんのことを考える、――お父さんみたいな建築士になるから。だから、見ててね」

合わせた手に力を込め、自分の決意が空に届くように固く目をつぶる。改めて誓いをたてなければならないほど、柳本への暗い感情が日毎に大きくなっていることに気づいていた。

よし、と声に出すと柏手《かしわで》を二度、高らかに打ち鳴らした。この場にふさわしいものではないが景気づけだ。立ち上がり、膝についた土を手で払う。

「お父さん。また来るね」

ひらひらと手を振ると、さくらは水桶《みずおけ》を手に寺務所に向かう。

夏は盛りで、木々にとまる蟬の声が墓地を覆う。暑さにうなだれそうになる背中を立てて、さくらは広い歩幅で前に進んでいく。その姿を、大樹が眠る墓が静かに見守っていた。

第四章　小谷野村ファサード

涼しい……！

窓を開けると、車内に草木のにおいをはらんだ穏やかな風が入ってきた。道の先に見える山の頂は、すでに赤や黄色に染まりつつあった。

久しぶりに出会った信号が赤に変わる。さくらは慎重に路上駐車をしている車を避け、ブレーキを踏んで車を停めた。右手に流れる川のせせらぎが心地よく鼓膜を揺らす。鮎《あゆ》見川《みがわ》という名の川なので、鮎釣りをしているのだろうか、幾人かの釣り人が腰まで水に浸《つ》かりながら、長い竿《さお》を振っていた。車は彼らのものなのだろう。駐車違反のシールが貼ってある。

「ここだ」

信号の向こうに建物が四軒並んでいる。手前の白い建物の前にはラーメンと書かれた赤いノボリがはためき、二階の壁には『中華料理　ニーハオ』と書かれたくすんだ赤い看板がぶら下がっている。その隣は丸太を組んだログハウス風の建物で、のれんのしまわれた開き戸にある『焼き鳥　鳥政』という文字はかすれていた。さらに奥にあるのが青い屋根の建物で、道路に面した白い壁には半円の窓が三つ並んでいる。ドアのそばには『カフェ・ド・パリ』と書かれた看板がぽつんと立っていた。右端の建物は美容室で、茶色のフィルターを貼ったガラス窓の向こうに、三つのスタイリングチェアが並んでいるのが見えた。ガラスに『ヘアサロン　たんぽぽ』の文字がある。店舗の裏には背の低い雑木林が広がっている。信号の左手は緩やかな上り坂になっていて、カーナビゲーションの画面では山に続いていた。

いいところだな、川も山もあって――。

つい最近、家の近所にある森林公園を走ってみた。ふかふかな土を踏みしめながら緑のトンネルを駆け抜ける心地よさは格別だった。この辺を走っても気持ちいいだろうな。まずは山をぐるりと回って川に出て――。

妄想は後ろからのクラクションで遮られた。久しぶりの後続車だ。いつの間にか信号が青になっている。慌ててブレーキペダルから足を離した。

鳥政の島田《しまだ》ヒロとたんぽぽの前橋《まえばし》ミナが代表してさくらの許を訪れたのが三日前のことだ。ここ小谷野《こやの》村にあるヒロたちの店は、高速道路のインターチェンジと山を越えた先にある温泉街の中間地点にあたり、近所の人たちや休憩するドライバーが訪れ、それなりに食べていけたのだという。ところが、半年前に車で十分ほどのところにアウトレットモールがオープンしてから客の流れが変わってしまった。さらに、三か月後には近隣を巡回している路線バスがアウトレットモールに停車することになるという。

「ちょっとまずいんじゃないのってミナと話していて、この際、ウチら四つの店舗が協力して、思い切った手に出てみようってことになって。じゃないとほんとヤバいって」

さくらと同い年ということもあり、ヒロは親しげに笑う。服装には無頓着《むとんちゃく》なタイプなのだろうか、長い黒髪は後ろで一つに束ねただけでメイクも薄い。それでも感情表現の豊かなはっきりとした目鼻立ちは、化粧っ気のなさを感じさせない。元気の塊そのもので、客商売は天職なのだろう。

対するミナは美容師らしくおしゃれだ。茶色の明るいふわりとした髪、柔らかな頰にかすかに赤のチークが入っている。緩やかなコットンの白いシャツに青のロングスカートも彼女らしい。控えめな性格なのだろう、熱弁するヒロの横ではにかむように肩をすくめている。

「ウチ、考えたんだけど」

ヒロが鞄《かばん》からタブレットを取り出すと画像を表示した。

石畳の通路の両側には外壁にレンガタイルを張った建物が並んでいて、有名なファッションブランドや時計店、シューズショップなどが出店している。

「これ、近所にできたアウトレットモールなんだけど、ライバルが『ザ・石』『ザ・お城』って感じなんだからウチらはこういうのはどうかなって」

ヒロは画面を叩《たた》いて別の画像を表示する。キャンプ場だろうか、丸太を縦横に組んだコテージが並んでいる。「ウチらって山のほうにあるから山小屋でしょう。四軒しかないけど、それでもこんな感じの外観のお店が四つ並んでいたら、前を通る人たちが『なにこれ？』って興味をもってくれるんじゃないかなって」

「なるほど、金沢《かなざわ》のひがし茶屋街みたいに統一した雰囲気で集客したい、そんな感じですか？」

「そうそうそう！」

タブレットでひがし茶屋街を検索したヒロは、我が意を得たりとばかりにうなずいた。

「いいですね！　山間《やまあい》にあるお店で搾りたての牛乳を飲んだり、チーズやソフトクリーム……、ジビエのお肉を食べられたら最高ですよね」

想像するだけで胃袋が鳴りそうになる。うっとりするさくらを怪訝《けげん》そうに見た二人は、示し合わせたように同じタイミングで首を右に傾けた。

「あの、楠さん。それって、千葉とか岩手の牧場みたいなのを想像してます？」

「え……、あ、はい」

おずおずとうなずくと、二人は「ウケる」と声を合わせて笑う。

え、え……？　と戸惑うさくらの肩を叩いたヒロは、「ウチらんとこ、そんな名物的なものなんてないですよ」とにたにた笑う。「だからインパクトで勝負して、お客さんを呼び込もうとしてんだ」

「……そうなんですね」

タブレットの小谷野村にある彼女たちの店の画像を見る。白、木目、青、茶色とばらばらな外観の建物よりも、統一された外観の店舗が並んでいるほうが訴求効果はあるだろう。

「流れとしましてはみなさまからお話をうかがって、現地調査をしてから実際の設計に入るのですが、ログハウスのようなということなので、まずはイメージ図をご用意いたします。それを元にご意見をうかがいながら煮詰めていくという方向でよろしいですか?」

「はい。よろしいです、よろしいです」とヒロがうなずき、その日の打ち合わせは終わりとなった。

二人との打ち合わせを終えたさくらは、はやる気持ちをそのままに自分のデスクに向かった。今までいくつかの改装工事に携わってきたが、四店舗同時というスケールの仕事は初めてだった。体の奥からふつふつと熱いものがこみ上げてくる。

改装を依頼してくる人たちはみな、悩みを抱えてやってくる。明るく振る舞っていた二人だが、わざわざ電車を乗り継いで木之本工務店までやって来たのだ、事態はよほど切迫しているのだろう。自分の設計がその手助けとなれば――。意気込むさくらは勢いよくマウスをクリックしてパソコンのCADソフトを立ち上げたのだった。

鳥政の前にある駐車スペースに車を停める。車を降りて思い切り背伸びをすると、ごりごりと体の奥で骨が鳴った。慣れない運転は緊張する。

それにしても静かだな……。

辺りにあるのは川のせせらぎと風に揺れる雑木林の音だ。ランチタイムを避けた午後三時に約束したから当然なのかもしれないが、それにしても人の気配がない。アウトレットモールのある対岸の道路には先ほどからさかんに車の行き来がある。想像しているよりもずっと、危機的な状況なのかもしれない。

そっと息を吐き、開き戸に手をかけると扉を引いた。

「失礼します、木之本工務店の楠です」

外観と同じく、店の内装も木を基調とした落ち着いた雰囲気だった。三つあるテーブル席にはすでに四軒の店主たちが座っていた。

「いらっしゃい」

立ち上がったヒロがにこやかに迎えてくれた。遅れて立ち上がったミナは困ったように眉《まゆ》を下げて手を振る。

「本日はよろしくお願いします」

手前のテーブルから名刺と企画書を配り始める。

「ああ、どうも。飯森《いいもり》です」

五十代くらいだろうか、長い黒髪にウェーブをかけた女性が手を伸ばす。飯森かなえ――、喫茶店『カフェ・ド・パリ』のオーナーだ。

「どうも、林《はやし》です」

ところどころに油の染みがついた白いコックコートを着た痩《や》せぎすの男が『中華料理ニーハオ』の店主である林郁男《いくお》だ。隣にいる白のトレーナーに赤いエプロンを着けた女性が福々しい頰を緩ませて「こんにちは」と頭を下げる。「妻の民子《たみこ》です」一番奥のテーブルに向かう。いがぐり頭に筆で描いたような太い眉。白いティーシャツの胸の部分は威圧するかのように盛り上がっている。胸の前に組んでいる腕はさくらの太ももほどありそうだ。

名刺と資料を無言で受け取ると、探るような目でさくらをじろりと見上げる。迫力のある視線に怖《お》じ気づきそうになるが、「よろしくお願いします」と精一杯の笑顔を浮かべて頭を下げた。この男がヒロの父親なのだろう。

カウンターに座るヒロの横に立ち、さくらはふぅと息を吐いて口を開いた。

「前橋さま、飯森さま、島田さま、林さま。四店舗さまそろいましてのリニューアルオープンのお話をいただきましてありがとうございます。まず、ヒロさんとミナさんからいただいたご意見をもとにイメージ図を描いてみました。ページをめくっていただけますか？」

さくらの言葉にヒロの父親である島田以外の面々が企画書のページを繰った。そこにはこの場所のイメージ図が描かれていた。

深い緑をたたえた山を遠景に、四軒のコテージが並んでいる。裏の雑木林の緑と山に向かう道に沿って林立する杉や檜《ひのき》の山間の景色に、丸太を組み合わせた建物はしっくりとなじんでいる。道路に面した側の腰高の窓からは鮎見川が見え、食事をしながら、または髪を切ってもらいながら、豊かな自然を楽しむことができるだろう。

そっと息をとめて反応をうかがう。島田をのぞく一同は企画書に視線を落としているが、なぜだろう、みんなの反応はこのうえなく薄い。この設計に異論があるというよりも、そう、戸惑っているという言葉がふさわしい。

「えっと、このプランのメリットですが……」

「あのな」

説明を続けようとした言葉を野太い声が遮った。腕を組んだまま、島田がさくらを見上げて言った。

「リニューアルオープンだのなんだのって、あんたさっきからなに言ってんだ？」

絶え間なく続く水音に、ぐずっと鼻をすする音が交じっていた。

「ヒロさん……」

ススキの道を抜けた先、河川敷の岩に座ってヒロが丸めた背中を震わせている。その隣にミナがしゃがみ込み、そっとその背中に手を置いていた。

勝手なまねしやがって、と激高する父親と激論を交わしたヒロは、林や飯森からも賛成されないとわかると、「だったらみんな、潰《つぶ》れちまえばいいじゃんか」と捨てゼリフを吐いたあげくに飛び出してしまったのだ。心配したミナが「ちょっと待って」と後を追う。

「あの、えっと……」

ひとりぽつんと残されたさくらは、おろおろと企画書のページを開いては閉じる。

「先生」

島田の野太い呼びかけに背筋が伸びた。「せっかく来てもらったけど、そういうことだから」と言われてしまえば仕方がない。完全なアウェー状態に帰り支度をするしかなかった。

「あの、改装以外にも集客する手段はあるはずです。お力になれることもあるかと思います。なにかありましたらご連絡ください」

ここまで来るのに高速代やガソリン代などの経費もかかっているのだ、アピールのひとつでもしておかなければ木之本からどんな罵声《ばせい》が飛んでくることか。ぎょろりと睨《ね》めあげる島田の視線に怯《おび》えながらも、さくらは置いてそのままだった自分の名刺を巨漢の前にそっと滑らせた。

「失礼します」

深々と頭を下げ、さくらは鳥政を出たのだった。川に向かったのは、せっかくだから冷たい水に触れてみたいと思ったのと、二人はそこにいるのかもしれないという予感があったからだ。

さくらの呼びかけにおずおずと顔をあげたヒロは、「ごめん」と言って二つの目から新たに大粒の涙をぽろぽろと落とした。

「いいえ、あたしも勉強になりました。どうやったらお店にお客さんを引き戻せるのかを考えたりするのも楽しかったですし、大丈夫です」

「あの熊オヤジ……」

シャツの袖《そで》で両目を拭《ぬぐ》うとヒロはそう吐き捨てた。

「ヤバいってボヤいてやけ酒飲むだけで、なにかしようとする気なんてないんだ。ぜんぜん危機感ってヤツを持ってないんだ」

赤い目を鮎見川に向ける。穏やかに川は流れているが、岩の間に急流があるのか、色づいたケヤキの葉が一枚、翻弄《ほんろう》されてくるくると回っている。

みんなから依頼されたものと思っていたのだが、さくらのところに来たのは二人の独断だったのだ。なにも知らされずに集められた面々の前で、どこの馬の骨とも知らない建築士がいきなりプレゼンを始めたのだから、ぽかんとしてしまうのも無理はなかった。

「キセージジツっての？　建築士の先生を連れて行けば『じゃあ』って、話が進んでいくかもって思ったんだけどな」

ヒロの言葉にミナは困ったように眉を下げる。

工事には施主たちが考えているよりもずっと金がかかるものなのだ。『ちょっとした』と思っている改装工事でも百万単位の額が動くことはざらにあり、提示された見積もりの数字を見て、「ほんとうにこんなにかかるの？」とぼったくられるんじゃないかと、敵意に近い疑念のまなざしを向けてくる人も少なからずいる。

現金をぽん、と出せる者は稀《まれ》だ。銀行や金融公庫などで融資の相談をし、熟考した後に依頼してくる。一軒の改装でも乗り越えなければならないハードルは多々あるのだ、四軒を同時にするのならば、みんなとの相談もなしに話が進むはずはない。

だが、ヒロの焦る気持ちもわかる。先ほどから後ろの道を通る車はほとんどないが、対岸の車の流れは途絶えることがない。この一画はすでに取り残されているのかもしれない。

「お力になれなくて、ごめんなさい。でも、きっとなにかいい手はあるはずです。参考になるものがあればお送りしますので。えっと、……頑張ってください」

頑張ってとしか言えない自分がもどかしい。だが、ほかに言葉がみつからなかった。

川面《かわも》を見つめる二人にそっと頭をさげ、さくらはその場を辞した。

帰り道、思い立ったさくらはハンドルを切って橋を渡った。競合相手の顔を見たくなったのだ。田畑に囲まれた田舎道をしばらく行くと渋滞になった。五分ほど進んでは停まるを繰り返していると、アウトレットモールの入り口にさしかかる。その先に渋滞はない。並んでいた車はみな、ここを目指していたのだ。

一歩足を踏み入れると、そこにはわくわくするような空間が広がっていた。アウトレットモールは外壁にレンガタイルを用いてヨーロッパの街並みを再現していて、別世界にいるような気になる。ディスプレイには『10％オフ』と赤い値札のついた時計やアクセサリーにストールなどが並んでいて、買い物袋を下げたほくほく顔の人たちが店から出てくるが、さくらにとっては十分に高価な品ばかりなので気後れしてしまう。

フードエリアにはハンバーガーやフライドチキンなどのファストフードはもちろんのこと、高品質低価格が売りのイタリアンや和食のファミリーレストラン、有名シェフの名を冠したフレンチやワラジのような大きさの餃子《ギョウザ》が売りの中華料理店、スペイン風のバル、ステーキハウスなどなど、さまざまな形態の飲食店が営業しており、夕食にはまだ間がある時間帯にもかかわらず、どの店も客の入りは上々だった。

渋滞してもほんの十数分のところにこのような店が多数展開しているのだ、ヒロたちが苦戦を強いられるはずだ。生半可な対策ではここには勝てない。どうにかなる、などという気休めの言葉も呑みこんでしまうほどに、アウトレットモールの集客力は驚異的だ。

他人事《ひとごと》には思えず呆然《ぼうぜん》と立っていると、ふと視線を感じた。通りの反対側で一人の女性がこちらを見ていた。

小倉かえで――。

父、大樹を陥れた柳本の部下で、菰田が会社を飛び出すきっかけを作った女だった。

ふと気がつくとモニターの画面をぼんやりと眺めているだけだった。夕方に帰社したさくらは、溜《た》まっている仕事に取りかかった。役所に提出する申請書は書式が決まっているぶん、機械的に欄を埋めていけばいいが、設計のようなゼロから造り上げていく仕事だと、気がかりなことがあるとついそちらのほうに意識がそれてしまう。考えることが多すぎる。小谷野村のこと、そして菰田のこと——。

「ぼけっとしてんなら、とっとと帰っちまえ」

野太い声に我に返った。いつの間にそばにいたのか、帰り支度を整えた木之本が隣に立っていた。

「なにがあった？」

さくらの顔色を読んだのだろう、太い眉が怪訝そうにゆがむ。だるまのような厳《いか》つい顔なので無骨にみえるが、社長という立場ゆえか人の機微に通じている。隠し事はできそうにない。右手に持つマウスから手を離したさくらは、両手を膝《ひざ》に置いてぎゅうと握る。

「あの……。さっきMJ設計の小倉さんに会ったんです」

「小倉って、菰田の件に絡んでる？」

「はい……」

さくらはアウトレットモールで小倉かえでに詰め寄った時のことを話した。彼女は菰田が会社を辞めたことを知らなかった。菰田はコンペの競合相手に自社の情報を流したことを胃の調子を悪くするほどに悔やんでいた。几帳面《きちょうめん》で真面目で粘着質な菰田のことだ、今も眠れぬ日々を送っているに違いない。それなのにかえでは用が済んだら菰田のことを顧みることなく今日まで過ごしてきたのだ。それが無性に腹立たしかった。

でも――。さくらは別れ際のかえでの沈んだ顔を思い出していた。

『わたしだって、やりたくて――』

途中で呑み込んだ言葉の続きを想像する。彼女も誰かに無理強いされていたのかもしれない。その誰かとは――。柳本しか考えられなかった。

「菰田さん、帰ってくるでしょうか？」

彼が会社を飛び出して以来、さくらの隣は空席のままだ。

「知らねえよ」

木之本は素っ気なく言う。だが、その言葉にさくらは励まされる。菰田が戻りたいと言えば、木之本は受け入れるつもりだということなのだから。

「で、なにやってんだお前は」

モニターの画面を見て、太い眉が再び動く。そこには四軒並んだログハウス風の建物のイメージ図が映し出されていた。

「それはもう終わったんだろ？　金にならないことで時間使ってどうするんだ」

「そうなんですけど……」

いたずらが見つかった子供のようにそっと肩をすくめるさくらだが、ファイルを閉じようとはしなかった。大きなため息をついた木之本は「たいがいにしておけよ」と肩をぐるりと回して階段を下りていった。

再びモニターに向かう。真っ赤な目をこすり、「ウチらのことは大丈夫だから。ありがとね」と唇を無理に持ち上げたヒロの笑顔がなんども脳裏をよぎるのだった。

アウトレットモールの賑《にぎ》わいを目にした今、周りの同意も得ずに突っ走ってしまったヒロの焦りはよくわかる。彼らの店はいつ潰れてもおかしくない状況にあるのだ。

でも、とさくらはマウスから手を離す。みんなはどう考えているのだろう。

もう少し待てば事態は変わるはず。

きっと誰かがなんとかしてくれる。

まさか自分がとんでもない不幸に陥るはずがない。

そんな根拠のない楽観にとらわれているのだろうか。さくら自身もまさか父親の大樹が死ぬなど考えもしなかったし、その死によって日々の暮らしががらりと変わってしまうなどと想像もしなかった。小谷野村の面々も、身を屈《かが》めていれば嵐は過ぎ去り、じきに明るい未来がやってくるのだと夢想しているのだろうか。

どうだろう？

首を傾げてしまうのだ。今まで居酒屋から書店、美容室に不動産屋などの店舗設計を手がけてきて、多くの経営者たちと話をしてきた。誰もが自分たちの仕事にプライドを持ち、店には人一倍の思い入れを寄せていた。小谷野村の人たちにしても例外ではないはずだ。だとしたらなぜ、彼らは崖《がけ》っぷちの状況にもかかわらず行動を起こそうとしないのだろうか。

予算、とか。

さくらはイスと一緒にぐるりと回る。島田が改装案に難色を示したのは、ヒロが段取りを整えるのを怠ったからでも、他人事だと思っているのでもないのだとすれば。アウトレットモールが開店してから半年が経つ。個人商店ならなおさら、赤字がほんの一月、二月続いただけで経営は途端に苦しくなるはずだ。行動したくてもそれにかける予算がないのだとすれば。

立ち上がったさくらは資料室に向かう。集客は改装が唯一のやり方ではない。別の方法があれば提案したい。たとえそれが木之本工務店の仕事にならなくても。

一時間後、かき集めた資料に目を通し始めると、ページを繰る手が止まらなくなる。いろんな集客方法があるのだと感心しきりのさくらは新たな資料のページを開く。積み重なった山はあっという間に切り崩されていった。


翌朝いちばんに、さくらは吉華《きっか》飯店という中華料理店を訪れた。開店するのは十一時半だが、二時間前の今、厨房《ちゅうぼう》では多くの料理人が忙しそうに動き回っている。客席に通されたさくらはうつむいてそっとあくびをかみ殺す。小谷野村のことを考えているうちに新聞配達のバイクが走りまわる時刻になっていたのだ。

「どした、さくら。朝から疲れてるね。そんなんでちゃんと仕事できるか？」

飛んできたハイテンションの声にさくらの背筋が伸びた。細い眉に細い目、白いコックコートから伸びる手にはいくつもの火傷《やけど》の跡がついている。依頼人の宗《そう》だ。

宗が勤めている吉華飯店は、その土地一番の店と名高い老舗《しにせ》の中華料理店だ。だが、駅の再開発の話が持ち上がり、移転しなければならなくなると、二代目店主は高齢を理由に引退することにした。そこで宗は都内の一等地に自分の城を造ると決意した。嬉《うれ》しいことに、店主は餞《はなむけ》に吉華飯店で使っている備品はなんでも持っていっていいと言ってくれたのだ。

開業資金は安く済むにこしたことはない。厨房の機材はここにあるものを使おうと決めた宗だが、ある問題が持ち上がる。吉華飯店の客席数は三百、厨房の面積が百平米の大店《おおだな》であるのに対し、宗が契約をした都内の店は客席数がおよそ五十、厨房に充てる面積は約三十平米とだいぶ規模が小さくなるのだ。

本場中国で入賞したこともある宗の腕は確かで、一流の職人がそうであるように、彼もこだわりが強く完璧《かんぺき》を求める。選別を重ねたとはいえ、ここで使っている厨房器具を半分にも満たない面積の場所に、しかも宗のお眼鏡に適《かな》うように設置するのは至難の業で、厨房だけで五回の打ち合わせを重ねた。この間、ようやく厨房の設計が承諾されたのだが、すぐに次なる壁が立ちはだかる。エントランスだ。

「なーにこの物置。それにこれじゃごちゃごちゃしててダメよ」

宗は図面の用紙を叩く。入り口の正面にはレジカウンターがある。その左手は客席に続く通路で、手前にはベンチと細長い収納ボックスが設置される。『物置』というのはこのエントランスに設置予定のクロークのことだ。クロークとは客のコートや荷物を預かるスペースのことで、宗はどうしてもこの場所が必要だと言うのだ。吉華飯店ではレジとは別にクロークのカウンターを設けている。

　厨房のスペースをとり、プライバシーを確保しつつ採算ラインに十分届く客席数を設けたうえでエントランスホールに割ける面積はおよそ十平米。レジカウンターに収める機材はキャッシャー以外POSシステムの端末に電話にパソコン、有線放送の機材などなど、多岐に亘る。百二十ミリメートルの幅は最低限欲しいし、ウェイティングスペースも必要だ。そこでエントランスホールの隅にクロークとして収納を重視した独立したボックスを設置することを提案したのだ。

「あの、客席にハンガーラックを置けば、クロークのスペースはいらなくなって、エントランスもすっきりするんじゃないですか？」

「なにいってるの。いいお店は玄関のところでコートや荷物を預かるものなの。荷物を抱えてたら、お客さんは料理を楽しめない。そういうものなの。食事も接客も雰囲気も全部、楽しんでもらえるお店にしたい。そっちのほうがお客さんは喜ぶよ」

「そうですか……」

　さくらは図面に視線を落としたまま考える。宗にしても我を通しているばかりではない。作業台の縁に包丁を寝かせるように収納していたのを、突き出た柄が動線の妨げになるからと、新たに設置する吊り棚の縁に移動しないかという提案はすぐに受け入れるなど、いいものは取り入れる度量は持っている。

だから、とさくらは頰を掻《か》いた。難航しているのは自分の提案が宗の望むものに達していないだけなのだ。

「わかりました。もう少しだけお時間をください」

「しっかりお願いね。明日《あした》、簡単なのでいいからこんな感じというのを出してね」

「明日ですか？」

「当然よ〜。大事なお金を任せるんだから、ちゃんと話し合わないとダメね」

わかりましたと了承し、さくらは吉華飯店を出た。だが、約束したのはいいが、まったくいい案が浮かんでこない。どうしよう、とため息をついたその時、ジャケットのポケットに入れていたスマートホンが振動した。画面を見たさくらの顔が強《こわ》ばる。そこには『お母さん』の文字が表示されていた。夏に柳本が大樹にした仕打ちを知り、敵を取ろうとするまで追い詰められた。それ以来、体調を崩した美晴が通院の他に家を出ることはなく、今日は心療内科の予約は入れていない。その美晴から家の電話ではなく、スマートホンで連絡が来るということは、よほどの理由があって外に出たということになる。

「もしもし、お母さん。どうしたの？」

『さくら、あのね……。桐也が怪我をして市立病院にいるの。今、検査の順番を待っていて』

「えっ――」

絶句したさくらはスマートホンを固く握りしめた。

午後の診察が始まったばかりの病院の待合室には、すでに大勢の患者と付き添いの家族たちがつめかけていた。

「さくら」

廊下のベンチに座っていた美晴が立ち上がる。

「桐也は？」

「いま、レントゲンを撮ってもらってるところ。足の骨を折っちゃったみたいなの」

心配そうに眉を下げた美晴が廊下の奥を見る。奥の扉にはレントゲン室と書かれた赤い文字があった。美晴の隣に座る。院内に漂う消毒液のにおいが、父が亡くなった日のことを思い出させて落ち着かない。さくらはそっと自分の腕を抱いた。

やがてレントゲン室の扉が開いた。さくらの姿を認めた車イスの桐也はぎょっと身をすくめるが、看護師が押す車イスは容赦なくその距離を縮めてくる。まくり上げられた制服のズボンの先から腫《は》れ上がった足首が見えるが、頭など他のところに怪我はなさそうだ。

「先生から呼ばれるまで、こちらでお待ちください」

柔らかな笑みを浮かべて女性の看護師が言う。ありがとうございますと下げた頭を戻すと忙しいのだろう、彼女はもういない。

「さて」とさくらは桐也に顔を向ける。怯えたように体を震わせた桐也は「ごめん」としおらしく二人に頭を下げた。

「ちょっとハメを外しちゃって……」

桐也は背中を丸めると、事のいきさつを話し始めた。

試験が昼前にようやく終わった。打ち上げをしようと仲のいい同級生たち三人がカラオケボックスに集まった。時間が経つにつれて白熱していき、激しい曲のオンパレードとなり、マイクを握った一同は首を振り、絶唱し、ソファーの上で飛び跳ねる。

やめたほうがいいよという友人の声を振り切って、先にカラオケ機材が設置された四角いラックにとりつき、よじ登ったのは誰だったか。自分かもしれないし、もう一人の友人だったのかもしれない。

暴れる高校生二人の体重に耐えきれず、傾いたラックは桐也を道連れにどんと倒れた。慌てて駆け込んできたカラオケボックスの店長は、下敷きになった桐也の足首を見て、とりあえず病院に行きなさいとタクシーを呼んでくれた。

「それで、どうなったの？　機械とか、……弁償とか」

「……いま、話をしているところだと思う」

はっとさくらと美晴は顔を見合わせた。

「たいへん――」

立ち上がったさくらはカラオケボックスの場所を聞き出すと、「あたし、行ってくるから」と駆けだした。


家に戻る頃には日はすっかり傾き、リビングに長い影が伸びていた。

ドアを開けると、ひとりソファーに座っていた桐也が弾《はじ》かれたように身を起こした。床に投げ出した左足にはギプスと白い包帯が巻いてある。痛々しい外見のわりに動作は機敏で、思いの外に元気そうだった。

「お母さんは？」

「めまいがするって、寝ちゃった」

「当然だよ。まったくなにやっちゃってんの」

「だからごめんって」

ふくれっ面をぺこりと下げた桐也は「……どうだった？」とおずおずと切り出した。

一瞬口ごもったさくらだが、なんとか明るい声を絞り出した。

「うん、まあ、それなりに。なんとかなるよ」

「それなりって、いくらだった？」

「まあそこそこ」

言葉を濁すと「喉《のど》かわいた」とキッチンに向かう。背中に桐也の視線が張りついている。冷蔵庫のドアを開け、ドアポケットからピッチャーを取り出すと、ため息と一緒にお茶をグラスに注ぐ。

機材一式の弁償金額と新たな機材が届くまで部屋が使えないので、機会損失を計算した金額。一緒にラックにとりついた友人の家と折半することにしてひとり頭、百万円とちょっと。

どうしよう……。

帰路につくまでの間、ずっとそのことを考えていた。ただでさえ家計はぎりぎりだ。十年ちかくかけて返済してきた大樹の負債はあとどれくらい残っていることか。ボーナスの前借りをと考えたが、およそ四回分ほどの金額を前借りできるものなのだろうか。次に考えたのは銀行だが、果たして自分に新たなローンを組めるほどの信用はあるのかと心配になってくる。

ごんごんと床を叩く聞き慣れない音がする。グラスに口をつけたまま振り向くと、キッチンの入り口に桐也が立っていた。両脇に松葉杖《まつばづえ》を挟んでいる。

「ちゃんと責任とるから――、バイトを増やしたりして」

「大丈夫だって。桐也は勉強もしないといけないんだから、心配しなくていいよ」

「でもさ――」

「大丈夫だって言ってんじゃん！」

気がつくと声を張りあげていた。たじろいだように桐也の体が揺れる。「責任とるなんて簡単に言わないで。百万円はバイトをちょっと増やしたぐらいで返せる額じゃないの。余計なこと考えてないで、普通に学校行って勉強しててくれないかな？　そっちのほうがよほど安心――」

はっとしてさくらは口を閉じた。どうかしていた。いま、一番悔しい思いをしているのは桐也のはずなのに、感情に任せて傷口に塩を塗り込むようなことをしてしまった。

「あの、あたし……」

「ごめん」

桐也はぽつりと言い、慣れない松葉杖を動かして踵《きびす》を返す。杖の先が滑って体が傾ぐ。

「危ない」ととっさに伸ばしたさくらの手を肘《ひじ》で払い、桐也はリビングを出て行った。

キッチンに漂う重たい空虚な静けさに呑み込まれる。ぜんぜん減っていないお茶をシンクに流した。ステンレスの底に広がったお茶はゆっくりと排水溝の暗がりに落ちていく。この夏からずっと歯車が狂っている。どうしたらうまく動くようになるのか。なにをすればいいのか、さくらにはまったくわからなくなっていた。


デスクの電話が鳴った。

呼び出し音の種類からすると内線だ。受付からで、さくらにお客様が来たとのことだった。スマートホンで予約を確認するが、昼過ぎに来客の予定は入れていなかった。

階段を下りてすぐに誰が来たかわかった。打ち合わせブースのイスが小さく見えるほどの巨漢が腕を組んでテーブルを睨《にら》みつけていた。

「島田さん、どうなさったんですか？」

だるまのような険しい目がさくらに向いた。

「どうもこうもあるか」

腕をほどき、持っていた封筒をテーブルに叩きつけた。一昨日《おととい》、ヒロに送ったものだ。封筒の口が開いてA4用紙の束が飛び出してきた。看板デザインを得意とする製作会社や塗装業者のパンフレットや工事を必要としない改装例をプリントしたものだ。

「余計なことはしなくていい。この間、そう言ったはずだ。俺たちを金儲《かねもう》けの道具にしないでくれ」

「すみません」

別の会社の連絡先なので木之本工務店には一円も入ってこないが、そう受け取られても仕方がない。さくらは素直に頭を下げる。

「あんたが煽《あお》るようなことをするから、ヒロはいつまでたってもぐちぐち言ってるんだ。鬱陶《うっとう》しいったらありゃしない」

島田の言葉は、彼がなにかをしようとする気がないことを意味している。ヒロは自分の店を、みんなの店をなんとかしようと力を尽くそうとしている。その熱意を島田は鬱陶しいと言う。気がつくとさくらは口を開いていた。

「お言葉ですが、ヒロさんが焦るのも当然じゃないですか。このままだと島田さんのお店は潰れちゃうんじゃないんですか？」

「なにを……」

顔色を変えた島田が立ち上がる。のしかかるような圧力に怯《ひる》みそうになるが、拳《こぶし》を強く握り、さくらはだるまのような二つの瞳《ひとみ》をまっすぐに見据える。

「ショッピングモールができて、近所の商店街が閉店する例なんて全国にいっぱいあります。すでに閑古鳥が鳴いてるんです、なにか手を打たないとヒロさんのいうように取り返しのつかないことになるんじゃないですか？　それともなにか対策でもあるんですか？」

「言われなくてもやってるよ。信金とか、金融公庫とか、そういうところに行って、下げたくもない頭を下げて、金策に走り回ってんだ。気楽な会社勤めのあんたとは違うんだよ」

「そんなの……」

反論しかけたさくらの両肩にとてつもない重力がかかる。鎖骨を圧迫する太い指が痛い。

「どうもうちの社員がとんだ失礼なことを」

顔を上げるとだるま顔がもう一つあった。穏やかな笑みを浮かべているが、声に必死に抑えた怒りの色がある。「こっちとしても金にならないことに仕事の時間を使われて困ってたんですよ。金輪際そちらに関わるなときつく言っておきます。たいへん申し訳ありませんでした」

そう言うと木之本は抵抗するさくらの頭をぐっと押さえつけた。

ガソリン代と高速代を使ってわざわざ小谷野村に出向いたのに、改装工事の話など最初からなかったという顚末《てんまつ》に、木之本はずっと腹を立てていたのだ。当て擦《こす》りに鼻白んだ島田は「それじゃあ」と矛を収めて立ち上がる。

「余計なことをするからだ」

肩を怒らせて遠ざかる島田の背中を木之本は冷ややかに見つめていた。でも、と口を開きかけたさくらにも冷たい視線を飛ばして黙らせようとするが、どうしても納得がいかない。

「どうして島田さんはなにもしようとしないんでしょうか?」

「銀行めぐりをしてんじゃねえか。それだって大事な対策だ」

「でも、それって倒産の先延ばしにしかならないんじゃないですか?」

「人にはそれぞれ事情があるんだ」

「でも……」

「さくら」

分厚い手で肩を叩かれた。「客に入れ込んで仕事をするのはお前のいいところだが、時にはそれはただのお節介にしかならねえ。かかわるなってんなら、もう放っておけ」

「……………」

口をつぐんださくらはじっとテーブルの資料に視線を落とす。ぐっと握りしめた拳に目を留めた木之本は深いため息をつき、もう一度さくらの肩を叩くと階段を上っていった。

いくら考えてもよくわからない。このままだと待っているのは最悪な結末だ。それなのに、なぜなにもしようとしないのか。背もたれに寄りかかる。金具が悲鳴をあげた。

ただのお節介にしかならねえ——。

木之本はそう言った。もやもやを振り払うように両手を突き上げて背伸びをする。現場監理に書類の作成、宗の店のプランも考えないといけないし、桐也の件で銀行の担当者と面会の約束をとりつけている。やらなければならないことは山積みだ。よし、と気合いを入れて立ち上がり、さくらは階段を上る。

内線の電話が鳴ったのは、夕方、現場から帰ってきてすぐの頃だった。今日は予約のない人がよく来る日だなと下りていくと、二階に到着するなり、「楠さん、ごめん」という悲痛な声が飛んできた。

「どうしたんですか？」

待っていたのはヒロだった。慌てて駆け寄る。ヒロの左の頬がかすかに赤く腫れていた。さくらの視線に気づくと、「ちょっと親父とやりあっちゃった」と頭を掻いて照れたように笑う。

「大丈夫ですか？」

「ぜんぜん。いつものことだし。でも、本当にごめん。バカ親父が楠さんに送ってもらった封筒を見つけちゃって」

「こちらこそすみませんでした。かえってご迷惑をおかけしちゃったみたいで」

「いやいや、無駄足踏ませるようなまねしたのに資料まで作ってくれて。ウチ、すごく嬉しかったんだ。いろんなやりかたがまだあるんだなって。それなのにさ……」

顔を曇らせたヒロは、思い出したかのように頬を触る。ふと足下を見ると、膨らんだ黒のボストンバッグがあった。

「あの、それって……」

ヒロは苦笑する。

「頭にきて、こんなとこいられるかって、家出してきたんだ。まあ、それはこっちの話で。とにかくさ、顔見て謝りたかったんだ」

じゃあね、とボストンバッグを持ち上げたヒロは左手を振る。

「これからどうするんですか？」

「さあ。まあ、しばらくは漫画喫茶にでも行こうかな。あそこならドリンク無料だし、シャワーもあるし」

デニムの後ろポケットからスマートホンを取り出したヒロはちらりと画面を見る。

「ここらへんでどこか、居酒屋でもなんでもいいんだけど、おすすめの店ないかな。できれば安い店。漫喫のナイトパックが始まるまで、どっかで時間を潰そうと思って」

「あの、よかったらうちに来ますか？　たいしたおもてなしはできないんですけど……、そういうところで女子が寝泊まりするのは危ないんじゃないかなって」

おずおずと切り出すと、ヒロの顔に満面の笑みが浮かぶ。

「マジで？　よかったぁ。最近は商売も上がったりでさ、親父からはしょぼいバイト代しかもらえてないから、実のところどうしようかって思ってたんだ」

仕事が終わるまで駅前のカフェにいてもらうことにして、さくらは急いで仕事に戻った。パソコンの画面からふと顔をあげると木之本と目があった。どうしようもねえな、とばかりに首を振る木之本に、へへへと頭を掻いてみせると、猛烈な勢いでキーボードを叩いて事務仕事を片づけていった。


白の耐熱皿にプチトマトの鮮やかな赤が映える。その下にあるのは塩鯖《しおさば》で、こんがりとした焼き色がついている。表面にふってあるのは黒こしょうとオレガノという香辛料だ。トマトとレモンの酸味が利いたこの料理は楠家にはない味だ。とにかくおいしい。

この間の一件で気落ちしている桐也も「うまいっすよ、これ」と相好を崩してものすごい勢いで皿を空にしていく。作っている時のオーブンから広がる香ばしい鯖のにおいにつられて美晴が部屋から出てくるほど、ヒロの料理はみんなの胃袋を鷲摑《わしづか》みにした。

ヒロが家に来て五日になる。初日の夜に作ってくれた挽《ひ》き肉を使ったパスタは、おなじみのスパゲティーミートソースではなくボロネーゼという名の本格派のイタリアンだったし、翌朝も楠家では初登場のチーズリゾットを用意してくれた。

「ウチ、高校を出てからずっと、イタリアンとかそういうお店で働いてたんだ。しがないバイトだけど」

謙遜《けんそん》するヒロだが、さほど外食の経験のないさくらでも、彼女の作る料理は玄人はだしだということはわかる。

おいしい、おいしいんだ。

幸せそうに鯖を口に運ぶ美晴の横顔を見ながら、さくらはそっとため息をつく。お礼にウチがご飯を作るからと、腕によりをかけて作ってくれるのは本当にありがたい。でも……。

高くつくのだ。オレガノやバルサミコ酢などの調味料は、今回初めてキッチンの棚に入った。いつも仕事帰りにスーパーに行くのは、買い物する時間がそこしかないという理由もあるが、遅い時間に行けば牛、豚、鶏肉《とりにく》に割引シールが貼ってあるのでお得なのだ。仕事のないヒロは楠家の買い物用の財布を手に、日中に買い物を済ませてくる。

ちょっとうちって余裕がなくって――。

そう言えばいいのだ。だが、誘ったのはこちらのほうだし、話をすれば遠慮して結局、漫画喫茶のようなところに行ってしまうのだろう。それが心配なのだ。

翌朝のメニューはなんとハンバーガーだった。

「昨日、パテを仕込んでおいたんだ」

ふかふかなバンズ、新鮮なトマトにしゃきしゃきなレタス。歯を入れると途端にパテから豊かな味わいが口の中に広がっていく。そして熱々のクラムチャウダーも寝ぼけている体を優しく起こしてくれた。

「ハンバーガー屋で働いていた時の看板メニュー。おいしいでしょ？」

自慢げに胸を張るヒロの言葉の通り、たいへんおいしい。桐也も美晴も満足そうに食後のコーヒーを楽しんでいるのだし、この生活がずっと続くことはないのだからと、もやもやを振り払って仕事にでかけた。

だが、今日も宗との打ち合わせは不発に終わった。どうしてもクロークの仕様に許可が出ないのだ。パソコンの前でうなっていると、退社の時刻になっていた。

「いけない」

さくらは立ち上がり、「お先に失礼します」と挨拶《あいさつ》をして会社を出た。ヒロもいるのでなるべく早い時間に帰るようにしているのだ。電車に飛び乗り、車窓を流れていく見慣れた街並みを眺めているうちに、だんだんと忘れていたもやもやが大きくなっていくのがわかる。

今夜、ヒロはなにを作っているのだろう。いったいいくら夕食代につぎ込んでいるのだろう。買い物代にと渡している財布は日々薄くなっていく。嫌なのはそんなことを気にするけちけちした自分だ。

「ただいま」

秋が深まり、寒さに息が白くなる夜が増えてきた。玄関にはいると家の暖かさにほっとする。

「カツオ……？」

出汁《だし》の香りが玄関にまで溢《あふ》れている。リビングのドアを開けると、出汁の香りと暑いまでの部屋の空気に包まれた。

「さくら、おかえり。先に食べてるよ」

ダイニングテーブルの真ん中に大ぶりの土鍋《どなべ》が鎮座しており、出汁の香りはそこから広がっているのだ。

「今日はおでん。おでん屋でバイトしてた時、板前さんに出汁の取り方とか教わったんだ」

鍋を見ると大根やこんにゃく、じゃがいもに巾着《きんちゃく》などの具が透き通った小麦色のつゆに浸かっている。つゆを吸ってわずかに膨らんだかた結びの昆布はさくらの大好物だった。口の中に唾《つば》がわいてくる。着替えを済ませて自分のお茶を注ぎにキッチンに入ったさくらはぐっと息を呑み込んだ。

シンクの脇にははんぺんや巾着などが入っていたプラスチックのトレーが山と積み上げられている。調味料を置いてある場所にはカツオの削り節の袋が口を閉じてしまわれている。新しく買った袋の中身は、すでに半分以上なくなっていた。

いくらかかったんだろう……。いつもは顆粒《かりゅう》のものを使っていて、カツオ節で出汁をとるなんて考えたこともないさくらだが、スーパーの棚で見かけた値札に書かれた数字は安くはなかったはずだ。練り物にしてもすじ肉にしても、ひとつひとつの値段は高くなくても、鍋一杯に買うとなると——。

もやもやが胸の奥で渦を巻くが、目を細めてちくわを頬張る美晴や、ほふほふと口の中のじゃがいもを冷ましている桐也の緩んだ顔を見ていると、喉の奥でわだかまっている言葉も呑み込むしかない。イスに座ったさくらは、ヒロがよそってくれたジャガイモを黙々と出汁に崩していった。

おでんの香りが残るリビングで、ノートパソコンを開いて宗の店の設計を考えているとドアが開いた。ヒロだった。

「なに、こんな時間まで仕事？　すごいね」

あくびをかみ殺し、落ちそうな瞼《まぶた》を親指の腹でこすっている。時計を見るとすでに午前一時を過ぎていた。ヒロはさくらの部屋に敷いた布団で寝起きをしている。日中もそこでスマートホンのゲームや無料ダウンロードの漫画に没頭しているらしく、敷き布団にはくっきりとヒロの大きさのくぼみができている。自室で仕事をしていてはヒロも落ち着かないだろうと、リビングのソファーに陣取っていたのだ。

「すごいどころかぜんぜんで。なんでこう……」

吐き出しかけたため息を呑み込んで、さくらはヒロを見た。ここに料理人がいる。プロ目線のアドバイスを聞くことができればと宗の店の問題を話してみた。だが、ヒロは関心がなさそうにふうん、とあくび混じりに言う。「そんなこと考えたこともない。ジャケットだのコートだのをどこに置こうかなんてお客さんは気にしない。その人が偏屈なだけだよ」

そういうものかもしれない。自分が客として外食をする時に、コートや鞄の置き場で不快に感じることはない。でも、宗はこだわりたいのだ。自分が理想とする店を造り上げることが、お客様に満足してもらえる料理と時間を提供できることにつながると信じているのだ。だから厨房器具の配置を細かく調整し、客席の動線を考え、エントランスでの歓迎のしかたにこだわるのだ。そしてさくらは宗の気持ちに応《こた》えたいのだ。大切な工事費をさくらに託してくれる信頼を裏切るようなことはしたくない。

店のことを、客のことを一番に大切にしている宗のことを考えていたら、ずっと胸に抱えていた疑問を口にしていた。

「あの、ヒロさん。こんなにお店を留守にしていて、心配になりませんか？」

「え、やっぱりわたし、邪魔？」

表情を曇らせたヒロの肩が落ちる。いやいや、と慌ててさくらは首を振る。

「ヒロさんにとって、あそこは大切な場所だからと思って」

店の行く末を心配し、一向に腰を上げない大人たちに業を煮やし、一人もがいて突っ走ってしまうほどに、ヒロは自分たちの店に入れ込んでいるのだ。気にならないはずがない。

そりゃね、と答えたヒロは、さくらから視線を外すとふらふらと体を揺らした。

「でも、うちの店も大事だけど、一番心配なのはミナの店なんだ」

「ミナさんの？」

「うん。あの子、ずっと東京の南青山《みなみあおやま》にあるラ・メールって美容室にいたんだ。同期のなかで一番早くトップスタイリストになって」

「え、あのラ・メールですか？」

身だしなみにはそこそこ程度にしか気を遣わないさくらでも、数多くの芸能人の御用《ごよう》達《たし》となっているラ・メールのことは知っていた。アシスタント、ジュニアスタイリスト、スタイリストという道を経て、トップスタイリストにたどり着くのだが、その道のりは険しく、トップスタイリストの座を射止めることなく大半のスタッフは辞めてしまうのだとテレビの特集でやっていた。

「当然やっかむ奴もいて嫌がらせされるようになったんだ。ミナはほら、気の弱いところがあってさ、ちょっと心を病んじゃったんだよね。他で働こうとしてみたんだけど、他人が怖くなっちゃってダメで。それで田舎に戻ってきたんだ」

「……そうなんですか」

自信なさそうにうつむいて笑うミナの姿を思い出す。話をしていても一歩引いているように見えたのは、そういう過去があったからなのだ。やっとの思いで勝ち取った立場を捨てようと決意するほどに、嫌がらせは執拗《しつよう》なものだったのだろう。顔も知らない卑《ひ》怯《きょう》な人間に、さくらは持って行きどころのない憤りを感じた。

「せっかくいい腕を持ってるんだし、ずっとトップスタイリストになりたくて頑張ってきたんだ、応援してあげたいじゃん？　でも、おばさんが死んじゃってからずっと閉めていた店にお客さんは戻ってこないし。だからウチはミナに輝ける場所を作ってあげたいんだ。それにさ、ウチらの店の裏に雑木林があるじゃん？　あそこ、おばさんが買ってたんだよね。もっと発展するかと思ったらしいよ。でも、このザマでさ。そこのローンもあるし、けっこう大変なんだよね、あの子。だからなおさらなんとかしてあげないと」

「そうだったんですか……」

大切な親友のためにも、衰退しつつあるあの場所をなんとかしたいのだという。

「ガラになく語っちゃったよ」

へへへと笑って頬を指で掻いたヒロは、「あんまり頑張りすぎないで、ちゃんと寝なよ」と手を振ってリビングを出て行った。一人残ったさくらは再びノートパソコンに向かうが、視線は画面の上っ面を撫《な》でるばかりだった。

翌朝、寝不足で重い体を引きずりながら、さくらは開店前の吉華飯店に赴いた。

「なにこのお粗末な壁は？　こんなので出迎えたらお客さんはびっくりするね」

宗がお粗末と揶揄《やゆ》したのは、レジカウンターとクロークを一体化させたスペースだ。コートや上着などを頭上に設置した可動式のハンガーラックにかけることにする。使う時はラックに連結したバーを引けばハンガーラックが下りてくる仕組みになっている。

幸い天井高のある物件なので、よほど長さのあるロングコートでなければ余裕で収納できる。レジとクロークを一つにすることでカウンターが広くなるうえ、エントランスの空間に余裕ができたと安堵《あんど》したのだがあっさり却下だ。

「こんなに真っ黒。お葬式なの？」

「すみません……」

肩をすぼめてさくらは頭を下げた。その時、体の奥から盛大にぐぅという音が鳴る。明け方、ソファーに座ったまま̄うとうと寝入っていた。いつの間にか出勤する時刻が迫っていたし、ヒロがカフェでバイトをしていた時に作っていたというパンケーキの甘いにおいがどうも重く感じられて、食べずにそのまま出てきたのだった。

「なに、ご飯まだか？」

「あの、えっと。はい……」

恥ずかしさにうつむいていると、「ちょっと待ってるね」と宗が立ち上がり、厨房に消えた。ほどなくして店の奥からお米を炊いているようなほのかな香りが漂ってきた。

「どうぞ」

お盆を手に戻ってきた宗は無愛想にさくらの前にお椀《わん》とレンゲを置いた。お粥《かゆ》だった。白濁したスープに艶《つや》やかな米の粒が見え隠れしている。

いや、あの……、と遠慮するさくらに「どうぞ」とお椀を寄せる。おずおずとレンゲに手を伸ばし、お粥をすくうと口に入れる。

さくらはほぅ、と息をついた。米の滋味をほのかな鶏ガラスープがそっと支えているような、優しい味だった。

「おいしい……」

思わずつぶやくさくらに宗は「当たり前ね」とつまらなそうに言うが、口の端がわずかに持ち上がっていた。

「私はプロね。この味出すのに何年修業したと思う。このお粥をいくつ作ったと思う」

「……すみません」

とっさに頭を下げるさくらに、「楠さくらもプロ」と宗は言葉を継いだ。レンゲを動かす手を止めて宗を見る。宗の視線はまっすぐにこちらに向いていた。

「さくらの前に二つの会社行ったね。私うるさい。そのうちみんな断ってきた。でもさくら、ちゃんと返してくる。だから信用してる。待ってるからもっと頑張って！」

無遠慮に宗がさくらの肩を叩くが、その痛みに勇気づけられる。

「おいしかったか？」

宗は空のお椀を指さす。

「はい！　ごちそうさまです」

自然と笑みが浮かぶ。「よかった」と肩をすくめると宗はずいっと右手をつきだした。

「じゃあ、五百円。私はプロね。満足だったらお金もらうの当然よ」

おごりじゃないのか、ときょとんとしたのは一瞬で、鞄から財布を取り出して宗の手のひらにいちばん大きな硬貨を置いた。もったいないとは少しも思わなかった。

店を出たさくらの足取りは打って変わって軽い。次の打ち合わせ場所へと急いでいると、雑踏のなかに知った顔を三つ見つけた。

「……なんでこんなとこに？」

アーケードの道の反対側を島田と林、そして飯森がこちらに向かってきていた。ヒロを迎えにきたのかと思ったのだが、様子が違う。三人は確かな足取りでさくらの横を通り過ぎた。振り返ると、三人は長い行列に加わっていた。そこはテレビでなんども紹介されたことのある中華料理店で、ごろりと大きな豚の角煮が入った中華まんが有名だった。観光なのだろう、広げたガイドブックに顔を寄せ合っている。

「あれ、また？」

別の店でも再び三人の姿を見かけた。彼らが並んでいるのは創業八十年の老舗の焼鳥屋で、昼から営業しており、早い時間から顔を赤らめた酔客で客席がいっぱいになる。

『ヤバいってボヤいてやけ酒飲むだけで、なにかしようとする気なんてないんだ』

ヒロの言葉を思い出していた。木之本が言っていたように、みなそれぞれに事情を抱えていて、いろいろと思うところはあるのだろう。だが、危機的状況のなかで、こうしてのんきに食べ歩きをしている三人の気持ちがどうしても理解できなかった。やきもきしながらも次の現場に急いだ。菰田がいない今、さくら自身も山のような仕事を抱えているのだ。

来客を告げる内線が鳴ったのは午後四時を過ぎた頃だった。誰だろうといぶかしく思いながら階段を下りる。

「島田さん？」

さくらは声をあげた。立ち上がった島田は、頭を掻くと深々と腰を折った。


圧迫感をなんとかしたい。

宗の店のレジ&クロークユニットの図面をいじる。カウンターの上部は開放して、その代わり壁際にタワー型の収納を作ってコートを預かるスペースを作る。こうすれば壁がなくなるのですっきりして見える。でも、そうすると壁の突き出した部分が邪魔に感じる。あれ、これじゃあ前と同じじゃやつだな……。

「なにこれ？」

にゅうっと赤いマグカップが目の前に現れた。いきなり現実に引き戻され、さくらは目をしばたたかせてノートパソコンとマグカップを交互に見る。今いるのは自分の部屋で、時刻は……、昼だ。ゆらゆらと立ち上る湯気と一緒にココアの甘い香りが鼻腔《びくう》に入ってきた。

「――え？」

だから、とヒロが笑う。「なんの設計図？」

「……ああ。この間、ちょっとヒロさんに相談した中華料理店の図面です」

「ふうん。休みの日なのに頑張るよね」

「あたし要領悪くって」

両手をあげて背伸びをすると体の奥でごりごりと骨が鳴る。「いつもこうなんですよね、なにをするにも時間がかかって」

ふうん、ともう一度言ってヒロはココアを飲む。

「ねえ、簡単なやつでいいから、時間のある時にまたこの間みたいなイラストを描いてみてくれないかな。やっぱり親父たちを説得しないとまずいと思うんだよね」

受け取ったマグカップを机に置くと、さくらはなにも言わずにヒロを見上げた。

「えっと……。こういう本格的なものじゃなくって普通の絵でいいんだけど」

ヒロは怪訝そうに眉を寄せる。

「それって正式なご依頼ということでいいですか？」

「どうしたの？」

つかの間、言いよどんださくらだが、パソコンを操作して一枚の用紙を印刷すると、それをヒロの手に押しつける。表題には太字で契約書と印字されている。

「こちらにご署名と印鑑をいただけますか？　ご入金を確認しましたら直ちに設計にとりかかります」

「え、なに。どうしちゃったの？」

ずいっと突きつけられた契約書をとりあえず受け取ったヒロだが、どうやらさくらは本気らしいと気づいて探るような視線を投げる。

「なんの冗談？」

ヒロを見つめながら、さくらは昨日の島田の言葉を思い出していた。

「あいつは仕事というものをどこかナメてかかってんだ」

ミナから娘の居場所を聞いたのだと礼を言った島田は、今度は苦り切った顔になる。

「だから楠さんを騙《だま》くらかすようなまねができるんだ」

「ちょっとびっくりしましたけど、ぜんぜん大丈夫です。それはお店の将来のことを心配してなんですから」

「心配ったって、あいつ、うちで働き始めたのなんて先月からだぞ」

「え――」

絶句するさくらに島田は肩をすくめた。「専門学校を辞めちまってからはふらふらふらふら。帰ってきたと思ったらいきなり改装しようなんて、そんな奴の計画に誰が乗るってんだ」

「……ミナさんのためでもあるんですよね。ミナさんが安心して働けるようにお店を造り直したいって。優しい人だと思います」

ははっ、と島田は鼻で笑う。

「ただの気まぐれだ。ミナちゃんとつるんでいたのは高校まで。久しぶりに帰ってみたら、たまたま面白そうな状況があったから、その場のノリでやる気になってるだけなんだよ」

「あの、どうしてヒロさんのことをそんなに……」

悪く言うのか、と出しかけた言葉を呑み込んだ。インスタントコーヒーをする父親の顔に浮かんでいるのは怒りよりも悲しみのように思えた。島田はもう一度苦笑した。

「あいつは俺とは違って器用なたちでな、ガキの頃から料理を教えるとあっという間にそれなりの形にしてしまうんだ。だからだろうな、先生よりも自分のほうがうまい、みたいに侮って、せっかく通い始めた料理の専門学校をすぐに辞めちまって。それ以来、連絡をよこす度にてんでばらばらの仕事をしててな。そんなんじゃあ、料理人としての『実』ってもんはとうてい身につくもんじゃねえって思うんだ。まあ、片田舎にある、潰れそうな居酒屋のオヤジがなに言ってんだって話だな」

「そんな……」

島田の自嘲《じちょう》にさくらはそっと首を振る。建築士として働いていると、才能のある人たちと自分との間にある圧倒的な差に愕然《がくぜん》としてしまうことがある。それでもへこたれずに仕事を続けていられるのは、父にしろ先輩の菰田にしろ、才能のある人たちが日々悩み、努力をしている姿を見てきたからだ。彼らでさえ悩んでいるのだ、自分が壁にぶつかるなんて当たり前のことだ。そのことを励みに、さくらも日々もがき続けているのだ。

島田の話を聞いて、なぜヒロを見ているともやもやしてくるのか、その理由がわかった。

自分がみんなの店を守るんだ——。

ヒロの言葉は立派だ。だけど、小谷野村から離れた彼女は、食事を作る以外は布団に寝転がって無料ダウンロードした漫画に没頭し、オンラインゲームに励む日々を送っている。まるで小谷野村の店などないかのように。

「それでも俺はあいつの親だ。うち一軒だけならあいつの夢ってのを叶《かな》えてやりたいとは思うんだ。だがな、みんなが銀行や親兄弟、親戚《しんせき》に頭を下げて必死にかき集めてくる大切な金を、ただの思いつきで突っ走るあいつの計画に出させるわけにはいかねえんだ」

だから——、と島田は年下のさくらに向かって深々と頭を下げたのだった。

「あいつのためにも、どうか突き放してやってくれ」

島田とのやりとりを胸に、さくらは意を決して言った。

「あの、あたし。ボランティアで仕事をしているわけじゃないんです。ただでさえ仕事が山積みで、この間みたいにただ働きしている場合じゃないんです」

「あれは悪かったと思ってるけど、でも、材料がないとみんなを説得できないじゃん」

「なんでヒロさんがみんなを説得しなきゃならないんですか？」

「だってウチが動かなきゃ、みんななんにもやろうとしないんじゃん」

「いいえ」

大きくかぶりを振ってさくらは言った。「なんにもしてないのはヒロさんです。みなさん、自分たちのお店を守ろうと一生懸命に頑張ってるんです」

「ウチらのことをなにも知らないくせに。親父なんて休みになると真っ昼間から飲みに行ってて、なーんにもしてない」

いいえ、とさくらはもう一度大きく首を振った。「昨日、小谷野村のみなさんが隣街でご飯を食べているところを見かけました」

「ほら、言った通りじゃん」

「飲むだけなら、わざわざこちらのほうまで来るはずないじゃないですか。名物料理を考えるために、お休みになると味を盗みに有名なお店の食べ歩きをしているんです」

「まさか」

「本当です」

ノートパソコンの隣に置いていたスマートホンを手に取り、LINEのアプリを立ち上げ、ヒロに画面を見せた。

「なにこれ、親父の字……？」

驚いたようにヒロが呟《つぶや》く。画面にはいくつもの画像が表示されていた。ノートを撮影したものだ。昨日、食べ歩きをした料理はすべてレシピにしてあると聞いたさくらは、つい「食べただけで作り方がわかるなんてすごいですね。最近、ぜんぜんレパートリーが増えなくて、家族に飽きられ気味なんですよ」とこぼしてしまったのだ。

「だったら教えてやるよ」とLINEの友だちになると、その夜には大量のノートの画像が送られてきた。そこには大柄な体格に反して細かい字でびっしりと調理法が記してある。

「ヒロさんはなにを頑張ってるんですか？」

さくらの問いにヒロは視線をベッドに落とす。

「……さくらに店の設計を頼んだり、とか」

「設計で頑張るのはあたしです。あたしが設計して、うちの職人さんたちが汗水垂らしてお店を造ります。ヒロさんはその間、なにをするんですか？　お店ができあがったとして、ヒロさんはそこで働くんですか？　これまでと同じように、またふらふらどこかに行ってしまうんじゃないんですか？」

「……ちゃんと働くよ」

「信じられません。だって、この数日だらだらしてばかりで、ヒロさんの頭のなかにお店のことなんて一ミリも浮かんでこなかったんじゃないですか？　そんな人の言葉をどうやって信じればいいんですか？」

「で、ウチはどうすりゃいいっての？」

低い声で言い、鬱陶しそうにさくらのスマートホンをベッドに投げる。重い沈黙は今にも弾けそうだ。ヒロの視線が頬に刺さる。さくらは奥歯をかみしめた。

「居るべき場所で、やるべきことをやるしかないんじゃありませんか？」

「うぜえ」

吐き捨てたヒロは契約書を握り潰し、持っていたマグカップを叩きつけるように机に置いた。こぼれたココアが机の上で丸い滴となる。

荒々しい手つきで床に散らばっていた自分の服などをボストンバッグに詰め込み、もう一度視線でさくらを刺すと、なにも言わずに部屋から出て行った。玄関のドアが大きな音を立てて閉まる。その音を聞いてようやくさくらは体の力を抜いた。膝に置いた手が震えている。

ヒロにぶつけた言葉はそのまま自分に刺さる。いい加減な仕事をしてきたつもりはないし、木之本工務店の看板を背負って働いている以上、半人前を理由にミスを言い繕うつもりもない。でも、人に意見できるような立派な人間かと問われると、途端に背中は丸くなる。

息苦しくなって窓を開ける。空には透き通った青が広がっていて、清らかな空気が頬を撫でるが、それを楽しむ余裕もない。口から漏れる大きなため息が、窓から地面に落ちていく。

翌日も晴天は続いたが、車を運転しながらも、口から出てくるのはため息ばかりだった。今も「現場を知らない先生はいいっすよね」と年下の職人に嫌味を言われてきたばかりだ。

「知ってるってーの」

中学を卒業してからの四年間、高校の夜間部に通いながら、現場で汗をかいてきた。職人の気持ちはわかっているつもりだ。

ハンドルを握る手に力が入る。交通量の多い都内の道は残念ながら渋滞もなく、車はスムーズに流れていく。だからこそ、運転に慣れていないさくらは周りのスピードに合わせるのに精一杯なのだ。現場の移動はできるだけ電車やバスを使いたい。悪戦苦闘しているうちにようやく木之本工務店の社屋が見えてきた。ほっとして吐いた息をすぐに呑み込んだ。玄関の横に立つ制服姿があった。両脇に二本の松葉杖をはさんでいる。車を停めて助手席の窓を開けてさくらは呼びかけた。

「なにしてんの、桐也?」

さくらに気づいた桐也は、「よお」と笑うが、表情は思いつめたように強ばっていた。

「コーラでいいでしょ?」

トイレから戻ってきた桐也の前にプラスチックのカップを滑らせた。サンキュー、と受け取り口をつけるが、桐也はすぐにカップをテーブルに置いた。

午後四時、スーパーのフードコートは近隣に住む主婦や高校生、孫にクレープを買い与えている老人など、多くの人で賑わっていた。二人きりで話がしたいことがあるのだろうと桐也を車に乗せて走り出すと、ほどなくして「トイレに行きたい」ともじもじし始めるものだから、近くのショッピングモールに駆け込んだのだった。

「それで、なに?」

そう促すと桐也は顔をあげてさくらを見た。そういえば、こうして面と向かって話すのもカラオケボックスで怪我をして以来だな、とぼんやりと考えていた。

「カラオケ屋のことが学校にバレた。で、二週間の停学だって」

「そっか……」

公立のわりに校則の厳しい高校なので心構えはしていたが、実際に処分が決まると流石に焦る。だが、一番ショックを受けているのは桐也だろう。

「だったら辞めるって言ってきた」

「はい？」

思いもしない言葉につい大きな声が出た。

「なんで？」

「だって鬱陶しいし。高校ってさ、先生にあれしろこれしろ、あれはダメこれはダメってしいろいろ面倒くさいことばかり言われてさ」

「だからって辞めるって、なにそれ。辞めてなにすんのよ」

詰め寄るさくらから逃げるようにカップをのぞき込んだ桐也だが、意を決したようにうなずき、言った。

「辞めた後のことはこれから考えるんだけど、とにかくおれはちゃんとしたいんだ。今のおれはなんにもできない。車とかカラオケとか壊したりしても、おれのせいなのになんの責任もとれない。おれはそういうの嫌なんだ」

「あれはちょっと言い過ぎただけだから。ごめん」

「じっさい悪いのはおれなんだし。姉貴が謝ることじゃないでしょ」

「いや、今、うちが汲々《きゅうきゅう》な生活をしてるのは、あたしのせいだから。もしも違う選択をしていたら、桐也にお金の心配なんてさせなかったと思うし」

いまの生活は美晴とさくらの選択で、そこに桐也の意思は反映されていない。自分と関わりないところで決められた不自由な生活に不満を抱くのは当然のことで、さくらはいつも申し訳ないと感じていた。

「あのさあ、事情はちゃんと呑み込んでるって」

桐也は首を横に振る。「おれが言いたいのは結局、とっとと学校なんて辞めて自分の力でちゃんとした金を稼ぎたいってこと。いつまでも姉貴におんぶにだっこじゃなくって。おれが頼りないから、やらかしたことの責任も取らせてくれないし、家族のことでなにかあっても話してくれないんだろ？　夏に、なにかあったんだよね」

はっとしてさくらは桐也を見る。頑《かたく》なに寄せられた眉間《みけん》に決意が込められていた。柔らかさと弾力のある感触が好きで、からかうようにぺたぺたと触っていた頬はいつの間にか凛々《りり》しく引き締まっていた。最後に触ったのはいつかと考えて、桐也がまだ中学に入学する前だと気づいて愕然とした。

そうだよな……。不意に思い知った。結局さくらは桐也のことを信用しておらず、そのせいで退学を決意させるまでに追い詰めたのだ。でも、桐也はもう十分に大人なのだ。いろんなことを受け止められるくらいに、受け止めたいと思うようになるくらいに。

「ごめん。お父さんのこと、ずっと黙っていたことがあるんだ。実はさ……」

ようやくさくらは打ち明けた。大樹の会社が傾くきっかけとなった柳本の策略のことを。桐也に父の記憶が薄いのは、資金繰りに日々奔走していたためだったということを。それもすべては家族を守るためだったことを。柳本の仕打ちに美晴がどれだけ打ちのめされたのかを。

積もる話のはずが、口にしてみればあっという間に語り終えてしまったことに驚いていた。言葉にすればほんの数分でまとめられてしまう出来事が、どれほど家族に暗い影を落としてきたのだろう。

「それで――」

桐也はゆっくりとコーラを飲んだ。「なんでその柳本って奴はそんなことしたの？」

「わからない」

「で、そいつにはなんの罪もないの？」

「たぶん。ただ業者を紹介しただけだから。社長も信用調査をしなかったお父さんが迂《う》闊《かつ》だったんだって言ってるし」

「そういうもんなんだ。父さん、大変だったんだね」

ぽつりと言うと立ち上がる。

「どこ行くの？」

それだけ……？　想像もしなかった反応の薄さに啞《あ》然《ぜん》とするさくらをよそに、桐也はぶらぶらと歩いていく。

「ここにいるとヤバい。腹すげえ減った。ケバブサンド食いたい」

「ちょっと、そんなに食べたら晩ご飯が入らなくなるよ」

「大丈夫。育ち盛りだから」

桐也はシシカバブのブースに並んだ。辺りに漂う鉄板で炙《あぶ》られるソース、大判焼きの甘いカスタードに挽き立てのコーヒーなど、食欲をそそる香りの一群がさくらを包む。

年は幼稚園くらいだろうか、女の子が父親に手を引かれてよちよちと歩いている。反対側の手には彼女の顔ほどの高さのソフトクリームが握られている。さくらの視線は螺《ら》旋《せん》を描く艶やかな白いクリームに吸い寄せられる。ごくりと唾を飲みこんだ。打ち明け話は想像以上に心に負担となっていたようだ。解放された今、甘い物への欲求を抑えられそうにない。

今日はいいか――。

ひとりうなずいたさくらは、いそいそとソフトクリームのブースに向かう。

「姉貴こそ、そんなに食べられるの？」

数分後、先ほどの場所に戻ると、桐也の冷ややかな目に迎えられた。さくらの右手にはソフトクリーム、左手にはカプチーノが入った紙カップがある。桐也が見ているのは左右の肘にかかった計四つのビニル袋だ。それぞれお好み焼きに大判焼き、栗大福にタコせんべいが入っている。

「ぜ、全部自分で食べるんじゃないよ。お母さんのお土産だし」

反論するさくらだが、実のところこんなに買う予定はなかった。ソフトクリームを待っている間、カフェから漂ってきたコーヒーの香りにどうしようもなく魅了されたのだ。あとはなし崩しに財布の口が開いていった。呆《あき》れたように肩をすくめ、桐也はケバブサンドをぱくついている。さくらはじっとその横顔を見ていた。

「なに？」

咀嚼《そしゃく》する口を止めて桐也が尋ねる。

「あのさ。さっきの話、どう思った？」

「どうって……。なにしてくれたんだよ、その柳本って思う。でも、ずっと昔の話だしもうどうしようもないっていうか……」

「そう……」

桐也がこれほどまでに冷静に受け止めるとは想像もしていなかった。これが父と過ごした時間の差なのかと自分に言い聞かせるさくらだが、冷淡ともいえるその態度に憤りにも近い感情を胸に抱いていた。ソフトクリームを舌ですくう。恋焦がれていたはずの冷たい甘さが味気なく感じられた。

「仕事もあるし、帰ろうか」

桐也の返事を待たずにさくらは歩き出す。姉の苛立《いらだ》ちに気づかない桐也は残りのケバブサンドを胃袋に納めると、松葉杖を脇にはさんでのんびりと後に続く。

途中の駅で桐也を下ろして会社に戻る。パソコンの画面を立ち上げると、宗からのメールが届いていた。休日を潰して考えたユニット案に『つまらない』とただひと言記されているだけだった。イスごとぐるりと回ったさくらはため息をつく。昨日からずっともやもや続きだ。

「あっ……！」

大事なことを忘れていた。不意に出した大声に、フロアにいた社員たちから驚かすなよという非難の視線を浴びる。

このままだと桐也は学校を辞めちゃう――。時計を見ると定時の五時半を過ぎていた。

「お先に失礼します！」

慌てて鞄を摑んださくらは、転がるように会社を出た。玄関で美晴へのお土産を忘れてしまったことに気づいたが、取りに戻る心の余裕はなかった。

七時前に家に着いたが、桐也はまだ帰っていなかった。担任の先生から連絡を受けた美晴は、スマートホンを手に落ち着きなくリビングのソファーに座っていた。電話はつながらないし、LINEにメッセージを送っても既読の文字もつかない。

二人は桐也を説得するつもりだ。もちろん桐也の人生は桐也のものだ。だから大学進学を希望しても、高校を卒業してから働きに出ようとも、中退をしようとも本人の意向が優先されるべきだとは思うし、節制ばかりの毎日に自分でお金を稼ぎたくなる気持ちもわかる。ただ、退学を口にしたのは一時の感情で、その先をどう生きたいのかを考えてもいないと感じるのだ。辛《つら》い受験勉強を経てせっかく入った高校なのだ、なんとかあと一年頑張って欲しいと願うのは、家族の押しつけなのだろうか。

「どうしたんだろう」

スマートホンで桐也を呼び出していた美晴は通話を切ってため息をつく。

「お母さん、一緒にご飯を作ろうよ」

やきもきしていても仕方がない。いま家にはキャベツにニンジン、ジャガイモにタマネギ、冷凍してある特売のソーセージがある。

「ポトフ、作ろう」

大樹の得意料理だった。さくらの誘いにちらりとスマートホンを見た美晴だが、「そうね」と立ち上がった。さくらはシンクの下にある棚から白い琺瑯《ほうろう》の鍋を取り出した。腕にどしりとくるほどの重い鍋は、大樹が煮物を作る時にいつも使っていたものだ。シンクの前で美晴は袖をまくってジャガイモを洗っている。こうして二人でキッチンに立つのは久しぶりだ。

「あのね、桐也にお父さんのこと、みんな話した。……柳本さんのことも」

「え……」

ジャガイモを洗っていた手を止め、美晴が強ばった顔を向ける。その手からジャガイモを取ったさくらは包丁を器用に動かして皮をむいていく。

「大丈夫。思っていたよりもずっと冷静に受けとめてた。あたしよりもずっと」

「そうなの？」

「うん。反省した。夏のこと、蚊帳《かや》の外で寂しかったんだよ、きっと」

受け取ったニンジンの皮をむいて乱切りにする。水にさらしていたジャガイモと一緒に鍋に入れると、鍋にはった水がかすかに濁る。「弟ってだけで子供扱いしてた。それじゃあダメだよね」

「病院で車イスに乗せる時に思ったんだけど、あの子、いつの間にかお父さんよりも背がずっと高くなっていたの」

美晴は嬉しそうに言った。ガスレンジのスイッチを押して鍋を火にかける。その時、玄関のドアが開く音が聞こえた。とっさに美晴と顔を見合わせる。ただいま、と桐也の声がリビングに入ってきた。レンジの火を弱火にすると、固い決意を胸に二人はキッチンを出た。

「おかえり」

張りつめた顔で桐也は母と姉を迎え撃つ。

「あのさ、ちょっと話したいことがあるんだ」

桐也の言葉に二人は同時にうなずいた。

「あのね、桐也」

「お母さんも……」

声が重なった。よほど二人の顔が強ばっているのか、「あの、座って話さない？」と怯えたように桐也がダイニングテーブルを指さした。美晴とさくらの対面に座った桐也はごくりと唾を飲み込むと、テーブルにすりつけんばかりに頭をさげる。

「父さんが死んでからずっと、学費とかいろいろありがとう。すごい感謝してるんだ。特に姉貴には迷惑かけっぱなしで、それがずっと後ろめたくって。でも決めたんだ」

「桐也、もうちょっとゆっくり考えよう」

「ねえ、お母さん思うんだけど……」

動揺する二人の声が再び被《かぶ》る。顔をあげた桐也は美晴とさくらをまっすぐに見つめた。

「もうちょっとだけ、世話になっていいかな」

「え？」

「はい？」

床に置いた学生鞄を持ち上げると、桐也は中から数冊の本を取り出した。

『これで完璧　大学入試の英単語』『受験マスター　世界史初歩の初歩』『ゼロから学ぶ受験英語』などなど、図書館のシールが貼られた受験関係の本が何冊もテーブルに積み重なる。

「おれ、大学に行きたい。法律を勉強して、弁護士になる」

予想もしない言葉に、美晴とさくらは目をぱちくりさせる。

「父さんが泣き寝入りしなきゃならなかったのは、きっと法律の知識がなかったからだ。もしも詐欺とか、そういうのを訴える方法を知っていたなら、その柳本とかいう奴にはちゃんと罰が下っていたはずだ。おれが弁護士になって、父さんみたいな人の力になりたい」

テーブルに置いた桐也の拳は固く握られている。二つの瞳に強い決意が宿っていた。さくらの話を聞いても薄い反応しかしていなかった桐也だが、胸の内は怒りに燃えていたのだ。

「だめかな？」

「そんな……」

美晴の声が震えている。「だめなわけないいじゃない。ねえ？」

「うん、……うん、いいと思う」

弁護士になるにはどれほどの勉強が必要になるのかはまったく想像がつかない。生半可な努力ではなりえないものなのだろう。だけど、高い壁に挑もうとしている桐也を誰が止められるのだろう。腕まくりをしたさくらは小さな力こぶを作る。

「あたし、全力で応援するから」

「それからさ、車とカラオケの修理代、そういうのおれにも払わせて欲しい。バイト増やすけど、勉強もちゃんとやるから」

「うん、そうだね。これからはみんなで払っていこう。家族で頑張っていこう」

さくらは手を伸ばして桐也の額を人差し指で弾いた。「明日、担任の先生に謝りに行くよ。勉強を続けさせてくださいって。あたしが一緒に行くし」

かたじけない、と桐也は頭を掻く。

「ねえ、学校にはわたしが行く。そういうのは親の役目でしょ」

背筋を伸ばして美晴が言う。生気に溢れた顔を見るのは久しぶりだ。胸の奥が温かくなる。桐也の決意が停滞していたもののすべてを変えていく、そんな気がした。

「うん。じゃあお願いするね」

ほっとした途端にぐうっとお腹が鳴った。キッチンからポトフのおいしそうなにおいが漂ってきていた。

「じゃあ、ご飯にしましょう」

美晴が手を叩く。食卓の準備に三人は一緒に立ち上がる。唐突に滲《にじ》み始めた視界に驚いて、さくらはとっさに顔を伏せた。

「パンはある？」

「うん。冷凍庫にバゲットがあるよ」

そう返事をするのがやっとだった。

夕食が終わり、シャワーを浴びたさくらは自室の机でノートパソコンに向かう。体の奥底からほかほかと温かく感じるのはポトフと熱いシャワーのおかげだけではない。三人で囲む和やかな食卓は久しぶりだった。ＣＡＤソフトを立ち上げ、呼び出したファイルが表示されるのを待っている間もにやにやが止まらない。あの時間がずっと続けられるように、あたしは――、いや、みんなで頑張っていくんだ。

さてどうしようか――。

画面には宗にダメ出しをされたレジとクロークの図面が表示されている。腕を組んでノートパソコンの画面を凝視しながら、なにがいけないのかを考えていた。『つまらない』だけではなにが悪いのかがさっぱりわからない。

つまらない――？　さくらは眉を持ち上げる。ということは、ユニット案は採用ということか。ならばなにが問題なのか。その時、不意に宗の言葉の数々が浮かんできた。

食事も接客も雰囲気も全部、楽しんでもらえるお店にしたい。なにこのお粗末な壁は？　こんなので出迎えたらお客さんはびっくりするね。こんなに真っ黒。お葬式なの――。

今、宗がひっかかりを感じているのは構造ではなく、造作なのでは？

「そっか、そうだよね」

姿勢を正したさくらはブラウザを立ち上げると、ネットにアップされているいくつもの画像を画面いっぱいにばらまいた。

遠くに見える山はすっかり赤と黄色の衣装をまとい、車窓から入ってくる風も冷たさを増していた。紅葉のトンネルを進んでしばらくすると久しぶりの信号が見えてきた。

ふふっ……。

ハンドルを切りながら、つい思い出し笑いをしてしまう。

ヒロから挑戦状が届いたのが昨日――さくらの家を飛び出してから十日目のことだ。素っ気ない白い封筒には、『ウチの本気を見せてやる』と書かれた一枚の便せんと、この間、彼女に突きつけた皺《しわ》の寄った契約書と、それをコピーしたものが三枚同封されていた。契約書にはそれぞれ島田と林、飯森、そしてミナの署名と印鑑がある。鳥政の前に車を停めてエンジンを切ると、助手席の茶色い鞄をしっかりと摑んだ。

「失礼します」

引き戸を開くと焦げた醬油《しょうゆ》の香ばしいにおいや濃厚なソースに煮詰めた砂糖など、雑多な、それでいてほっぺたが落ちてしまいそうなほどおいしそうな香りに迎えられた。この間とは違って、店は明るい光と活気のある声に満ちている。

「さくら」

カウンター奥の厨房からヒロが呼ぶ。挑むかのように丸い目をくりくりと動かしている。

「来たね」

「はい、お招きいただきましたから」

不敵な視線を真正面から受け止め、さくらも頰を持ち上げた。カウンターにあるのは墨色に焼けた鶏肉と、手のひらを二つ合わせたくらいに大きな骨付き鶏もも肉の唐揚げだ。手からこぼれそうなほど大きな中華まんの白い表面は、艶やかな光を帯びている。隣にある細長い骨付き肉はスペアリブ。白い皿に載っているのはガトーショコラで、丸いチョコレートの平原にはうっすらと砂糖の粉雪が降っている。隣にある円柱のウグイス色のケーキは抹茶のロールケーキだろう。

「いらっしゃい」

奥のテーブル席から島田に声をかけられた。テーブル席には島田と林と民子、カウンター席にはミナが座っている。

「木之本工務店の楠さくらです。今日はお時間をいただきましてありがとうございます」

さくらは頭を下げた。

「新メニューですか？」

「そう。ウチらみんなでここの名物を作ろうって。できたのがこれ」

得意げにヒロは端の皿を指さした。「炭焼き鶏ともも肉の唐揚げ。地元の鶏肉を使ってて絶品。中華まんに入ってる角煮とスペアリブも東山《ひがしやま》さんとこの養豚場の豚をわけてもらった地元産。ロールケーキの抹茶も地元の茶畑からわけてもらうことになってる。ガトーショコラの隠し味に使ってるのは山にあるハーブ園のミント。食べてみてよ」

つまようじが刺さったガトーショコラをぐいっと突きつけられると、さくらは躊躇《ちゅうちょ》なく口に入れた。

「……おいしい」

舌に乗せただけでチョコレートの甘さが波紋のように口のなかに広がっていく。これは甘味福福に肩を並べるほどのおいしさだと感服してしまう。

「今まで駅前のお菓子屋さんから取り寄せてたんだけど、それじゃだめ、自分も一緒に考えるからって、ずっとつき合ってくれて」

飯森の言葉にヒロは「そんな、フッーのことだし」とはにかんだ。今日までにどれほどの力を尽くしてメニューの開発に取り組んできたのだろう、顔にそれまであった甘さのようなものが消えていた。ヒロが胸を張って言う。

「中身は整えた。だったら次は外見だろうってことで連絡したの」

「ありがとうございます。でも……」

カウンターに歩み寄ったさくらは鞄の口を開けると四枚の契約書を取り出した。

「これはお返しします」

「え、なんでだよ。ウチのことが嫌いだから、工事したくないっての?」

思いがけないひと言にヒロの顔色が変わる。さくらはヒロの前にそっと契約書を置いた。

「手順が違うんです。弊社はお打ち合わせを重ね、お客様とプランを煮詰めた末にご契約いただくという方針なんです。まだみなさまとお話すらしていないじゃないですか。もしもこの先、あたしの出すプランがお気に召さなかったらいつでも切ってください」

そう言うとさくらはヒロにまっすぐ向き合った。

「今度はあたしが頑張る番です」

さくらの言葉にヒロがふふん、と鼻を鳴らした。

「お手なみ拝見」

「まかせてください！」

手帳を取り出したさくらは空いているイスに座り、「それではみなさまのご希望をお聞かせください」とページを広げてそれぞれの希望を書き留めていくが、しばらくすると頬を膨らませて考え込む。

「なにか問題でもあるの？」

話し疲れた様子のヒロはグラスに水を注ぐと喉を鳴らして飲み干した。

「今回の改装工事なんですけど、アウトレットモールに行くお客様の足をいかにしてこちらに向けるのか、それが肝だと思うんです。ご希望の豊かな自然のなかにある山小屋のような建物。確かにしっくりくるんですが……」

さくらはそっと唇を舐《な》める。彼らが山小屋のようなデザインを希望しているのだから、それに沿ったプランを提案するのは当然のことだとは思う。だが……。

「しっくりし過ぎて目立たないんじゃないかと思うんです。あるべきところにあるべきものがある。そういう調和というのも大事ですけど、対岸を通る人たちの視線を引きつけるにはインパクトが足りないんじゃないかと思うんです」

今日も最寄りのインターチェンジを下り、小谷野村に続く市道に入ると、二台の車としかすれ違わなかった。そのことがさくらの懸念をあおるのだった。

「なにそれ。ウチのアイデアが気に入らないっての？」

ログハウス風の改装を発案したのはヒロだ。自分のアイデアを否定されて気を悪くしたようだ。いいえ、と慌てて首を振るが、不機嫌になったヒロが唇を尖《とが》らせる。「しっくりするならいいじゃんか。隠れ家を売りにする店もあるんだから」

「もうじゅうぶん隠れちゃってるじゃないですか。ヒロさんだってインパクトを出したいから四軒の改装工事を思いついたんですよね。だったらもっと目立ったほうがいいんじゃないかなと」

とっさに反論してしまった。後悔するがもう遅い。「だったらさ」とヒロが指でコップを弾いて言った。

「さくらがいいと思う設計図を作ってきなよ。もしもそれが大したことのないやつだったら、別の人に頼むことにするから」

「ちょっとヒロ……」

ミナがたしなめるが、すでにヒロは臨戦態勢だ。

「いつでも切ってもいいんだよね？」

「はい、もちろんです」

ヒロの挑発を真っ向から受けとめたさくらは背筋を伸ばす。「次の鳥政さんの定休日までに最高のプランをご用意しておきます。楽しみにしておいてください」

では、と鞄を摑んださくらは、一同に深々と頭をさげると鳥政を出た。唇を固く結んで車に乗り込む。相変わらず人通りのない道に車をのせるとアクセルを踏んだ。

バックミラーからヒロたちの店が見えなくなる。運転席側の窓を開ける。窓から入ってくる風に、かすかな冬の気配があった。肌に刺さる心地のよい冷たい風を深く吸い込むとさくらは叫んだ。

「やってしまったぁ！」

大見得を切ったのはいいが、さくらはまったくのノープランだ。だが、経済産業省の調査によると、ヒロたちのような小規模の宿泊・飲食サービス業は全業種のなかでも八〜九パーセントと開業率が最も高いが、反面、六〜七パーセントと廃業率も断トツに高い。

飲食店の肝はもちろん料理なのだが、客を店に呼び込まなければ味の評価は得られない。客が足を運ぶきっかけとなるのが、ファサードといわれる店構えだと思うのだ。前を通っていてふと入ってみたくなるようなお店。お店に入る時にわくわくするような外観。ここはなんだろうと足を止めてしまうような店構え。

さくらがそこに思い至ったのは宗のおかげともいえる。桐也が大学に進学したいと切り出したあの夜、ふと思いついて進めた宗の店のプランは「これよ、こういうのが大切ね」と無事に採用された。

箱型のユニットの構造や機能は却下されたものと同じなのだが、壁材にスリガラスを使ったのだ。白いガラスの面には中国の水墨画をモチーフにしたものが金の筆跡で描かれ、それを背後からライトを当てて浮かびあがらせるようにした。つけ焼き刃で描いたさくらの絵は速攻で却下され、本家の作家に依頼することになったのだが、宗が求めていたのは、おいしくて少しお高い中華料理を食べにきたという高揚感をさらに煽るデザインだった。どちらかというとシンプルで、機能性を重視してしまうさくらには、宗にダメ出しを繰り返されなければひねり出せなかったものだ。

木之本工務店に戻り、資料室でかき集めた資料を広げ、このすごいアイデアはあたしには出ないなと歯噛みをしつつ、いつか使おうといくつものデザインをメモしていくが、今回の設計の参考になるかというと少し違う。次に手を伸ばしたのは過去に木之本工務店で手がけた工事の資料だ。しばらくするとファイルの山を切り崩していく手が止まった。

海の家の施工例だ。外壁にオフホワイトのスギ羽目板を使った小屋が三つ、海にコの字の開口部を向ける形に建っている。左手の建物はキッチンスペースで、厚切りステーキやハンバーガーなどの炭火焼きの料理がここで作られている。真ん中の建物は二階建ての客席で、個室やカップルシート、そして仕切のないグループ席に分けられていた。右手の建物はシャワーブースとヨガなどのイベントが開催される多目的室となっている。海の家という開放的な建物からは海が一望できることは当然なのだが、さくらの目を引いたのは沖から建物を撮影した一枚の画像だった。

「これ、いい……」

顔を上げて感嘆のため息をついたさくらは悔しそうに横を見る。思考を巡らせるようにしばらく宙に視線を漂わせていたが、不意に表情が晴れる。ファイルの山を押しのけてスペースを作ると、右手でマウスを握り、左手をキーボードに置く。最初はまばらだったマウスやキーボードを叩く音は、やがて絶え間なくフロアに響き始める。

家に帰り、夕食を済ませたさくらは自室に籠《こ》もる。小谷野村のプランはもう少しで完成する。仕掛けは両手で頬杖をついた。設計としていいものになっているという自負もある。机に向かうさくらは両手で頬杖をついた。もう一歩なのだ。店の前を素通りしていく人たちの足を止めるには、あと少しの工夫が必要なのだ。その最後のピースが見つからない。

「さくら?」

ドアをそっと開けて美晴が声をかける。「桐也が飲みたいって言うからコーヒー淹《い》れたんだけど、飲まない?」

「うん、飲む。ちょうど休憩しようかなって思ってたんだ。ありがと……」

言葉の途中でさくらは口をつぐむ。

「どうしたの?」

怪訝そうに美晴は首を傾げている。さくらの視線は母の手にある赤いマグカップに吸い寄せられていく。目まぐるしく思考が巡る。いままで見てきたもの、耳にしてきたこと、体感してきたことを懸命に思い出す。

「お母さん!」

がばりとイスから立ち上がったさくらは、満面の笑みを浮かべると、両手を広げて美晴に近づいていく。「ありがとう！」

「どう……、いたしまして」

娘の抱擁を受けた美晴は目を白黒させながらおずおずと背中に手を回す。さくらは目を閉じ、コーヒーの香りと、美晴のどこか甘いにおいを胸一杯に吸い込んだ。


「では、いきます」

そう言ってさくらはスイッチを入れた。シャッターのおりた鳥政の暗い店のカウンターに、橙色《だいだいいろ》の灯《あか》りが二つ灯《とも》る。テーブルに並んでいるのはおなじみの面々だ。みんなが凝視しているのはスチレンボードで作った模型だ。左手の一群はヒロから依頼のあったログハウスタイプのもの。そしてもう一つはさくらが新たに提案したものだ。

四軒の店舗の一階部分は天井から奥の壁まで、外からひと目でわかるようになっていた。合板だった外壁が取り払われ、ガラス壁を模したアクリル板がはまっているのだ。ログハウスのものはひさしと建物の外に設置したLEDライトが店舗を照らしている。どちらも暗がりのなかにその姿を浮かび上がらせているが、外壁をアクリルに変えた模型のほうが強い光を放っている。こほん、とひとつ咳払《せきばら》いをしてさくらは口を開いた。

「このプランのコンセプトはアイキャッチです」

「アイキャッチ？」

一同の声が揃う。模型の奥に立ち、暗がりに挑むかのようにさくらは胸を張る。

「簡単に言えば、目立っちゃいましょうということです。山小屋をコンセプトにすると木の味わいを売りにしたくなるので、どうしても外壁に木材を使う比率が多くなります。そうすると存在をアピールするには外からお店を照らす方法になるのかと思います。確かにこちらもカッコよくてあたしも好きです。ただこの場合、主役は建物になってしまいます。ですがいま必要なのは、提供しているサービスをいかにアピールするかだと思うんです。外壁をガラスに変えることで、通りを行く人たちはみなさまのお店がどういうところなのかひと目でわかりますし、夜になるとこのように普通に営業しているだけで、外にこぼれる灯りでここにお店があるとアピールすることができるんです」

壁のスイッチを押すと、ぴん、と音を立てて蛍光灯の白い光が灯る。

「それに、外からお店の様子がよく見えるということは、お店のなかから外がよく見えるということです」

「当たり前じゃん」

ヒロがぶっきらぼうに答えた。さくらは他の出席者の顔をちらりと見る。模型を見つめる誰もがまだ判断しかねているようだった。

「こちらにお邪魔するたびに、鮎見川や山の景色はなんて素敵なんだろうって思うんです。溢れるほどの自然を見ながらお酒を飲めたら最高だなって。小谷野村の素敵な景色、これを利用しないなんてもったいないです」

「ただの田舎の景色じゃん」

つっこみを入れるヒロだが、見慣れた景色だからこそ、その価値を過小評価してしまうのだろう。さくらは扉を開き、シャッターをあげた。河川敷にスキが揺れ、豊かな水をたたえた鮎見川に陽光の帯が伸びていた。つい見とれてしまうが、慌てて仕事モードに戻る。

「ちょっと聞きたいんだけど、このスペースは？」

声を上げたのは林だ。テーブルに広げられたイメージ図を見ている。四軒を俯瞰《ふかん》して描かれたイラストの店舗の前に広がっているのは緑色の芝生で、それを囲むように長い柵《さく》が連なっている。芝生の上にはテーブルとイスのセットが八組並べられていた。

「これがもう一つの肝になるんです。あの、この前、フードコートに行ったんです。トイレのついでのはずが、気がつくとあたし、コーヒーを飲むだけじゃなくってソフトクリームも食べてましたし、お土産に大判焼きとかいろいろ買っちゃいました」

「えっと、それがなにか？」

「フードコートにはお客さんがいっぱいいて、焼きそばやお好み焼き、ケバブサンドにクレープなどなど、おいしそうに食べてました。他の人が食べているものって、なんであんなにそそるんでしょうか。それに辺りに漂う焦げたソースや焙煎《ばいせん》しているコーヒー豆の香り」

あの日のことを思い出したさくらはうっとりと目を細める。まんまと戦略にはまってしまったわけですけど、と頭を掻くと改めて出席者の顔を見回した。

「店内で食べると、食事はそこだけで終わります。ですが、こうして外に食べる場所を設けると、林さんのお店の角煮まんを食べている人が、島田さんの炭焼き地鶏を見て食べてみたいなと思うでしょうし、飯森さんのガトーショコラに手を伸ばす人もいるでしょう。ミナさんのお客様もせっかくだからご飯を食べようと思う人もでてくるでしょうし、逆に美容室のお客様を見て、切ってもらうかなと来店なさる人もいるでしょう。みなさまのお店がそれぞれのお店を支える、みんなで頑張る場所になります。そして――」

言葉を切ったさくらは、開き戸の遥《はる》か向こうに見える、鮎見川の対岸を指さした。

「集まった人を見て、いったいここはなんだろうと、今まで素通りしていた車のお客様の関心を引くことになるはずです。行列が行列を生むとは客商売ではよく言われることだそうです。人がいるところに人は集まります」

鮎見川に向けていた指を店内に戻し、「小谷野村という素敵な場所」と言うと、次に中指を伸ばす。「静かな場所だからこそ目立つこのプラン。そして」。最後に伸ばしたのは薬指だ。「腕によりをかけたおいしい料理と東京の一流店で磨いたミナさんの確かな技術」

指を三本伸ばしてさくらはにやりと笑う。

「三つ揃うんです、失敗するはずないじゃないですか」

得意そうに胸を張って立つさくらを一同はあっけにとられたように見ていたが、「あのよう」と今度は島田が手をあげる。

「俺はいい話だと思うよ。だがな、これだとどこに車を停めるんだよ。辺鄙《へんぴ》なところだ、車がなきゃ誰も来ねえよ」

「大丈夫です！」

さくらは満面の笑みをミナに向ける。気圧《けお》されたようにミナがびくっと肩を震わせた。

「ミナさん。裏の雑木林、駐車場にしちゃいませんか？　有料駐車場にしてもいいし、共同利用するということで、みなさまから管理料をいただくという形でもいいですし。ここに駐車場ができると、路上駐車をして鮎見川で釣りをしている人たちも助かるんじゃないですか。駐車違反のシールを貼られていた車も見かけましたし。その辺りもぜひ、ご相談させてください」

もともと今回の話は、ヒロがミナのことを心配したことがきっかけだった。心配の種の一つが、雑木林として放置されていた土地のローンの返済だった。

「……いいんですか？」

おずおずとミナが言う。

「いいに決まってるじゃん、ねえ」

ヒロの言葉に一同がうなずく。誰もがミナのことを心配していたのだ。

川を下ってきた涼風が店内に流れ込む。さくらは豊かな木々のにおいをはらんだ清らかな空気を胸一杯に吸い込んだ。

「みんなで幸せになりましょう」

そう言って笑うさくらの髪が、ふわりと風に揺れる。

今にも雨が落ちてきそうな空だった。

低く垂れ込めた灰色の雲は風にあおられてゆっくりと形を変えていく。雨を警戒してか公園に人はまばらで、さくらはすぐに見慣れた丸い背中をベンチに見つけることができた。

「菰田さん」

そっと呼びかけると、驚いたように菰田はびくっと肩を揺らす。返事はないが、構わずにさくらは隣に座る。三か月前、突然いなくなったあの日よりもずっと体重が増えているようだ。不摂生が続いているのだろう、口の周りにいくつもの吹き出物ができていた。息子の様子を心配していた母親は、実家を訪れたさくらにすぐに居場所を教えてくれた。

「こんなところまで、どうしたの?」

菰田は地面に視線を落としたまま、こちらを見ようともしない。さくらもまた足下に落ちている崩れかけたカエデの葉を見ている。

「ずっと気になっていたんです。なんであんなことしたんですか?」

「別にたいした理由なんてないよ」

「嘘です。……偏屈な先輩だとは思っていますけど、なんの理由もなく会社を裏切るようなことをする人じゃないってことぐらいわかってます」

さくらの言葉に菰田ははん、と鼻を鳴らすと足下の小石を汚れたスニーカーで蹴《け》る。

「この間、小倉さんに会いました。やりたくてやった訳じゃない、そう言ってました」

弾かれたように顔を上げた菰田だが、すぐに下を向いてしまう。

「……彼女は悪くないよ。だって、僕たち社畜は上司の命令って絶対じゃない」

やはりかえでは柳本から菰田を陥れるように命令されたのだ。さくらの険しい視線から逃げるように、菰田の体は反対側に傾いていく。

「木之本社長が心配してました。なにかのっぴきならない理由があるんだろうって」

木之本の名を聞いて菰田の顔に赤みがさす。膝に置いた両手が震えている。

「だってさ、しょうがないじゃん。ウチの情報を教えないと、発注先から実家の工務店を外すって言われちゃったら。実家のような零細企業が、年間売り上げが六割もある得意先から切られたら死活問題だよ」

「ひどい――」

さくらの声が怒りに震える。父を陥れ、さらに会社の先輩までも脅すようなまねをする柳本が許せない。強く瞼を閉じ、さくらはゆっくりと息を吐き出した。いま目の前にいるのは被害者である菰田だ。怒りをぶつける相手ではない。

「戻ってきませんか？」

さくらは菰田に体を向ける。木之本の言う通り、どうしようもない理由があったのだ。

菰田に罪はない。「社長は菰田さんのデスクをまだそのままにしてます。求人広告も出してません。事情を話せばまた元通りです。それに——」

言葉を切ったさくらは菰田の前に立つ。「負けっぱなしは嫌なんです。この間、ある物件の設計をしたんですけど、菰田さんのプランを見つけなければポシャってました」

ヒロたちの店の工事は数日前に始まった。さくらが提案したアイキャッチをテーマにしたプランは、菰田が手がけた海の家を参考にしていた。

外壁にガラスを用いている物件は数多くあるが、さくらの目を引いたのは照明の使い方だった。ウォールウォッシャーという用語がある。壁を洗う、という訳の通り、光の方向を壁に向ける設置の仕方のことだ。この物件では天井に埋め込んだダウンライトを海側のガラス壁に向くように設置されていた。そのために沖から撮影された画像では、浜辺に並んでいる他の店舗よりもずっと浮かび上がっていたのだった。海岸線を走る車から見ると、この建物はさぞかし目を引いたことだろう。

「あたし、もっと菰田さんから勉強したいんです。そしていつか——、心の底から『巨匠』って呼ばせてみせます。だから」

ジャケットの内ポケットに入れていたスマートホンに着信があった。画面には木之本工務店の名前が表示されている。菰田のところに行くつもりだと木之本に話していた。

「お疲れさまです、楠です」

スマートホンを耳に当てると『どうだ』と木之本の声が聞こえてきた。

「いま代わります。……社長からです」

それだけ言ってスマートホンを菰田に渡した。さくらはベンチから離れて空を見る。

強風が雲を押し流し、切れ間に青空が見えた。光の帯が下りてくる。天気予報は外れるみたいだ。

「ほんとうに、ほんとうに、すみませんでした」

絞り出すような声が聞こえてきた。振り返ると菰田の背中がまっすぐに伸びていた。

目が合うと菰田が笑った。初めて見る、屈託のない笑顔だった。

終章

線香の白い煙が、螺旋《らせん》を描きながら空に上っていく。

穏やかな春の空に浮かぶ太陽の姿が、水に濡《ぬ》れた黒の竿石《さおいし》に円く映り込んでいる。合わせていた手のひらを離したさくらは、肩に下げていたトートバッグから額縁を取り出すと、大樹の眠る墓に向けてずいっとつきだした。

「じゃじゃーん」

隣で手を合わせていた桐也がはん、と鼻を鳴らした。

「じゃじゃーんって、いつの時代だよ」

「うるさい」

桐也の頭をはたいたさくらは、誇らしげに胸を張った。

「賞をもらったんだ。関東建築賞。お父さんの大賞と違って新人賞だけど、賞は賞。ね？」

「はい、しょうですね」

軽口を叩《たた》く桐也の頭をもう一度はたく。

この賞は関東一円の都県に登録している建築事務所が前年度に竣工《しゅんこう》した建築作品を対象にした公募の賞で、昨年、さくらが設計を担当した小谷野村の物件が新人賞に選ばれたのだった。小さな個人の店舗が集まって一つの商業施設になったという珍しい形態が注目され、テレビで取材されたこともあった。木之本のすすめもあって応募したのだが、まさか選ばれるとは思わなかった。

想像していたよりもずっと規模の大きい賞で、授賞式は一昨日《おととい》、都内の一流ホテルで行われた。壇上で受賞の言葉を述べたさくらは、舞い上がるあまり用意してきたスピーチの原稿を最終ページから読み上げはじめ、途中で気づいたものの収拾がつかなくなり、『とにかく、これからも頑張ります』という言葉で締めくくるほかなく、同情の拍手を浴びながらすごすごと壇上を下りることになった。

「大トロ、おいしかったね……」

右隣の美晴がうっとりと言う。娘の晴れ姿を見に会場に駆けつけてくれたのだ。目の前で板前が握る寿司《すし》は絶品で、あまりのおいしさに二人は二度ほど列に並んだ。

「賞金入るんだから、姉貴におごってもらおうよ」

「賞金は桐也の春期講習の支払いに全額回ります！」

「だから出世払いって言ってるだろ？」

「はい、聞きました。お母さんもちゃんと聞いたよね。弁護士になったらお寿司とかローストビーフとか、あとなんだろう……。とにかくおいしいものいっぱいおごりなさいよね」

「わたしは鰻《うなぎ》がいいな」

ぽつりと美晴が言った。

げっと舌を出す桐也の顔が滑稽《こっけい》で、さくらと美晴は声を立てて笑う。秋に大学に進学することを決めた桐也だが、当初は就職しようと決めていたので、受験勉強のスタートは他のクラスメイトに比べて遅い。そのせいで目指す大学に合格するにはまだ学力が足りていないようだが、目標が明確だからか悲愴感はない。桐也に背中を押されたのか美晴の調子もよく、このままいけば夏になる前には病院は卒業だと心療内科の医師から太鼓判をもらっている。

「あと、これ」

額縁を鞄《かばん》にしまうと、代わりに新聞の切り抜きを取り出した。大樹に知らせたいことがもう一つあった。

「柳本さん、捕まったから。あたしの知り合いが、勇気を出して告発してくれたんだ」

年が明けてしばらくして、暮らしのリズムが平常に戻った頃に、さくらは小谷野村に赴いた。喫茶店『カフェ・ド・パリ』の店主、飯森かなえからカウンターの使い勝手のことで相談を受けたのだった。

「新メニューの焼きリンゴ、食べていく?」

打ち合わせが終わり、そう尋ねてきた飯森は、すでにリンゴが載った鉄の皿をオーブンに入れている。

「はい、ぜひ！」

ほくほく顔でさくらはうなずいた。「せっかくだから外で食べたいです。ストーブの側なら暖かいし、天気もいいから鮎見川もきれいですし」

「若い子って物好きね」

あきれる飯森だが、大ぶりのマグカップになみなみとコーヒーを注いでくれた。芝生敷きのテラス席には、毛布を膝《ひざ》にかけた女性客たちが鮎見川に体を向けて座っている。さくらもその輪に加わった。暖かいストーブの側で、熱いコーヒーと甘い焼きリンゴを食べながら、陽光をうけてたゆたっている川面《かわも》を見ていると幸せな気分になる。

「お待たせしました！」

テーブルに小麦色に揚がった鶏《とり》のもも肉が現れる。ほんのりとローズマリーの香りがする。

「来るんなら教えてよ。水くさい。新メニュー、いっぱい考えたんだから食べてって」

『鳥政』の看板娘のヒロのふくれっ面が崩れて愛想のいい笑顔になる。とん、と別の皿が現れた。豚の角煮を挟んだ肉まんが白い湯気をたてている。

「そうだよ。テレビで紹介されたのはさくらちゃんのおかげなんだから。おかげで忙しすぎて痩《や》せちゃったかも」

そう言ってさくらの背中を叩《たた》くのは中華料理店『ニーハオ』の民子女将《おかみ》だ。福々しい柔らかな頬はつやつやしている。

「ミナが後で寄ってってだって。さくらの寝癖が気になるみたい」

ヒロの言葉に髪を押さえて振り返ると、『ヘアサロン　たんぽぽ』のガラス壁の向こうで、客の髪を切っているミナがそっと手を振っている。

「じゃあ、お代わり欲しかったら言ってよね」

「いつでもいらっしゃいね」

ぱたぱたと足音を響かせて、二人は自分たちの店に入っていった。みんな忙しそうで嬉《うれ》しくなってくる。焼きリンゴをもうひとくち頬張る。甘さと共に、胸の奥に温かさが満ちていくのがわかる。

ふと視線に気づいた。端のテーブルにいる客がこちらを見ている。

「かえでさん……」

しばらくの間、身じろぎせずにさくらを見ていた小倉かえでだが、強《こわ》ばった顔のまま立ち上がると、マグカップを片手に近づいてきた。

「ここ、いい？」

さくらがうなずくと隣に座る。

「担当したアウトレットモールの近くに話題のお店があるって聞いて寄ってみたんだ。楠さんが設計したんだ」

「繁盛してくれてよかったです。川もあって山もある。いいところですし、なによりもみなさんが頑張っているからですよ」

「そう……」

しばらくの間、二人は言葉もなく静かな山間《やまあい》の景色を見ていた。

「仲がいいんだ。施主さんたちと」

かえでがぽつりと言った。赤らんだ鼻は冷たい空気のせいだけではなさそうだ。目尻《めじり》がうっすらと濡れている。「施主さんとあんなふうに話をしたことってないな。工事が終わって、トラブルがなかったらオシマイ、って感じで」

どう返せばいいのかわからなかったし、かえで自身も返事を求めていないような気がして、そのまま次の言葉を待った。

「わたし、なにしてんだろう。上司の顔色をうかがってばかりでさ。建築士の仕事ってそうじゃないよね」

かえでは両手でマグカップを包むと、そっと唇を当ててひと口飲む。そして大きく息を一つ吐いて、どうかしてた、と小声で言う。

「菰田君のこと。よりによって友人を脅すようなことをして。怖かったんだ。逆らって、会社をクビになったらって思うと」

「菰田さんから聞きました。悪いのは柳本じゃないですか。でも、菰田さんは会社に戻ってきてくれましたし。だから、もうあんなことをしないって約束……」

さくらは言葉を呑み込んだ。いくらかえでが改心したとしても、柳本が、そして柳本のやり方を許しているMJ設計が変わらないと、社員たちの境遇は変わらない。

「約束する」

やがて、かえでが言った。背筋を伸ばし、鮎見川をまっすぐに見て決然と。

「絶対にもうあんなことしないし、させない」

彼女の決意が形になったのが、ちょうど授賞式の日のことだった。さくらは翌日、かえでからの電話で知った。慌てて広げた新聞には、社会面の片隅に小さな記事が掲載されていた。

『パワハラ役員　横領で逮捕』

太字でそう記されていた。警察は業務上横領罪で大手設計事務所役員を逮捕した。また同社は下請け会社や部下へのパワーハラスメントと横領の件で内部告発があった際、当該役員が告発した社員を通称『追い出し部屋』に異動させて隠ぺいを図ったとされる。同社では近々、大幅な人事異動が行われる予定だとその記事は締めくくられていた。

あの日からずっと、かえでは一人で戦ってきたのだろう。

「あの、追い出し部屋って……。大丈夫だったんですか？」

『なんにもすることがないから、照明デザインの勉強とかいろいろできてかえってよかったよ。マスコミにリークする資料もその時に作ったし』

スマートホンの向こうでかえではあははと剛胆に笑った。強い、強いなぁ、とさくらは舌を巻いた。ところで、とかえでは続けた。

『岩井《いわい》ビルディングのテナントのコンペ、楠さんとこも参加するんでしょ？』

「はい、あたしが担当してます」

『わたしも担当するから。設計室に戻ってきて最初の仕事なんだ。今度は正々堂々と勝つからね』

ふふふとさくらも笑う。

「返り討ちです」

言うじゃない、とかえでは電話を切ったが、最後にぽつりと呟《つぶや》いた『ありがとう』という言葉が耳にずっと残っている。


「でもさぁ」

さくらの手から切り抜きをひょいと摘《つま》んで桐也が言った。「こいつ、おれが弁護士になってぎったんぎったんにしてやろうと思ってたんだけど。異議あり、とか叫んでさ。残念だよ」

「そういうセリフは」

さくらは桐也の額を指で弾《はじ》いた。「模試でせめてB判定とれるようになってから言いなさいよね、まったく」

「思うんだけど」

桐也がふと表情を引き締める。「寿司を食べたらやる気が出て勉強に集中できるんじゃないかな。学校があって授賞式に行けなかったから、おれだけ寿司食べてないんだよ」

「あんたって子は……」

あきれるさくらだが、「回ってる寿司でもいいからさぁ」とすねるように唇を突きだしている弟の顔を見ていると、ははと笑いがこみ上げてきた。たまらず美晴も吹き出した。

その時、風が吹いた。風は満開の桜の木を揺らし、花びらの雪を降らせた。

お父さんも笑ってる――。

ひらひらと青空を舞う桜の花びらを目で追いながら、さくらはそっと呼びかけた。

お父さん。あたし達、こんな感じで元気にやってるよ――。

春の陽光が、空を見上げる三人をぽかぽかと照らしている。

本書は、二〇二一年十月に小社より刊行された
単行本『ハッピーリフォーム』を改題し、加筆
修正のうえ、文庫化したものです。

お役《やく》に立《た》ちます！　二《に》級《きゆう》建《けん》築《ちく》士《し》
楠《くすのき》さくらのハッピーリフォーム

未《み》上《かみ》夕《ゆう》二《じ》

令和５年　２月25日　初版発行

発行者●山下直久

発行●株式会社KADOKAWA
〒102-8177　東京都千代田区富士見2-13-3
電話　0570-002-301（ナビダイヤル）

角川文庫 23534

印刷所●株式会社暁印刷
製本所●本間製本株式会社

表紙画●和田三造

●お問い合わせ
https://www.kadokawa.co.jp/（「お問い合わせ」へお進みください）
※内容によっては、お答えできない場合があります。
※サポートは日本国内のみとさせていただきます。
※Japanese text only

ISBN 978-4-04-112605-9　C0193

◇◇◇

角川文庫発刊に際して

角川源義

第二次世界大戦の敗北は、軍事力の敗北であった以上に、私たちの若い文化力の敗退であった。私たちの文化が戦争に対して如何に無力であり、単なるあだ花に過ぎなかったかを、私たちは身を以て体験し痛感した。西洋近代文化の摂取にとって、明治以後八十年の歳月は決して短かすぎたとは言えない。にもかかわらず、近代文化の伝統を確立し、自由な批判と柔軟な良識に富む文化層として自らを形成することに私たちは失敗して来た。そしてこれは、各層への文化の普及滲透を任務とする出版人の責任でもあった。

一九四五年以来、私たちは再び振出しに戻り、第一歩から踏み出すことを余儀なくされた。これは大きな不幸ではあるが、反面、これまでの混沌・未熟・歪曲の中にあった我が国の文化に秩序と確たる基礎を齎らすためには絶好の機会でもある。角川書店は、このような祖国の文化的危機にあたり、微力をも顧みず再建の礎石たるべき抱負と決意とをもって出発したが、ここに創立以来の念願を果すべく角川文庫を発刊する。これまで刊行されたあらゆる全集叢書文庫類の長所と短所とを検討し、古今東西の不朽の典籍を、良心的編集のもとに、廉価に、そして書架にふさわしい美本として、多くのひとびとに提供しようとする。しかし私たちは徒らに百科全書的な知識のジレッタントを作ることを目的とせず、あくまで祖国の文化に秩序と再建への道を示し、この文庫を角川書店の栄ある事業として、今後永久に継続発展せしめ、学芸と教養との殿堂として大成せんことを期したい。多くの読書子の愛情ある忠言と支持とによって、この希望と抱負とを完遂せしめられんことを願う。

一九四九年五月三日

角川文庫ベストセラー

行きたくない
加藤シゲアキ・阿川せんり・渡辺 優・小嶋陽太郎・奥田亜希子・住野よる

人気作家6名による夢の競演。誰だって「行きたくない」時がある。幼馴染の別れ話に立ち会う高校生、生徒の愚痴を聞く先生、帰らない恋人を待つOL――それぞれの所在なさにそっと寄り添う書き下ろし短編集。

天涯の楽土
篠原悠希

古代日本、九州。平和な里で暮らしていた隼人は、他邦の急襲で少年奴隷となる。家族と引き離され、見知らぬ邑で出会ったのは、鬼のように強い剣奴の少年・鷹士。運命の2人の、壮大な旅が幕を開ける！

GIVER 復讐の贈与者
日野 草

過去に負い目を抱えた人々に巧みに迫る、正体不明の復讐代行業者。彼らはある「最終目的」を胸に、人の「一番の弱み」を利用し、追い詰めていく。恨む人・恨まれる人を予想外の結末に導く6つの復讐計画とは？

BABEL 復讐の贈与者
日野 草

親友との再会に、義波と名乗る復讐代行業者がついてきた。親友は言う――「あなたの家の庭に、死体を埋めさせて」(「グラスタンク」)。義波たちにも不穏な影が忍び寄る、再読必至の連作ミステリ第2弾！

TAKER 復讐の贈与者
日野 草

平常通りに復讐代行の依頼をこなす義波だが、悪事銀行の登場で組織はざわめき、仲間が次々と離脱していく――。静かに火花を散らす頭脳戦の結末は。その時、義波は。連作ミステリシリーズ、感動の完結！